Abrace meu destino

SUSAN MALLERY

Abrace meu destino

Tradução
Thalita Uba

HarperCollins
Rio de Janeiro, 2016

Título original: *Hold me*

Contatos:

Rua Nova Jerusalém, 345 – Bonsucesso – 21042-235
Rio de Janeiro – RJ – Brasil
Tel.: (21) 3882-8200 – Fax: (21) 3882-8212/8313

CIP-Brasil. Catalogação na Publicação
Sindicato Nacional dos Editores de Livros, RJ

M22b

Mallery, Susan
Abrace meu destino / Susan Mallery ; tradução Thalita Uba. – 1. ed. – Rio de Janeiro : Harper Collins Brasil, 2016.
272 p. ; 23 cm.

Tradução de: Hold me
ISBN 978.85.398.2144-0

1. Romance americano. I. Uba, Thalita. II. Título.

16-34853 CDD: 813
CDU: 821.111(73)-3

A dedicatória deste livro é de um dos meus leitores preferidos:

A todos os leitores de Susan Mallery, que vocês possam curtir as histórias dela tanto quanto eu.

— Um leitor devotado de romances, Jan W.

Capítulo 1

NINGUÉM ACORDOU AQUELA MANHÃ E PENSOU: "*Hoje eu vou me perder na floresta*". Mas, mesmo assim, sem planejar, aconteceu.

Talvez tenha sido meramente a necessidade humana inata de explorar. Talvez tenha sido azar, ou talvez pura e simples idiotice. A vó Nell adorava dizer: "A beleza fica na pele, mas a estupidez penetra até os ossos." Não que Destiny Mills fizesse julgamentos. As pessoas se perdiam, e o trabalho dela era garantir que fossem encontradas. Era meio que ser um super-herói, só que em vez de visão de raio laser ou invisibilidade, ela tinha um software incrível e uma equipe de busca e resgate muito bem-treinada.

Bem, tecnicamente, a equipe não era *dela*. Pertencia a qualquer cidade ou condado que contratasse sua empresa. A firma dela tinha criado o software, e ela era uma das três mediadoras que ajudavam quem queria usá-lo. Ia até o local, treinava a equipe de busca e resgate e, depois, seguia para sua próxima tarefa.

Se era segunda-feira, devia estar em Fool's Gold, Destiny pensou, desanimadamente, quando entrou em seu pequeno escritório temporário. Fool's Gold, Califórnia. População: 125.482 pessoas — segundo a placa que tinha visto quando chegara à cidade. Localizada ao pé das montanhas da Sierra Nevada, a cidade atraía turistas aos montes. Eles vinham no inverno para esquiar, no verão para fazer trilhas e o ano todo para participar das dezenas de festivais que colocaram aquela comunidade no mapa.

Nada disso importava a ela. O que mais a interessava eram as centenas de milhares de hectares de mata além das fronteiras da cidade. Áreas silvestres inexploradas com uma série de encostas, barrancos, córregos e cavernas. Lugares onde as pessoas se perdiam. E quando alguém se perde, para quem você liga?

Destiny deu uma risadinha quando a música-tema de *Os Caça-fantasmas* tocou em sua cabeça. Ela não sabia como era para os outros, mas, para ela, a vida era uma trilha sonora. A música estava em todos os lugares. Notas formavam melodias, e melodias eram basicamente memórias. Ouça uma música da sua formatura do Ensino Médio e você retorna aos braços do seu namorado.

Destiny se acomodou em sua cadeira e ligou o laptop na tomada. Ela tinha apenas uma semana, aproximadamente, para se organizar antes de o trabalho de verdade começar. Pelos próximos três meses, ela mapearia o terreno, alimentando com informações o software incrivelmente inteligente de sua empresa e treinando a equipe local de busca e resgate. Ela era o ponto de contato, a conexão humana. E, dali a três meses, iria se mudar para outra parte do país e fazer tudo de novo.

Ela gostava de ser nômade. Sempre gostara de estar em lugares novos. Fazia amigos com facilidade e os deixava para trás com a mesma facilidade quando era hora de ir. Haveria mais amigos em outro lugar. É claro que não havia uma continuidade, mas, vendo pelo lado positivo, ela não era obrigada a sofrer todo aquele drama de relacionamentos duradouros. Relacionamentos podiam ser exaustivos, não importando se era ela ou os outros que se aproximavam.

Destiny tinha crescido em uma família que fazia qualquer um daqueles programas de "donas de casa de verdade" parecerem tão interessantes quanto ler a lista telefônica. Os reality shows não tinham nada a ver com os pais dela. Quando se tornou adulta, ela pôde escolher se queria aquele drama ou não e marcou a segunda opção. Destiny deliberadamente optou por um emprego e um estilo de vida que a permitiam estar em constante mudança.

Mas, nos próximos meses, ela curtiria a idiossincrasia provinciana de Fool's Gold. Já tinha pesquisado sobre o local e estava ansiosa para provar os pratos típicos.

Bem na hora marcada, a porta de seu pequeno escritório se abriu. Destiny reconheceu o cara alto, loiro e bonito que estava parado na porta. Não que eles tivessem se visto antes — a mulher foi contratada pela prefeita, não por ele —, mas ele estava em várias capas de revistas, entrevistas na TV e artigos na internet.

Ela se levantou e sorriu.

— Oi, sou a Destiny Mills.

— Kipling Gilmore.

Os olhos dele eram de um azul mais escuro do que ela esperava, e ele tinha aquela graça natural que devia ser fruto de uma vida inteira como atleta. Porque ele não era apenas um Kipling Gilmore. Ele era *o* Kipling Gilmore. Atleta famoso, astro do esqui, medalha de ouro nas Olimpíadas. A imprensa o chamara de "Força G", porque com esquis nos pés ele era velocidade pura. Danem-se as regras da física. Ele conseguia fazer coisas que nunca tinham sido feitas antes. Até o acidente.

Eles apertaram as mãos. O rapaz entregou a Destiny uma caixinha pequena e cor-de-rosa de uma confeitaria.

— Para ajudá-la a se sentir em casa.

Ela ergueu a tampa e viu meia dúzia de rosquinhas. O aroma de glacê e canela a envolveu. Era intoxicante e a fez desejar satisfazer seu vício em açúcar instantaneamente.

— Obrigada — disse ela. — Bem melhor que flores.

— Que ótimo que pensa assim. Quando você chegou à cidade?

— Ontem. Cheguei a Sacramento na noite de anteontem e fiz o trajeto curto de carro pela manhã.

— Está se acomodando direitinho?

— Sim, e estou animada para começar a trabalhar.

— Então vamos ao que interessa.

Os dois se sentaram. A mulher virou o laptop na direção dele e apertou várias teclas.

— Há duas etapas principais para tornar o software de busca e resgate funcional — começou ela. — Mapear a geografia física da região e, depois, treinar você e a sua equipe para usá-lo.

— Parece bastante simples.

— Sempre parece, mas depois vem a realidade.

Uma sobrancelha erguida.

— Isso é um desafio?

— Não. Só estou dizendo que o processo leva tempo. O Soger pode se adaptar a quase qualquer situação. O sucesso ou o fracasso de uma busca geralmente é uma combinação de informação e sorte. Meu objetivo é tirar a sorte da equação.

O Soger — Software de Gerenciamento de Equipes de Resgate — trabalha com equipes; as informações são inseridas no sistema, e o programa, então, projeta as áreas mais prováveis que devem ser vasculhadas primeiro. Quanto mais informações sobre a pessoa desaparecida, o terreno, a época do ano e as condições meteorológicas, mais rápida era a busca. Cada membro da equipe leva consigo um GPS que rastreia dados, enviados para o software para que a busca pudesse ser atualizada em tempo real.

À medida que mais áreas são eliminadas, a busca se restringe até que a pessoa desaparecida seja encontrada.

— Vou começar a mapear a região em um ou dois dias — continuou ela.

— Como isso funciona?

— Primeiro, pelo ar. Usamos um helicóptero e vários tipos de equipamento para incrementar as informações de satélite que já temos. As áreas com muita vegetação e as encostas íngremes terão que ser mapeadas a pé.

— Você faz isso?

Apesar de a pergunta ter sido bastante delicada, o tom dele sugeria que ele não acreditava naquilo. *Tolinho*, pensou ela, com um sorriso.

— Sim, Kipling. Posso subir as trilhas, quando necessário. Se as áreas forem remotas demais, levo guias locais comigo.

— Achei que você fosse uma garota da cidade. Acho que alguém me contou que você mora em Austin, não?

— É onde mantenho minha base, sim. Mas eu cresci perto das Montanhas Fumegantes. Sei me virar na mata.

O que ela não contou é que, quando mais jovem, passou vários anos morando com a avó materna naquelas mesmas montanhas. Além de saber se locomover em terrenos acidentados, ela sabia pescar e conhecia três maneiras de preparar esquilos para comer, mas não revelaria isso. Diga a alguém que você grelhou um bife no ponto perfeito e será aplaudido. Fale sobre um ensopado de esquilo com tubérculos, e as pessoas olham para você como se você fosse cúmplice de canibais. As pessoas são esquisitas, mas Destiny sabia disso há muito tempo.

— Então vou confiar em você para fazer o serviço — disse Kipling. — Quando o seu helicóptero chega?

Ela deu uma olhada em seu calendário.

— Até o final da semana. Vai ser um verão movimentado. Assim que inserirmos os dados geográficos no banco de dados, vamos começar a testar o sistema, ou seja, procurar por pessoas que não estão realmente desaparecidas.

A satisfação cutucou o canto da boca dele.

— Eu li o material.

— Bom saber. Isso também quer dizer que você abriu os manuais de instruções?

Ele hesitou tempo o suficiente para ela começar a rir.

— Eu não achava que tivesse — disse ela. — Qual é o problema dos homens com instruções? Ou pedir informações na rua?

— Não gostamos de admitir quando não sabemos alguma coisa.

— Ridículo. Ninguém sabe de tudo.

— Pode-se tentar.

Nada de novo, pensou ela. A bravata parecia fazer parte de ser homem. Outro motivo pelo qual Destiny tivera tanta dificuldade em encontrar o cara certo. Ela queria ausência de presunção e ego mínimo. Quando as emoções ficavam à flor da pele, o sexo oposto agiria feito louco, e não havia espaço para esse tipo de loucura na vida dela.

— Você vai ter problemas em receber instruções de mim? — perguntou ela. — Porque se tiver, precisamos resolver isso imediatamente. Posso forçar você a se submeter no muque, se precisar.

Kipling riu.

— Duvido muito.

— Tome cuidado com as suas presunções. Minha avó me ensinou um monte de truques sujos. Conheço lugares onde posso enfiar a articulação do dedo e fazer um homem adulto gritar como uma menininha. E não de um jeito bom.

— Existe um jeito bom de gritar como uma menininha?

Ela franziu o nariz.

— Já tive que usar essa ameaça antes, e alguns homens acham que estou falando de sexo. Não estou.

O olhar dele se fixou no rosto da mulher.

— Interessante.

— Enfim, vou ter problemas com você?

— Não.

— Então será um bom verão. Nunca tive um trabalho na Califórnia antes. Estou animada para conhecer a região.

— A cidade é um pouco estranha.

— Em que sentido?

Ele estava confortável em sua cadeira. Não se inquietava, não parecia querer estar em outro lugar. Era paciente, pensou ela. Precisaria ser. Para esperar o tempo ruim passar, esperar as estações. Aguardar que as condições estivessem adequadas.

Kipling Gilmore vencera nas Olimpíadas de Inverno de Sóchi, na Rússia. A tragédia o assolou alguns meses depois. Ela não era de acompanhar os esportes, então não sabia de muitos detalhes. Obviamente, ele tinha se recuperado o suficiente para assumir o cargo de coordenador da equipe de busca e salvamento de Fool's Gold. Destiny ficou se perguntando se ele teve problemas em se adequar a uma vida normal.

Ela sabia como podia ser difícil tentar viver como meros mortais para aqueles que eram amaldiçoados pela fama.

— Todo mundo aqui sabe da vida de todo mundo — disse ele.

Ah, sim. Ela tinha perguntado sobre a cidade.

— Isso não é raro em cidades pequenas.

— Sim, mas aqui é diferente. As pessoas são mais envolvidas. Vamos conversar de novo em umas duas semanas e ver o que você acha. Os festivais são interessantes, e você não precisa trancar a porta à noite. Se morar perto do centro da cidade, não precisa usar o carro com muita frequência.

— Parece legal.

Apesar de ter sua residência em Austin, ela não era muito fã da vida na cidade grande. Preferia as excentricidades de uma cidade pequena.

— Você já conheceu a prefeita Marsha? — perguntou Kipling.

Destiny meneou a cabeça.

— Não. Foi ela quem me contratou, mas foi tudo feito através do meu chefe. Tenho uma reunião com ela mais tarde.

Os olhos dele voltaram a ficar risonhos.

— Estarei lá também. Acho que você vai gostar dela. É a prefeita em atividade há mais tempo na Califórnia. Parece ser uma velhinha meiga, mas na verdade é bem turrona e mantém a cidade sob controle com pulso firme. Ela resolve as coisas e, às vezes, eu vou embora completamente desnorteado com as coisas que ela faz.

Qualidades que Destiny apoiava totalmente.

— Já gostei dela.

— Achei que você fosse gostar. — Ele se levantou. — Bem-vinda a Fool's Gold, Destiny.

Ela também se levantou.

— Obrigada.

Quando ele saiu do escritório, Destiny permitiu que seus olhos passeassem pelo corpo dele. *Ele está em ótima forma*, pensou, admitindo que o ex-esquiador era charmoso, mas apenas para fazê-la se perguntar se haveria potencial ali.

Sacudiu a cabeça, porque já sabia a resposta, e era não. De jeito nenhum, de forma alguma. A exploradora queria normalidade. Regularidade. O tipo de homem que entende que a vida é mais bem-vivida na quietude. Kipling, também conhecido como Força G, tinha descido uma montanha a sabe-se lá que velocidade. Ele era louco de carteirinha por adrenalina, o que não combinava com ela.

Ela iria simplesmente continuar procurando. Porque o homem dos seus sonhos tranquilos e racionais estava por aí e, um dia, iria encontrá-lo.

Kipling atravessou a rua. Enquanto esperava que um dos poucos semáforos de Fool's Gold ficasse verde, ergueu os olhos para as montanhas. Agora que a primavera estava no fim, ele podia olhar para elas e não sentir coisa alguma. A única neve que ainda restava estava acumulada em altitudes que não permitiam a prática do esqui. Então não havia sensação de perda, não havia a lembrança de que nunca mais poderia lutar contra a montanha e vencer, de que a sensação de voar sobre a neve estava perdida para sempre.

Ele sabia o que seus amigos diriam, o que os médicos diriam. Que ele tinha sorte pra caramba por ter conseguido se recuperar assim. Que ele podia caminhar e esse simples fato era, por si só, um milagre. Nos dias bons, ele até acreditava neles. Mas no resto do tempo, ele evitava pensar no que foi perdido. Quando as coisas ficavam ruins, simplesmente parava de olhar para as montanhas.

O semáforo dos pedestres lançou sua luz verde, e ele atravessou a rua. Enquanto caminhava, considerou o fato de que talvez tivesse sido mais fácil simplesmente encontrar um emprego em outro lugar, onde não houvesse montanhas. Havia lugares planos. Talvez no Centro-Oeste ou na Flórida. Só que ele não conseguia imaginar como isso seria. Olhar para o alto e não ver nada além do céu. Talvez ele tivesse uma relação inquietante com as montanhas; talvez as amasse e as odiasse na mesma proporção, mas ele não conseguiria, de jeito nenhum, ficar longe delas. Eram parte dele. Seria mais fácil cortar um braço fora.

— Oi, Kipling.

Ele acenou automaticamente para a mulher que empurrava um carrinho de bebê e o cumprimentou. Fool's Gold era um lugar amigável. Onde os vizinhos conheciam uns aos outros e os turistas eram bem-vindos, tanto pela sua presença quanto pelo dinheiro que traziam consigo.

Ele estava acostumado com o fato de que pessoas que ele nunca tinha visto na vida sabiam quem ele era. Fazia parte da vida de celebridade. Só que em Fool's Gold era diferente. Mais intenso, talvez. Aquela cidade não era apenas um lugar. Era uma essência viva, ativa.

Sacudiu a cabeça, perguntando-se de onde tudo aquilo tinha surgido. Ele não costumava pensar demais nas coisas. Era uma pessoa de pôr a mão na massa, preferindo se mexer a ficar parado, o que tinha tornado sua recuperação um verdadeiro inferno. Mas isso já era passado. Com exceção das cicatrizes, da perna manca e das dores enfadonhas que sempre o acompanhariam, ele estava curado. E andando.

Kipling se encaminhou para seu escritório na esquina da rua Eighth com a Frank, bem ao lado de um dos corpos de bombeiros e da delegacia. *Ninguém invadiria o escritório*, pensou ele, com um sorriso. Nem faria festas de arromba na vizinhança.

Enquanto destrancava a porta da frente e entrava, se lembrou de que, há alguns anos, ele teria ficado irritado por estar tão próximo de qualquer tipo de autoridade. Lembrou-se de que acreditava que, com a habilidade de voar montanha abaixo, vinha o direito à farra infinita, danem-se as consequências. Se quebrasse o recorde, mesmo que apenas por um milésimo de segundo, ele era um deus, pelo menos até a próxima competição.

Mas o tempo dava um jeito de amadurecer as pessoas. Ele tinha sido arrastado, esperneando e berrando, para a vida adulta e cá estava, coordenando o programa de busca e salvamento da cidade. Quem teria imaginado?

E apesar de o Kipling mais jovem viver zombando das autoridades, mesmo quando era criança respeitava as montanhas e aqueles que salvavam quem fosse infeliz ou estúpido o suficiente para se perder. Ele tinha ficado preso em uma avalanche uma vez. A patrulha de esqui local salvou sua vida.

Sempre fui um cara de sorte, pensou. Até o verão passado, quando sofreu o acidente. Ele sabia que, um dia, sua sorte iria mudar e aceitava isso. Agora ele estava em outro capítulo de sua vida. Tinha um problema e o resolvera. Era isso que gostava de fazer. E, nesse emprego, o ex-esquiador teria muitas coisas para resolver. Ou encontrar.

Ele foi até sua mesa e ligou o computador. O escritório ainda era novo o bastante; ainda era possível sentir o cheiro da tinta fresca, e as plantas que ele ganhou como uma espécie de presente de boas-vindas ainda estavam vivas. Kipling se considerava mais um homem de pessoas do que de plantas. Eventualmente, ele teria funcionários e podia delegar a um deles a tarefa de dar água e adubo para elas.

Virou a cadeira para poder estudar o mapa enorme que dominava a parede principal. Ele mostrava os aproximadamente 130 quilômetros quadrados que rodeavam Fool's Gold. Havia vinhedos ao oeste, e a estrada para Sacramento seguia para o sul. Então as áreas que mais o preocupavam eram o leste e o norte. As montanhas acidentadas da Sierra Nevada se erguiam rapidamente. Havia mil maneiras de se perder por lá, e ele tinha certeza de que tanto turistas quanto locais descobririam cada uma delas.

Kipling se levantou e chegou perto do mapa. O terreno começava a ficar montanhoso a poucos quilômetros da cidade. Havia dezenas de trilhas e locais de camping bem populares. No ano anterior, tinha acontecido uma inundação em um acampamento. As águas violentas puseram em risco um grupo de meninas e seus guias. Ele queria se certificar de que isso não aconteceria de novo que, se alguém se perdesse, essa pessoa seria encontrada rapidamente e sem nenhum dano.

Com o novo software, a busca seria fácil. Ele sabia que haveria uma curva de aprendizado, mas, no final, o esforço valeria a pena.

Assim que a prefeita Marsha contou a ele sobre o novo programa, Kipling tinha começado a ler a respeito dele. Os resultados eram impressionantes, e ele estava ansioso para aprender os detalhes sobre o sistema.

E, quem sabe, também sobre Destiny Mills, pensou, com um sorriso. Ela era linda. Alta, curvilínea, ruiva — sua fraqueza pessoal. Havia algo na combinação de cabelo vermelho e pele clara que atraía a atenção dele. E se ela tivesse sardas, melhor ainda. Um homem podia sair em busca de sardas e não retornar por dias.

Ela fazia o tipo dele em outros sentidos. Solteira, segundo os boatos, e ficaria na cidade por um período limitado de tempo. Ele era um homem que gostava da monogamia em série. Ter uma data pré-determinada de validade em um relacionamento era o ideal de perfeição dele. Se a mulher estivesse interessada, perfeito. Ao menos em curto prazo.

Volta e meia Kipling se perguntava se deveria querer mais. Aquela coisa de "para sempre" que as pessoas parecem buscar. Ele tinha visto o amor. Até acreditava nele. Mas nunca tinha sentido. Não o amor romântico. Desejo, claro. Afeição, com certeza. Ele amava sua irmã e seu país. Faria qualquer coisa por seus amigos. Mas se apaixonar perdidamente a ponto de querer casar? Isso não tinha acontecido.

A essa altura, concluíra que não ia mais acontecer. E ele podia conviver com isso.

A prefeita Marsha tinha quase setenta anos, com cabelos brancos presos em um coque frouxo e olhos azuis penetrantes. O terninho dela era de alfaiataria, suas pérolas eram luminosas, e ela tinha um sorriso gentil que fez Destiny se sentir imediatamente em casa.

— Bem-vinda a Fool's Gold — disse a prefeita, com voz calorosa. — É um prazer finalmente conhecê-la.

— Digo o mesmo.

Destiny apertou a mão da prefeita do jeito que a vó Nell tinha ensinado — com firmeza, olhando a outra pessoa nos olhos. *Você é um ser humano, não um peixe. Deve agir como tal.* Vó Nell tinha conselhos para todas as situações. Nem todos eram adequados, às vezes nem eram úteis, mas quase sempre eram memoráveis.

— Estou feliz por estar aqui — disse Destiny à prefeita. — Vamos ter um bom verão botando o Soger para funcionar.

— O seu chefe, David, disse que eu iria gostar de trabalhar com você, e vejo que ele tinha razão. Gosto da sua atitude — disse a prefeita. A mulher olhou para além de Destiny e fez um aceno positivo com a cabeça. — Aí vem o restante da nossa reunião.

Destiny se virou e viu Kipling entrar gingando no escritório da prefeita. Não havia outra maneira de descrever a maneira tranquila como ele se movia. *Uma artimanha bacana*, pensou ela, percebendo um leve mancar que sem dúvidas era fruto do acidente ao qual sobrevivera no ano anterior. Como será que ele era antes disso?

Se ela fosse outra pessoa, procurando algo diferente, Kipling seria uma tentação, pensou ela. Mas nem ele e nem ela, eram diferentes. De qualquer forma, ele era o cara errado para ela e ela não era boba de pegar o caminho errado. Já tinha sofrido desastres emocionais demais na vida para arriscar. *Às vezes, você afronta o urso e, às vezes, ele afronta você. Se for o último caso, aí é melhor você correr o máximo que puder.*

Destiny conteve uma risadinha. É, a vó Nell sempre tivera uma veia pragmática. Ela daria uma única olhada para Kipling, empurraria Destiny e pediria um pouco de privacidade. Então iria para a cama com ele e, depois, o dispensaria. Porque o drama dos relacionamentos com o qual Destiny tinha crescido não começou com seus pais, apesar de eles terem sido os piores criminosos. Não, casamentos ruins e corações partidos datavam de muitas gerações dos dois lados.

Kipling abraçou a prefeita, depois deu um beijinho no rosto dela antes de acenar com a cabeça para Destiny.

— Bom ver você de novo — disse ele.

— Você também.

A prefeita Marsha os levou até uma sala de estar no canto de seu escritório. Depois que todos estavam acomodados, ela começou a reunião.

— Destiny, a cidade está extremamente contente por ter você aqui, nos ajudando a lançar nosso programa Salvo.

Destiny concordou com a cabeça enquanto olhava para Kipling. Ela o viu se encolher e não fingiu que sabia do que a prefeita estava falando.

— Salvo?

— Sistema de Ajuda Ligeira Voluntária Operacional — esclareceu a prefeita. — É assim que estamos chamando a organização de busca e resgate de Fool's Gold. Fizemos um concurso, as pessoas sugeriram nomes. A câmara municipal escolheu dez, e aí votamos. Salvo venceu.

— É um nome idiota mesmo assim — resmungou Kipling.

Destiny conteve um sorriso.

— Por que você acha isso?

— Porque dá a entender que eu vou salvar as pessoas como um herói. E eu já aguento muita coisa por ser visto como herói.

— São os desafios que constroem o caráter — murmurou ela, pensando que ele provavelmente gostava bem mais de "Força G".

— Essa é outra coisa que não me falta.

Ele piscou ao falar isso, o que fez Destiny querer rir. Mas essa era para ser uma reunião profissional, então, em vez disso, voltou sua atenção novamente para a prefeita Marsha.

— O Soger vai funcionar bem com o que você tem em mente.

— Estou contando com isso — respondeu a prefeita. — Tivemos muita sorte de conseguir o dinheiro de que precisávamos. Com nossos subsídios federais e estatais e uma doação anônima local de um montante bem razoável, estamos totalmente cobertos pelos próximos cinco anos. Incluindo a sua parte.

Impressionante, pensou Destiny. O Soger não era barato. Com o software em si, o equipamento requerido e o custo de mapear e treinar uma equipe, o valor passava de um milhão de dólares. E isso não incluía o custo de uma operação de busca e resgate.

— Tivemos um sucesso excelente com o nosso software — garantiu ela. — O seu terreno é perfeitamente compatível com o que fazemos de melhor.

— Maravilha! Você e o Kipling têm um plano?

Kipling estava tão relaxado quanto antes.

— Estamos elaborando um. Destiny precisa mapear a área e alimentar o software com dados. Então vamos fazer um teste beta no programa. Cumpriremos o prazo de primeiro de agosto.

— Ótimo! — A prefeita Marsha acenou positivamente com a cabeça para Kipling, então se voltou novamente para Destiny. — Você acha que vocês cumprirão o nosso prazo?

— Nosso planejamento é para estar com o programa instalado e funcionando na metade de julho. As outras duas semanas extras são um excedente que espero não precisarmos.

Destiny não gostava de problemas inesperados. Parte do seu trabalho era prever complicações antes que elas acontecessem. Ela se orgulhava de suas implementações tranquilas.

— E como a Starr está se adaptando à vida em Fool's Gold?

A mudança de assunto da prefeita pegou Destiny de surpresa. Pior: ela levou um segundo para lembrar quem Starr era e por que, pela primeira vez em dez anos, ela de repente tinha outra pessoa além dela mesma com quem se preocupar.

— Ela está, hum, bem. Eu acho. Chegamos apenas ontem à cidade.

A prefeita acenou compreensivamente com a cabeça.

— Sim, deve ser difícil para vocês duas. Ela é sua meia-irmã, certo? Vocês têm o mesmo pai, mas mães diferentes?

Destiny sentiu sua boca começar a abrir. Conscientemente, manteve os lábios fechados enquanto assentia com a cabeça.

— Sim, isso mesmo — disse ela hesitantemente, não se sentindo confortável em falar sobre sua família. Porque era muito melhor quando as pessoas não sabiam.

Ela deu uma olhada para Kipling, que parecia apenas ligeiramente interessado na conversa delas. Será que ele sabia quem ela era? Ele não tinha dado a entender que sabia.

— Quinze anos é uma idade complicada. — A prefeita Marsha meneou a cabeça. — Foi mais ou menos nessa época que eu comecei a ter problemas com a minha própria filha. Ela era uma menina teimosa. E isso já faz muito tempo. Quanto a você e à Starr, espero que vocês considerem Fool's Gold o seu lar pelo tempo que estiverem aqui. Se precisarem de alguma coisa, é só me avisar. Ah, tenho uma coisa para você.

Ela voltou à sua mesa e pegou uma pasta. Então, voltou ao sofá e a entregou à Destiny.

— Temos um acampamento de verão aqui. Chama-se *End Zone for Kids*. Fica nas montanhas. Há muitos roteiros interessantes para jovens. Acho que a Starr iria gostar das aulas de teatro, além das aulas de música, é claro. Você vai estar ocupada, e uma menina de quinze anos não deveria ficar o dia todo sozinha em casa.

— Eu, hum, obrigada.

Destiny não sabia o que mais poderia dizer. Como a prefeita sabia a idade da Starr? Ou que ela estava em casa sozinha? Apesar de que, talvez, essa última parte não fosse tão difícil de adivinhar. Afinal, Destiny não estava em casa com ela, e elas estavam na cidade há menos de dois dias.

A culpa surgiu depois desse estalo. Porque a Starr estava sozinha. Com quinze anos, ela deveria ficar bem, mas essa não era a questão.

— Temos festivais maravilhosos o verão todo — continuou a prefeita. — Espero que você os aproveite enquanto estiver aqui.

De alguma forma, Destiny se viu fora do escritório. Ela não se lembrava de ter saído dele ou de ter se despedido. Era a sensação mais estranha do mundo.

Kipling estava parado ao lado dela. Ele lhe deu um sorriso.

— Desnorteada com o que acabou de acontecer?

— Sim.

— Você vai se acostumar. A ideia do acampamento para a sua irmã é legal.

Destiny concordou com a cabeça. Ela não ia, de jeito nenhum, explicar que, até dez dias atrás, sequer conhecia a Starr. Que os pais dela tinham se casado doze ou catorze vezes e que havia dezenas de espécies de enteados e meios-irmãos espalhados por todo o país. Ninguém conseguia acompanhar as contas, e ela tinha desistido de tentar anos atrás.

A moça apertou o folder com força.

— Por falar na minha irmã, melhor eu ir para casa ver como ela está.

— Claro. Nos falamos depois.

Certo. Trabalho. Forçou-se à concentração.

— Precisamos conversar sobre a programação do treinamento.

— Me dê seu telefone.

Ela entregou o celular a ele. Ele digitou alguns números e o devolveu para ela.

— Agora você pode entrar em contato comigo quando quiser.

Ele acenou e se encaminhou para as escadas. Por um segundo, Destiny ficou observando-o se afastar. Kipling era uma boa distração. Mas quando ele desapareceu, ela ficou sozinha com a realidade de um novo trabalho, uma nova cidade e uma irmã que ela mal conhecia.

Um problema de cada vez, disse Destiny a si mesma com firmeza. E, neste momento, isso significava lidar com a família.

Capítulo 2

DESTINY VIVIA VIAJANDO A TRABALHO. ENQUANTO estava a serviço, ela trabalhava 24 horas por dia, sete dias por semana, até terminar o que tinha que fazer e ter algumas semanas de folga até ter que se apresentar no próximo local. Com exceção de um verão lindo no norte do Canadá, ela só tinha trabalhado com clientes nos Estados Unidos.

Ela estava acostumada a não saber quais os melhores lugares para comer ou onde encontrar um bom médico. Aprendeu a fazer perguntas e comprar em lojas locais. Preferia que a empresa bancasse uma casa a ficar em hotéis.

Em seu tempo livre, ela se recolhia ao seu condomínio em Austin, onde colocava em dia o que quer que tivesse perdido enquanto estivera fora. Ficar sozinha era um estado natural para ela. Um estado do qual gostava. É claro que sua mãe visitava a cada três ou quatro meses e havia as ligações dos amigos e dos poucos irmãos com quem ela tinha crescido, mas, em sua maior parte, Destiny cuidava de si mesma. Ela não tinha que se preocupar com as preferências de outra pessoa.

Quando as pessoas perguntavam se ela se sentia solitária, a mulher simplesmente sorria e meneava a cabeça. A vó Nell tinha lhe ensinado o prazer da solidão. Havia ensinado que, na companhia de um bom livro ou um violão, ela nunca estava realmente sozinha. Os livros e a música eram companheiros constantes. Melhores do que pessoas, nunca discutiam ou exigiam nada. E sempre eram familiares. Ao contrário da menina de quinze anos que a estava esperando em casa.

Destiny ficou parada em frente à pequena casa que tinha alugado para o verão. Era antiga, de um jeito charmoso e vivido, com dois quartos e dois banheiros. Havia uma garagem anexa e um quintal nos fundos, delimitado por uma cerca. A casa era confortável. Enorme, em comparação com seus padrões costumeiros de moradia corporativa. Ela nunca a teria alugado para si mesma, pensou, enquanto ia em direção aos degraus da frente. Mas este verão era diferente. Dessa vez, ela tinha sua meia-irmã junto.

Destiny abriu a porta da frente e entrou. Starr estava sentada encolhida no canto do sofá, lendo em seu tablet. Olhou para Destiny com olhos verdes parecidos com os da irmã, apesar de a desconfiança não ser familiar. Elas tinham herdado os olhos e os cabelos ruivos do pai. Mas todo o resto era diferente.

Destiny era alta. Sempre se achou toda braços e pernas. Starr era mais baixa e delicada. Destiny era destra; Starr, canhota. Destiny acordava cedo, e Starr parecia ser uma criatura da noite. Mas elas eram irmãs e Destiny sabia que isso vencia quaisquer diferenças.

Duas semanas atrás, Destiny estava se preparando para sua viagem a Fool's Gold quando recebera uma ligação do advogado de seu pai. O homem trabalhava para ele desde que Destiny se entendia por gente e era responsável por catar os cacos depois de cada peripécia de Jimmy Don. O pai de Destiny era uma lenda, e varrer a sujeira dele era um emprego de tempo integral.

Ele tinha dito a Destiny que uma das filhas de Jimmy Don estava vindo do colégio interno para casa e não tinha para onde ir. Jimmy Don estava fora do país, e a mãe da menina tinha morrido de overdose um ano antes. Não havia ninguém para ficar com Starr Mills durante o verão.

Contabilizar as mulheres do pai levava um tempo que ela não tinha, mas Destiny se lembrava do caso tórrido e da filha ilegítima que dele resultara. Pelo que Destiny tinha ouvido, Starr estava realmente sozinha no mundo. Negar o pedido não era uma opção.

Mas apesar de elas serem meias-irmãs, a verdade era que nunca tinham se visto até dez dias atrás, quando Destiny foi buscar a adolescente no aeroporto de Austin. Até agora, as conversas delas tinham sido superficiais, como "oi, como vai você" e suas variações. Starr era mais quieta do que Destiny esperava. Ela não fazia um monte de ligações no celular para as amigas nem passava horas trocando mensagens de texto freneticamente.

— Oi — disse Destiny, enquanto fechava a porta. — Tudo bem?

— Tudo. — Starr largou o iPad. — Eu estava lendo.

— Saiu hoje?

Starr meneou a cabeça.

Destiny podia não ter filhos, mas sabia que uma adolescente de quinze anos engaiolada em uma casa estranha por dias a fio não era algo bom.

Não seria bom nem se a casa não fosse estranha. Jovens precisam se movimentar. Fazer amigos.

Destiny largou a mochila pequena no chão, se sentou no canto diagonal do sofá e entregou a ela o material que a prefeita Marsha lhe tinha dado.

— Tive uma reunião interessante esta tarde — disse, decidida a não mencionar o fato de que a prefeita sabia bem mais do que deveria sobre a vida pessoal de Destiny e de seu relacionamento inexistente com a meia-irmã. — Parece que tem um acampamento de verão na cidade. Ou talvez seja nas montanhas. Não li todas as informações ainda. Mas é perto e pensei que poderia ser divertido.

A desconfiança nunca deixava os olhos de Starr.

— Por quê?

— Vai ter gente da sua idade. E aulas diferentes. Teatro, canto, música. Você estaria ao ar livre. É melhor que ficar trancafiada aqui.

Se lhe dessem escolha, Destiny sempre preferia ficar ao ar livre. Ela não tinha certeza se era assim antes de ter ido morar com a vó Nell, mas certamente ficou assim depois. O céu parecia chamá-la. As árvores eram amigas altas que proviam proteção e sombra em dias quentes e ensolarados. Havia mil descobertas a serem feitas, sem contar a mágica da música que a Mãe Natureza criava com o farfalhar das folhas ou o canto dos pássaros.

Starr pegou o folheto que Destiny estava oferecendo e o abriu.

— Eu gostaria de fazer aula de teatro — admitiu ela. — E música. — Ela ergueu os olhos. — Melhorar no violão.

Não havia acusação na afirmação dela. Apenas fatos. O que não impediu Destiny de se encolher. No dia em que ela tinha ido buscar a Starr no aeroporto, a menina perguntou se ela poderia ajudá-la com o violão. Ela admitiu ter aprendido sozinha e se sentia frustrada por não ter tido aulas. Destiny mentiu, dizendo que não tocava muito e não podia ajudá-la.

Duas semanas depois, a mentira ainda pesava em seus ombros. A música tinha sido uma parte tão importante de sua vida quanto a própria respiração. Analisando quem eram seus pais, era inevitável, Destiny supunha. Ela tinha começado a tocar o violão infantil antes de aprender a ler e, aos seis anos de idade, acrescentara o piano à sua lista de habilidades.

Quase doze anos atrás ela tinha tomado a decisão de deixar essa vida para trás. Para se focar no que ela enxergava como o mundo normal. Ela raramente tocava hoje em dia e se esforçava ao máximo para ignorar as letras que borbulhavam em sua mente. Às vezes, ela cedia e passava a tarde toda tocando e compondo. Geralmente, isso bastava para liberar sua energia até a próxima vez em que essa sensação a tomasse.

Ela disse a si mesma que tinha o direito de tomar essa decisão. Não devia à Starr esse pedacinho dela mesma. E apesar de ser tecnicamente verdade, ela sabia que não devia ter mentido.

— Eu dei uma olhada — disse Destiny, com um sorriso. — Eles têm aulas de violão. De piano também, se te interessar.

— Você toca piano?

— Eu costumava tocar.

— Você não tem um piano em casa.

Não, ela tinha um teclado e um conjunto excelente de fones de ouvido. Estavam escondidos debaixo da cama.

— Eu me mudo demais para ter um piano — respondeu ela, dando de ombros. — Seria difícil trazer um piano no avião como minha bagagem de mão.

Os lábios cheios de Starr se curvaram levemente para cima. Não era um sorriso completo, mas era mais próximo do que ela tinha chegado antes, pensou Destiny.

— Acho que o acampamento seria divertido para você. Sei que é difícil ficar longe dos seus amigos do colégio. Deve ter uma galera legal na cidade, certo?

— Não ando com a "galera legal" — informou Starr. — Mas eu gostaria de fazer uns amigos.

— Ótimo! Então dê uma olhada e me diga o que acha.

Starr concordou com a cabeça. Ela não perguntou sobre o valor. O advogado do Jimmy Don explicara que a mãe de Starr tinha um seguro de vida e que esse dinheiro foi aplicado em um fundo. O pai delas também tinha acrescentado alguma coisa. A adolescente certamente pensava que suas despesas seriam bancadas com esse dinheiro.

Apesar de Destiny saber que, legalmente, podia sacar dinheiro desse fundo, ela não queria. Ela pagaria o acampamento por conta própria, assim como planejara bancar as despesas básicas de Starr. Elas eram uma família. Mais ou menos. No mínimo, eram aparentadas, e isso importava.

— Venha — disse Destiny, enquanto se levantava. — Você pode ler sobre o local enquanto eu começo a fazer o jantar.

Elas foram até a cozinha. Starr se acomodou à pequena mesa enquanto Destiny pegava os ingredientes para fazer um frango frito. Ao abrir a geladeira, ela viu algumas caçarolas nada familiares, com comida dentro.

— Você cozinhou? — perguntou ela.

— Não. Duas senhoras vieram aqui e trouxeram isso. Tem instruções de como aquecer. Parecem ótimos.

Destiny deu uma olhada nas etiquetas. Uma dizia apenas *lasanha*, com sugestões de aquecimento tanto para o forno quanto para o micro-ondas. A outra etiqueta dizia *Torta de tomate com várias camadas da Denise*. Destiny tinha bastante certeza de que não tinha conhecido nenhuma Denise, mas isso não importava. Os moradores de cidades pequenas cuidavam uns dos outros. Qualquer evento significativo botava a brigada das caçarolas para trabalhar.

— Podemos comer isto aqui no almoço — sugeriu ela. — Se você não se importar.

— Claro.

Ela colocou farinha, sal, pimenta e páprica em um saco plástico grande. Depois de lavar o frango, ela bateu nele para secar e, então, mergulhou-o no leitelho por alguns segundos antes de passar os pedaços na farinha. Depois de sacudi-los algumas vezes, o frango estava coberto. Ela colocou os pedaços em um prato. O segredo para um bom frango frito era o óleo quente e deixar a mistura da farinha ficar um pouquinho viscosa.

Enquanto esperava, ela deu uma olhada na Starr. A adolescente estava lendo atentamente sobre o acampamento.

Havia uma quietude em torno dela. Ou talvez fosse apenas tristeza. A jovem vida da Starr não tinha sido fácil. Ela raramente via o pai; a mãe vivia entrando e saindo de clínicas de reabilitação e tinha, eventualmente, morrido de overdose. Agora Starr morava em um internato. Ela não tinha avós e todos os seus irmãos ou eram meios-irmãos ou irmãos postiços ou estranhos completos. Destiny se sentiu culpada novamente, mas, dessa vez, por um motivo diferente. Ela precisava arranjar tempo para a Starr. Elas tinham o verão juntas. Podiam se conhecer.

Destiny supunha que, em muitas famílias, meias-irmãs já fossem amigas. Mas não na dela, e isso acontecia porque seu pai não conseguia resistir a uma mulher bonita. Jimmy Don amava as mulheres, e elas o amavam. E a história se repetia. Não que sua mãe fosse diferente. Lacey Mills estava no sétimo marido. Ou talvez oitavo. Era difícil contar.

Destiny era a primogênita de Jimmy Don e Lacey. Ela acompanhou os primeiros anos do relacionamento deles. Tinha crescido com os gritos, os pratos sendo arremessados, o drama. Tinha aprendido cedo a sair do caminho quando os ânimos se alteravam e que os momentos bons eram sempre temporários. Ela jurou que seria diferente. Queria um casamento tranquilo, calmo e prático. Nada de grandes altos e baixos para ela. Ela estava procurando um homem que pudesse respeitar e com quem pudesse ter filhos, não alguém que fizesse seu coração bater mais rápido.

Sua determinação era o motivo pelo qual ela evitava os Kipling Gilmores do mundo. É claro que ele era um pedaço de mau caminho, com um sorriso fácil e aquele jeito charmoso. Ela tinha certeza de que ele sabia de coisas que poderiam fazê-la implorar por mais. Mas ela não queria isso. Não queria ansiar, desejar, sonhar ou mesmo esperar. Queria certeza. Um amor sólido, dependente e confortável.

O sexo era a raiz de todo o mal. Também aprendera isso cedo. Nunca tinha se permitido se apaixonar, o que era motivo de orgulho. Nenhum hormônio era mais poderoso que sua determinação e nada, nunca, ia mudar com relação a isso.

O *The Man Cave* costumava ser uma velha loja de ferragens. Assim que Kipling teve a ideia de abrir um bar onde os homens pudessem se sentir à vontade, ele pensou imediatamente na loja à venda na rua Katie. Como o vendedor, por acaso, também era um de seus sócios no bar, conseguira um ótimo preço pelo lugar.

A reforma foi rápida. O fato de seus novos sócios conhecerem os comerciantes locais ajudava, e as coisas fluíam. Agora eles estavam a poucas semanas da inauguração.

Kipling ficou parado nas portas duplas da entrada e deu uma olhada em volta. Havia um bar comprido na parede da direita que abrigava uma geladeira de cervejas self-service. Mesas preenchiam a área da frente. Havia mesas de sinuca e alvos de dardos, uma sala de pôquer nos fundos e várias TVs, incluindo duas nos banheiros para que ninguém perdesse o jogo.

O segundo andar tinha vista para o bar principal e tinha vários lugares para sentar. Recordações esportivas decoravam as paredes. Não apenas capas da *Sports Illustrated* com mulheres de biquíni, mas troféus verdadeiros e outros itens. Josh Golden, um dos sócios e o proprietário do prédio, tinha doado uma de suas camisetas amarelas do Tour de France. Havia bolas e capacetes de futebol americano doadas pelos ex-jogadores profissionais da Score, uma empresa local de RP, e dezenas de troféus deles e do ex-jogador Raoul Moreno. A contribuição de Kipling foi uma de suas medalhas de ouro das Olimpíadas de Inverno de 2010, em Vancouver.

Mas o que ele mais gostava era o palco grande e o equipamento de ponta de karaokê que ele tinha encomendado. É claro que eles podiam ter bandas tocando ali, mas, para ele, o karaokê era a verdadeira atração.

Quando ele ainda competia e viajava o ano todo, o karaokê era o que sempre unia as equipes. Não importava em que lugar do mundo eles estivessem, eles encontravam um lugar com karaokê e passavam muitas noites bancando os palhaços. Kipling conseguia cantar no tom. No máximo. Mas cantar bem não era o propósito. A ideia era se divertir.

Ele já alimentava a ideia do bar há algum tempo. Assim que viera para Fool's Gold, percebeu que esse era o lugar onde ele podia realizar isso. O Jo's Bar fazia um bom trabalho na cidade, mas atendia basicamente as mulheres. Os tons pastéis e as TVs sintonizadas em canais de moda e compras o deixavam meio apavorado. Aonde os homens iam para ficar de bobeira? Algumas conversas depois, ele tinha sócios e um contrato de aluguel de longo prazo com Josh.

Kipling ligou as luzes e analisou o ambiente. Eles ainda estavam aguardando algumas mesas e cadeiras. A licença para vender bebidas alcoólicas chegara na semana anterior. Agora eles estavam listando os fornecedores.

A porta da frente se abriu, e Nick e Aidan Mitchell entraram.

Os dois eram nascidos e criados em Fool's Gold. Pelo que Kipling tinha ouvido, havia cinco irmãos Mitchell. Os dois mais novos eram gêmeos. Os gêmeos e o mais velho, Del, tinham se mudado dali.

Por sugestão de seus sócios, Kipling tinha contratado Nick para gerenciar o bar. Aidan, um ou dois anos mais velho, cuidava do negócio da família — a Mitchell Adventure Tours. A empresa atendia os turistas e oferecia de tudo, desde passeios diurnos pelas montanhas até *rafting* em águas claras.

— Está bacana — disse Aidan, quando eles se aproximaram. — Vocês vão abrir logo.

— Em três semanas, no máximo — respondeu Nick, com tranquilidade. — Já estou contratando garçons.

Os dois eram altos, com olhos e cabelos escuros. Aidan olhou para o irmão.

— É sério? Contratando garçons?

A expressão relaxada de Nick se contraiu.

— Não comece.

— Não vale a pena.

Havia tanto frustração quanto afeição na voz de Aidan. Pelo que Kipling tinha conseguido concluir, a família era próxima, mas não sem seus problemas. O pai era Ceallach Mitchell, o famoso artista do vidro. Ele era conhecido tanto por seu brilhantismo quanto por seu temperamento. Nick, aparentemente, tinha herdado o talento dele, mas não o interesse. Pelo que Kipling podia dizer, Nick trabalhava em bares há anos, ao invés de trabalhar com vidro.

Aidan pegava muito no pé do irmão — reclamando que o Mitchell mais novo podia fazer muito mais do que apenas tomar conta de um bar. Como Kipling tinha um relacionamento complicado com sua irmã, se esforçava ao máximo para ficar de fora desses perrengues familiares.

— Já pensou naquilo que conversamos? — Kipling perguntou a Aidan.

Aidan ergueu um ombro.

— Você sabe que eu não tenho tempo.

Kipling sabia quando ficar quieto. Era um truque que ele tinha aprendido com seu treinador. Deixe as pessoas discutirem a questão que quase sempre elas acabam assimilando a sua maneira de pensar.

— É... — continuou Aidan. — Sei que é um trabalho voluntário, mas temos muito movimento no verão.

— Vocês têm movimento o ano todo — retrucou Nick, alegremente. — E se for um dos seus clientes que se perdeu?

Aidan xingou o irmão.

— Ninguém pediu a sua opinião.

— Sou generoso. Não precisam me pedir.

Kipling conteve o riso.

Aidan ficou olhando para ele.

— Não me pressione.

— Eu nem sonharia em fazer isso — disse Kipling. — Eu contei que foi a prefeita Marsha que me indicou você?

Aidan xingou de novo.

— Está bem — resmungou ele. — Vou ser um dos seus malditos voluntários.

— Bom saber. Vou aprontar a papelada para você dentro de um dia.

— Há papelada? — Aidan sacudiu a cabeça. — Nenhuma boa ação fica impune.

Nick deu um tapinha nas costas dele.

— Ainda bem que você sabe.

— Não pense que você vai me deixar lá sozinho — disse Aidan a ele. — A ideia é andar com você.

Dois pelo preço de um, pensou Kipling, satisfeito. A equipe de busca e resgate, a qual ele jamais chamaria de "Salvo", seria composta, em sua maior parte, por voluntários. Ele estaria no comando e estava contratando uma pessoa para ser seu imediato, além de dois funcionários de apoio. Mas todos os outros trabalhariam como voluntários. Era a maneira mais fácil de manter os custos baixos.

Dada a boa vontade da comunidade em participar, Kipling não achou que teria problemas para treinar todo mundo. Ele já tinha conversado tanto com a delegada quanto com o comandante do corpo de bombeiros, e eles garantiram que ele poderia contar com várias pessoas.

Era o Aidan que ele queria, contudo. Por conta da agência de turismo, ele conhecia a região melhor do que qualquer pessoa. Quando alguém se perdesse, Kipling queria Aidan no terreno, procurando.

— Quando começa o treinamento? — perguntou Nick.

— Só daqui a pelo menos um mês. A instrutora do Soger chegou há dois dias. Ela precisa mapear o terreno e colocar o software para funcionar primeiro.

Aidan fez um aceno compreensivo com a cabeça.

— A ruiva alta, né? Eu já a vi por aí. Qual o nome dela?

— Destiny Mills.

Kipling queria dizer mais. Como o fato de que os olhos verdes dela o lembrava folhas de primavera sobre a última neve da temporada. Só que ele não era o tipo de cara que falava assim. Ninguém era. Pelo menos ninguém que ele conhecesse.

— Seria bom para você arrumar uma mulher — disse Nick, cutucando o irmão.

— Ela não faz o meu tipo.

— Como você sabe? Nem a conheceu.

A expressão de Aidan se fechou.

— Não é. Deixe isso pra lá.

Ele se virou e saiu do bar.

Nick esperou o irmão ir embora e meneou a cabeça.

— Ele não namora ninguém por mais que quinze minutos. Um dia, esse estilo de vida vai se voltar contra ele. E você? O que acha da Destiny Mills?

Kipling não ia compartilhar seus pensamentos com ninguém além da mulher em questão.

— Estou trabalhando com ela, não namorando. Por que o interesse?

— Sou o bartender. Preciso saber das coisas.

Kipling pensou por um instante em falar para Nick ficar longe dela. Ele tinha seus próprios planos para Destiny. Aí ele percebeu que não havia motivo. Se Destiny estivesse interessada na mesma coisa que ele, saberia logo, logo. Se não estivesse, então o Nick podia fazer o que bem entendesse. Kipling nunca tivera muitos problemas em conseguir mulheres ou continuar com elas. O problema era mais aquela coisa de nunca sentir que queria mais do que uma aventura temporária. Mas até que chegasse a hora de dar tchau, ele estava interessado em qualquer coisa que Destiny quisesse.

A ruiva acordou mais cedo que de costume. Mesmo depois de tomar banho e se vestir, ainda faltavam alguns minutos para as seis. Ela pegou a carteira e enfiou no bolso da frente da calça jeans, então foi em silêncio até a porta da frente e saiu.

Ainda estava friozinho, apesar de o meteorologista ter prometido um dia quente. O céu estava limpo, e a vizinhança, quieta. Ela fechou o zíper do moletom e se encaminhou para o centro da cidade.

Uma das vantagens de se mudar constantemente era descobrir novos empreendimentos locais. Até agora, as descobertas dela em Fool's Gold se resumiam a um *food truck* que servia sanduíches maravilhosos perto do parque Pyrite e a padaria Ambrosia. O primeiro resolvia seus problemas quanto ao almoço, e a segunda iria obrigá-la a acrescentar alguns exercícios físicos à sua rotina.

Ela atravessou ruas vazias. À medida que se aproximava da panificadora, viu algumas pessoas e uns carros. Um corredor acenou com a cabeça ao passar por ela.

Destiny gostava de descobrir o ritmo de cada cidade em que trabalhava. Todas eram similares, com diferenças apenas suficientes para manter as coisas interessantes. De certa forma, era como o ritmo de uma música. As estrofes contavam histórias, e o refrão era a exploração de um tema. A espinha dorsal que mantinha tudo unido.

Ela virou na rua Second e viu a padaria à frente, à sua esquerda. As portas estavam abertas, o que significava que já tinha passado das seis horas. Ela entrou e inspirou a combinação doce de açúcar, canela e pão recém-assado. Um verdadeiro paraíso.

Uma loira miúda estava parada atrás do balcão. Ela tinha olhos azuis e um rosto bonito. Havia algo familiar com relação a ela, apesar de Destiny saber que elas ainda não tinham se conhecido. A plaquinha no peito dela dizia que seu nome era Shelby.

— Bom dia — cumprimentou Shelby, com um sorriso. — Levantou cedo.

— Não tão cedo quanto você. — Destiny apontou para o balcão de doces. — A não ser que isso aqui tenha sido feito ontem à noite.

Shelby riu.

— Nada disso. Cheguei aqui às três.

Destiny se encolheu.

— Certo, eu gosto de acordar cedo, mas isso é um desafio.

— Eu sei. Quando tenho um dia de folga, durmo até tarde. Ou seja, até quatro e meia. É uma agenda esquisita, com certeza. O que você vai querer?

Destiny escolheu meia dúzia de folhados. Ia deixar boa parte deles para a Starr e, quem sabe, levar um para o trabalho.

Shelby colocou os doces em uma caixa com listras brancas e prateadas.

— Você é nova na cidade ou só está aqui a passeio?

— Sou nova. Vou passar o verão aqui para instalar o software de busca e resgate.

Shelby acenou compreensivamente com a cabeça.

— Salvo. — Ela riu de novo. — Kipling Gilmore é meu irmão. Não sei se você já o conheceu. Ele está coordenando o programa. E odeia totalmente esse nome, diga-se de passagem. Se você quiser torturá-lo ou algo assim, é só ficar repetindo em voz alta.

— Eu já o conheci, sim. E obrigada pelo conselho.

Destiny estudou a outra mulher, entendendo, agora, por que ela parecia familiar.

Shelby lhe entregou a caixa.

— Sabe, você não precisa vir aqui para comprar folhados. Não que eu não goste da companhia. Mas a maioria das pessoas também quer café, e não servimos café. Você pode comprar os nossos doces no *Brew-haha* também.

— Não sou muito fã de café. Apenas açúcar. — Destiny pensou na conversa que teve com Kipling e no que a prefeita Marsha tinha falado sobre o programa. — Faz tempo que você mora aqui? Tive a impressão de que o Kipling é uma aquisição relativamente nova à população.

— Quase um ano. — O sorriso de Shelby se desfez. — Vim para cá no verão passado. Minha mãe morreu e, bem, é complicado. O Kipling estava na clínica de reabilitação até janeiro. Reabilitação física, não aquela... Ah, você sabe quem ele é? O esqui e tudo mais?

Destiny confirmou com a cabeça.

— Cheguei a essa conclusão. O acidente foi bastante complicado. Fico feliz que ele esteja bem agora. — Ela hesitou, sem saber ao certo o que dizer sobre a mãe de Shelby. — Sinto muito pela sua mãe.

— Obrigada. Nunca passa, mas estou lidando com a dor. Ter o Kipling por perto ajuda. Quero dizer, ele é totalmente irritante, mas eu o amo. É a única família que me sobrou. Eu estaria perdida sem ele.

— É bom ter a família por perto — murmurou Destiny, pensando na Starr. A menina só tinha quinze anos e estava praticamente sozinha no mundo. Era bom que elas teriam o verão para se conhecerem.

Dois homens entraram na padaria. Eram altos, de ombros largos e estavam usando bermudas e camisetas. Também pareciam familiares, apesar de Destiny não conseguir identificá-los. Será que todo mundo nessa cidade era parente?

— Quem perder, paga — disse o moreno. — Ou seja, você.

— Legal, Sam. Vou destruir você na quadra hoje.

— Até amanhã — disse Destiny a Shelby, encaminhando-se para a porta.

Ela passou pelos dois homens. Ambos tinham alianças de casamento. Não que ela tivesse se sentido atraída por algum deles. Ela era forte, poderosa e nunca se rendia a algo tão temporal quanto sexo. Tinha objetivos, regras e um plano. E se tudo isso desse errado, tinha folhados.

Destiny começou a voltar para casa. Havia mais pessoas nas ruas agora, e o sol estava subindo no céu. Ela sorria e cumprimentava aqueles que acenavam para ela. Gostava da simpatia da cidade.

Na esquina, ela deu uma checada na rua antes de atravessar. Ao olhar para a esquerda, viu um homem correndo no sentido oposto a ela. A passada dele era levemente manca, e seu ritmo era mais lento que o da maioria. Quando as informações foram assimiladas por seu cérebro, Destiny reconheceu Kipling.

Havia cicatrizes em suas pernas, e seu quadril coxeava. Ela pensou em tudo que ele devia ter passado depois do acidente e imaginou a coragem de que se precisava para se recuperar de algo assim. Não, não se recuperar. Evoluir. Aquilo exibia todo o caráter dele.

Ela atravessou a rua e voltou para a casa alugada. Depois de entrar, ela deixou os folhados na mesa e correu para o quarto. Depois de fechar a porta, tirou o violão do armário e se sentou na beirada da cama.

As palavras fluíam em uma melodia já meio pronta. Ciente da presença da Starr dormindo do outro lado do corredor, ela dedilhou baixinho, fazendo uma pausa de vez em quando para escrever a letra ou fazer anotações.

Jeitos demais e dias demais. Tentando e sofrendo, te vejo sozinho. Noites demais querendo a paz, e estou caminhando...

Ela pressionou as cordas com a mão, sentindo dificuldades com a frase.

A música a chamava. A necessidade de se perder em encontrar a combinação certa de notas e sílabas cresceu. De significado e frases. Ela deu uma olhada para o pequeno relógio de cabeceira. Tinha que ir trabalhar e não queria que Starr a ouvisse. Era melhor começar o dia.

Destiny inspirou, então encontrou um meio-termo e colocou o alarme para tocar dali a 45 minutos. Quando soou, ela se forçou a largar o violão e enfiou o caderno surrado na mesinha de cabeceira.

Ela tinha um emprego de verdade, lembrou a si mesma. Uma vida regular. O resto — as canções e a música — era só brincadeira. Ela tomava decisões deliberadas por um motivo. Permanecer no controle era tudo que a mantinha a salvo. Vigilância, lembrou a si mesma. Determinação. Ela era mais forte do que sua vontade biológica. Sempre seria.

Capítulo 3

KIPLING COLOCOU OS NOVOS COMPUTADORES QUE tinham sido entregues na semana anterior nas mesas. Ele separou o material das embalagens em pilha de lixo reciclável e não reciclável e depois levou tudo para os fundos. Quando voltou, Destiny estava entrando no escritório do Salvo.

— Bem na hora — disse ele, analisando a calça jeans, as botas e a camiseta de mangas curtas que a ruiva estava usando. Ela tinha prendido o cabelo em um rabo de cavalo.

Pelo que Kipling podia perceber, ela não estava usando maquiagem. Tinha uma mochila pequena como bolsa e certamente não se vestia para impressionar ninguém. Ela não era o tipo de mulher que deixava um homem esperando "só mais cinco minutinhos" enquanto se arrumava. Apenas pontos positivos, em sua opinião.

— Estou vendo que os computadores chegaram — disse ela, como forma de cumprimento. — Vou avisar aos meus técnicos. Eles vão chegar aqui em dois dias para carregar e testar o software. Enquanto eles estiverem fazendo isso, vou mapear o terreno. Aí começaremos a treinar você e seus voluntários no Soger.

— Bom dia — disse ele. — Como foi a sua noite?

Ela ergueu as sobrancelhas.

— Não achei que você fosse do tipo que se preocupava com frivolidades sociais, mas, claro, posso jogar esse jogo. Bom dia, Kipling. Foi boa a sua corrida esta manhã?

— Como você sabia que eu fui correr?

Ela mudou o peso do corpo de um pé para o outro.

— Fui comprar café da manhã e te vi. Indo para o outro lado. Eu teria chamado, mas você estava longe demais. Eu não estava espionando ou coisa do tipo.

— Nunca achei que estivesse.

Ela o estava observando. Um ano atrás, ele teria entendido isso como um bom sinal. Um sinal de interesse. Hoje, tinha menos certeza. Ela podia ter ficado assustada com as cicatrizes e a perna manca. Apesar de não parecer a ele o tipo de pessoa que dá muito valor a esse tipo de coisa.

— É essa coisa de cidade pequena — continuou ela. — Não dá mesmo para escapar de ninguém. Não que você estivesse tentando. Ou coisa do tipo.

Ela largou a mochila na mesa e cruzou os braços em cima do peito.

— Está se sentindo constrangida? — perguntou ele.

— Bastante.

— Quer mudar de assunto?

— Mais do que você imagina.

Ele sorriu.

— Então vamos ao trabalho.

Ao contrário do escritório da prefeita Marsha, não havia um conjunto confortável de sofá e poltronas. No centro de comando, as conversas aconteciam em torno de uma mesa de metal com cadeiras dobráveis. Kipling e Destiny se acomodaram em um canto. Ela tirou o laptop da mochila e o ligou. Enquanto iniciava, Destiny entregou duas folhas de papel.

— Esta aqui é a programação preliminar — explicou ela. — O mapeamento e os testes vão levar mais ou menos um mês. Vamos fazer vários exercícios de resgate que vão dar errado. Nesses casos, queremos o menor grupo possível de participantes. Para que ninguém fique desencorajado.

— Você está assumindo o pior.

— Já fiz isto antes — respondeu ela. — Homem e máquina não trabalham bem juntos sem treinamento. Depois que resolvermos essas questões, vamos ampliar as áreas dos treinamentos e trazer mais pessoas.

Ela estava sentada perto o bastante para que ambos pudessem ver a tela do laptop dela, o que também significava que ele podia sentir o cheiro de seu xampu. Algo floral, ele pensou. O que era meio surpreendente, considerando que ela não parecia lá muito interessada em ser feminina, a julgar por suas roupas e acessórios.

Nuances inesperadas. Todo mundo tinha. Eram uma das coisas que Kipling mais gostava de descobrir. O que mais ela estava escondendo? Será que havia uma mulher fogosa por debaixo de todo o exterior "corporativo"? Será que ela era quieta na cama ou gostava de gritar? Por ele, qualquer alternativa era boa.

Ela se virou para pegar alguma coisa na mochila. Quando o fez, seu rabo de cavalo balançou na direção dele. Cabelos vermelhos escuros levemente enrolados nas pontas, implorando para serem tocados. Ele sabia que as mechas seriam macias. Por um segundo, Kipling se permitiu fantasiar Destiny puxando o elástico que as prendia e sacudindo a cabeça. Como em um daqueles comerciais cafonas de perfume. Talvez ela o chamasse com o dedo.

Improvável, pensou, contendo um sorriso com aquela imagem mental. Destiny não parecia ser do tipo de fazer charme. Ele diria que a mulher era mais prática do que sedutora. Novamente, não era um problema para ele.

Destiny colocou mais papéis na mesa e analisou a folha de cima.

— Você vai contratar um imediato?

Ele se forçou a voltar sua atenção novamente para o trabalho em questão.

— Sim. Tenho entrevistas marcadas durante as próximas semanas. Também vamos ter dois funcionários pagos. — Ela fez umas anotações enquanto ele falava. — A força voluntária é impressionante. A maioria é de bombeiros e policiais, e alguns moradores locais que...

Ela se virou para ele.

— Sam Ridge.

— Você o conhece?

— O quê? Não. Eu o vi hoje. Na padaria. Ele e outro cara entraram quando eu estava indo embora. Um deles falou "Sam". Eu estava tentando descobrir quem era. — Ela se inclinou na direção dele. — Ele era *kicker* da NFL. Há muitos ex-atletas profissionais aqui nesta cidade. Você, os caras do futebol americano e um ciclista também... Havia um artigo sobre ele no site de Fool's Gold. Você está em boa companhia. Foi por isso que quis se mudar para cá?

— Não exatamente.

A boca dela se curvou em um sorriso.

— Me deixe adivinhar. Há algo a ver com a prefeita Marsha.

— Para falar a verdade, há, sim. Ela foi me visitar na Nova Zelândia depois do acidente e me ofereceu o emprego.

Ele não tinha se interessado muito pelo emprego, pensou ele de maneira taciturna, lembrando-se de como se sentia inútil preso naquela cama de hospital, sem saber se um dia poderia andar de novo. Ficou preocupado com a irmã e tudo pelo que ela estava passando. As pessoas diziam que o amor é algo importante. Ele nunca pensara assim. O amor não resolvia as coisas. Quando Shelby fugia dos punhos do pai, o amor de Kipling não tinha conseguido fazer porcaria nenhuma para salvá-la.

Aí a prefeita Marsha apareceu e ofereceu um milagre. Ele não sabia como aquela senhora sabia o que estava acontecendo, mas ela sabia. Conforme o prometido, ela tinha protegido a Shelby e, como retribuição, ele tinha se mudado para Fool's Gold.

Ele sabia que tinha se dado melhor nesse acordo. Shelby estava em segurança, e ele tinha um lugar para recomeçar. Um lugar onde ele era simplesmente Kipling Gilmore. Não o mundialmente famoso Força G. O que provavelmente parecia ótimo para a maioria das pessoas. Ele estava curado e podia se acomodar. O que poucos percebiam é que, depois de anos sendo um deus, às vezes era difícil ser mortal.

— É uma viagem e tanto para contratar alguém — disse Destiny.

— Eu valho a pena.

Ela riu.

— Certo, vou fingir que concordo com você. Ela estava de férias?

— Não sei — admitiu ele. — Nunca pensei muito no assunto. Eu estava bastante machucado e atordoado. Tinha coisas para resolver.

Ele ainda se lembrava da prefeita Marsha parada ao lado de sua cama no hospital, dizendo a ele que podia cuidar de sua irmã. Ele não acreditara nela, mas ela cumprira a promessa. Seu pai tinha sido preso, Shelby estava em segurança e, quando o ex-atleta estava bem o suficiente, viera para Fool's Gold assumir seu cargo.

— E...? — Quis saber Destiny.

— Ela fez uma oferta irrecusável — disse ele, sem querer compartilhar a verdade com ninguém, mais para proteger a Shelby do que a si mesmo. — E cá estou.

— Você é qualificado para o serviço como nenhum outro. Conhece as montanhas.

— Menos a pé do que com os esquis.

— Isso te incomoda?

Ele pensou em como era voar sobre a neve. Ir mais rápido do que qualquer outra pessoa. Pensou na sensação do vento, nos sons, no fato de que, durante aqueles poucos segundos, só existiam ele e as adversidades impossíveis contra sua vitória.

— Às vezes — admitiu ele.

— Desistir do sonho? — perguntou ela.

Ele confirmou com a cabeça.

— Ia acontecer, eventualmente, mas eu queria que fosse nos meus termos.

— Mas o que você fazia era perigoso. Você podia ter se machucado.

Ele olhou nos olhos verdes dela.

— Eu me machuquei.

— Quero dizer que podia ter sido pior. Valeu a pena?

Kipling não precisava nem considerar sua resposta. Ele sabia como era desafiar a gravidade. E era o melhor nisso.

— Com toda certeza.

— Nunca vou entender isso. Por que você assumiria esse tipo de risco deliberadamente?

— Pela recompensa.

O nariz dela se franziu.

— Um troféu e uma bela mulher ao seu lado?

— A adrenalina de vencer. Fazer o que não tinha sido feito antes.

— Então você quebra um recorde. Outra pessoa vai quebrar o seu. A glória é fugaz.

— A montanha é eterna e, quando eu esquiava, era parte dela.

Enquanto Kipling falava, parecia estar olhando além de Destiny, para algo que ela não conseguia enxergar. Ela não conseguia entender o que ele estava falando, o significado por trás das palavras. Por que alguém iria deliberadamente se colocar em risco? É claro que ela frequentemente perguntava para seus pais por que eles estavam dispostos a arriscar o casamento e a família por algumas noites de paixão; eles também não conseguiram explicar.

Destiny supunha que sua inabilidade em compreender tinha mais a ver com ela do que com eles. Ela não estava buscando por adrenalina em nenhuma forma, ao passo que quase todo mundo a buscava, não importavam os custos. Mas apesar de geralmente conseguir relevar as escolhas de seus pais apenas dando de ombros, Destiny se pegou querendo saber mais sobre as escolhas de Kipling. Para entender o que o tinha levado a assumir os riscos.

— Então você é parte da montanha? — perguntou ela. — Parte de algo maior que você próprio?

Ele deu um de seus sorrisos tranquilos.

— Algo assim.

— Isso eu entendo — afirmou ela. — Quando estou sozinha em meio à natureza, existe uma paz. Uma conexão. Mas isso a gente consegue sentir sentado, paradinho.

— *Você* consegue — corrigiu ele. — Eu faço isso com a velocidade.

Os olhares se fixaram. Naquele momento, o mundo pareceu encolher um pouquinho. Ou talvez "ter saído de foco". Ela conseguia ouvir as batidas de seu próprio coração e sabia que estava respirando, mas tudo isso parecia afastado do ato de olhar nos olhos azuis dele.

Eles estavam mais próximos do que ela se dera conta. Perto o suficiente para que ficasse tanto desconfortável quanto um pouquinho alerta. Inclinar-se para frente parecia a coisa mais lógica a se fazer, apesar de ela não fazer ideia do por quê. Inclinar-se para frente e depois o quê?

Ao invés de ceder, ela se afastou levemente e procurou por um assunto neutro.

— Conheci a sua irmã hoje cedo.

— Foi tomar café da manhã com os campeões, então?

— Fui comprar folhados para a minha irmã.

Ele ergueu uma sobrancelha.

— Pega na mentira.

— Está bem. Comprei para mim mesma, mas deixei a maioria para ela. — Destiny remexeu os papéis à sua frente. — Que bom que a Shelby também pôde se mudar para Fool's Gold. Vocês sempre foram próximos?

— Quase sempre. Eu viajava muito, e isso dificultava as coisas, mas mantivemos contato. Você sabe como é.

— Não muito — disse ela, antes de conseguir se interromper. — Meus pais me tiveram nove meses depois de terem se casado. Se separaram quando eu tinha cinco anos. Enquanto estavam separados, meu pai se casou com outra pessoa e teve um filho com ela. Minha mãe engravidou de outro cara, aí meus pais voltaram. Era confuso.

Havia muito mais que isso. Outros casamentos, separações e divórcios. Lacey e Jimmy Don acreditavam em viver amplamente. Destiny tinha ido morar com vários parentes e amigos. Tinha passado um tempo na estrada com os pais. Finalmente, a vó Nell tinha intervindo, tirando-a de toda aquela loucura. Desde o momento em que Destiny colocou os pés na pequena casa nas montanhas, soube que aquele era seu lugar.

— Eu não conheço a Starr direito — confessou ela. — Temos o mesmo pai, mas até duas semanas atrás, eu nunca a tinha visto.

— Que barra. Como estão as coisas?

— Bem, eu acho. Espero. Ela não fala muito, e eu nunca fui responsável por uma adolescente antes. Ela parece animada com aquela colônia que a prefeita Marsha me sugeriu ontem. Acho que seria bom para ela sair e fazer uns amigos. — Destiny hesitou. — Não sei o que ela quer. De mim ou da vida. Quando eu tinha a idade dela... Vamos apenas dizer que era diferente.

— Diferente como?

Antes que pudesse pensar em uma resposta, um ruído familiar ressoou ao fundo. Ficou mais alto e, depois, abaixou.

— Não acredito — disse Destiny, com um sorriso. — Qual é a de vocês, homens? Não conseguem simplesmente entrar em um lugar? Precisam sempre chegar fazendo arruaça?

— Não faço a menor ideia do que você está falando.

Ela apontou para o teto.

— Sabe esse barulho que você acabou de ouvir? É o Miles, perturbando a cidade no caminho para o aeroporto. Porque ele acha legal. Meu piloto de helicóptero é um dos melhores, mas tem a maturidade emocional de um bebê. Vamos lá. Você vai querer conhecê-lo, e preciso avisá-lo de que não pode causar transtornos enquanto estiver aqui.

— Ele costuma causar?

Ela pensou na lista de corações partidos e sonhos despedaçados que Miles deixava por onde passava. Meio que o oposto de migalhas de pão. Porque depois que Miles ia embora, nunca mais voltava.

— Sempre. Ele diz que é parte do seu charme.

— O que você acha? — perguntou Kipling.

— Que ele precisa de um belo tapa na cara.

Eles foram com o Jeep de Kipling até o pequeno aeroporto. O helicóptero estava, afinal, na pista. Enquanto Kipling parava o carro, um homem saiu do helicóptero e acenou. Destiny saiu do carro e foi correndo até ele.

Kipling viu que o cara, Miles, tinha mais ou menos a mesma altura que ele e cabelos escuros. Estava usando um boné de beisebol do LA Stallions. Destiny se jogou nos braços dele, e ele a envolveu em um abraço apertado.

Por um segundo, Kipling se perguntou se teria alguma concorrência em seu plano de ter um caso de curto prazo com a ruiva sexy. Ou se teria se confundido ao achar que ela era solteira. Mas enquanto os observava, o abraço, apesar de amigável, nunca passou de afetuoso. Não havia nenhum traço de tensão sexual entre eles. Nenhuma química forte.

Miles soltou Destiny, e ela se afastou. Estavam conversando animadamente. O homem meneava a cabeça teimosamente enquanto ela socava o braço dele.

Perfeito, então, pensou Kipling, com um sorriso. Mais como irmão e irmã, não como namorados. Ótimas notícias. Ele estava ansioso para conquistar Destiny, mas não tentaria nada se ela fosse de outra pessoa.

Os amigos se aproximaram. Destiny revirou os olhos.

— Kipling Gilmore, este é o Miles Thomas. Ele é um ótimo piloto e um verdadeiro galinha. Por favor, fale para ele pegar leve aqui na cidade.

Os dois homens trocaram um aperto de mãos.

— Esta cidade é um lugar familiar com muitas mulheres no poder — alertou Kipling. — Nossa delegada tem filhos no Ensino Médio e na faculdade. Não é uma boa ideia bater de frente com ela.

Miles piscou para Destiny.

— Então não vou chamá-la para sair. Destiny, querida, você vai fazer este bom homem achar que eu sou um babaca completo.

— É, eu sei. É como eu disse. Brilhante no céu, um idiota na vida amorosa. Não consigo nem contar quanto choro eu tive que ouvir no telefone nos últimos dois anos.

— Nunca fiz um telefone chorar — brincou Miles.

— Engraçadinho. Não me faça bater em você de novo.

Miles esfregou o braço.

— Você tem mesmo a mão pesada. Mais um dos trabalhos da vó Nell, suponho.

— Sim, e se ela tivesse te conhecido, teria te castrado, exatamente como fazia com os porcos.

O bom humor de Miles desapareceu, e ele deu um passo grande para trás.

— Obrigado por avisar. Ela já morreu, né?

— Você está falando da minha avó preferida — alertou Destiny. — Tenha um pouco de respeito.

— Sim, senhora.

Kipling se apoiou no Jeep e ficou assistindo ao showzinho.

— Quanto tempo você vai ficar na cidade? — perguntou a Miles.

— Até acabarmos o serviço. — Ele olhou para as montanhas. — Talvez umas seis semanas, mais ou menos. — Ele suspirou pesadamente. — Não que o trabalho dela preencha o meu dia. Sabe de alguém que queira contratar um piloto de helicóptero para serviços esporádicos?

— Não, mas vou perguntar por aí. Há uma agência de turismo na cidade que oferece tours na floresta. Vou dar o seu número para o dono. Talvez o Aidan queira oferecer voos de helicóptero. Pode ser que tenha outros. Me deixe pensar um pouco.

— Claro. Seria ótimo. — Miles tirou um cartão de visitas do bolso da camisa e o entregou a Kipling. — Eu agradeço por qualquer coisa que alivie o tédio de mapear cada centímetro do terreno.

— Nós te pagamos muito bem pelo seu tempo — protestou Destiny.

— Isso vocês fazem, meu bem, mas o dinheiro não torna o trabalho interessante.

— Ele é uma diva — disse Destiny a Kipling. — Você é quem devia ser cheio de frescuras e não é. O Miles não tem motivo algum para achar que é o tal, mas age como se fosse.

— Eu consigo te ouvir — disse Miles.

Ela começou a andar na direção do Jeep.

— Temos que dar uma carona para ele até a cidade para ele alugar um carro. Espero que não tenha problema.

Miles meneou a cabeça.

— Ela é sempre assim. Agindo como se eu fosse um…

— Irmão mais novo irritante? — completou Kipling.

— É. Por que isso?

— Não faço ideia.

Tudo que Kipling sabia era que Miles não ia se meter em seu caminho. O que significava que estava na hora de pôr seu plano em prática.

— Não entendo — admitiu Starr, quando elas desceram da calçada durante sua caminhada em direção ao centro da cidade e ao festival que estava acontecendo. — Quem é Rosie, a Rebitadeira?

— Ela trabalhava em uma fábrica durante a Segunda Guerra Mundial — explicou Destiny. — Simbolizava as mulheres que estavam ajudando durante a guerra. Antes disso, não havia muitas mulheres nas fábricas, mas quando os homens foram para a guerra, as vagas tiveram que ser preenchidas.

Os olhos de Starr se arregalaram.

— Como você sabe disso?

— Eu li um panfleto. Alguém deixou uma pasta cheia de panfletos sobre os vários festivais da cidade. Alguns parecem divertidos.

E o mais importante para seu verão ali com a Starr: havia dois festivais por mês, o que dava a elas coisas para fazer nos fins de semana.

Hoje era o primeiro dos Dias de Rosie, a Rebitadeira, um festival que celebrava todas as mulheres de Fool's Gold que tinham se mudado para São Francisco durante a Segunda Guerra Mundial para trabalhar nas fábricas.

Apesar de as escolas da cidade ainda terem aulas por mais algumas semanas, as aulas do internato de Starr já haviam terminado. A adolescente certamente tinha idade suficiente para ficar sozinha, mas Destiny não achava que passar dia após dia por conta própria fosse bom para sua meia-irmã.

— Talvez possamos pegar um livro sobre Rosie, a Rebitadeira, na biblioteca — sugeriu.

Starr revirou os olhos.

— Não, obrigada. Se eu quiser ler sobre ela procuro na internet.

— Claro.

Elas atravessaram a rua e seguiram na direção do parque. O dia estava ensolarado e quente; as calçadas, repletas de pessoas. Havia barraquinhas que vendiam desde azeite de oliva até bijuterias, e pôsteres que anunciavam que haveria música ao vivo durante toda a tarde e toda a noite.

Destiny parou em frente a um dos pôsteres. Ao menos essa era uma coisa que ela e Starr tinham em comum. Algo sobre o qual podiam conversar.

— Podemos ficar e ver as bandas — disse ela. — Quais parecem interessantes para você?

— Olá, meninas.

Destiny se virou e viu uma senhora de cabelos grisalhos e agasalho esportivo caminhando em sua direção.

— Não falem nada — pediu a senhora. — Me deixem adivinhar. — Ela fez uma pausa e, então, apontou para as duas. — Destiny e Starr. Acertei?

Destiny confirmou com a cabeça.

— Sim. Oi.

— Sou Eddie Carberry. Vocês duas são novas na cidade. Sejam bem-vindas. Gostamos de pessoas novas, desde que elas não causem problemas. — A expressão dela ficou séria e ela ergueu a mão, apontando o dedo para Destiny. — Nada de mandar mensagem enquanto dirige, mocinha. Ouviu?

— Sim, senhora.

— Eu ainda não dirijo — avisou Starr rapidamente, dando um passo para o lado, ficando meio escondida atrás de Destiny. — E eu jamais faria isso.

— Não faça mesmo. — O rosto de Eddie relaxou quando ela sorriu. — Divirtam-se no festival.

— Sim, senhora — responderam as duas em uníssono.

Eddie se afastou.

— Como ela sabe quem nós somos? — perguntou Starr. — E por que foi rude assim?

— Boas perguntas — respondeu Destiny. — É uma coisa de cidade pequena.

— A menor cidade onde eu morei foi Nashville. De lá, nos mudamos para Atlanta e, depois, para Miami. — Starr fez uma pausa breve. — O pai me levou em um passeio uma vez. Eu tinha oito anos. Fomos a cidades pequenas, mas era diferente. Não sei se gosto daqui.

— Você precisa dar um tempo. Pode ser mais intenso, mas também é mais fácil conhecer pessoas porque você as vê o tempo todo.

— O que é ótimo, a não ser que você não se dê bem com elas.

Destiny riu.

— Então você não é otimista?

— Acho que não. — Os olhos verdes dela brilharam. — O mau humor não é tipo um sinal de talento?

— Acho que é mais um sinal de adolescência.

— Você era mal-humorada?

— A vó Nell não acreditava em humor. Ela sempre dizia que as galinhas não se importavam com o que eu sentia ao alimentá-las, desde que eu as alimentasse.

— Ela parece, hum, ótima.

Destiny sorriu.

— Ela era, mas não era fácil. Mesmo assim, eu adorava morar com ela. — Ela se virou novamente para o pôster. — Certo. Vamos escolher nossas bandas. Você primeiro.

Elas ficaram olhando para as opções e tiveram uma discussão acalorada sobre rock versus bluegrass. Dez minutos depois, seu dia estava programado — ao menos musicalmente. Era cedo para almoçar, e como a música só iria começar dali a duas horas, então a tarde ia demorar a chegar.

Destiny não sabia ao certo sobre o que elas deveriam conversar. Sobre a escola? Será que esse era um assunto seguro?

— Tem mantido contato com seus amigos do colégio? — arriscou ela.

Starr deu de ombros.

— Alguns.

— Se quiser convidar alguém para passar uns dias aqui, não tem problema. Seria melhor se fosse no fim de semana, que aí não estarei trabalhando — acrescentou Destiny.

— Obrigada, mas não. Todos têm planos com as famílias. A Becky vai para a Europa, e a Chelsea vai fazer um curso de idiomas. — Starr suspirou pesadamente. — O pai dela trabalha, tipo, para o governo ou algo assim, e ela precisa aprender um monte de línguas.

— Isso deve ser difícil.

— Né? Mas ela é boa nisso. A Becky é boa em matemática. Não sou muito boa em nada. Talvez em música, mas...

A voz dela sumiu, e ela deu de ombros.

Por um segundo, Destiny sentiu uma onda de culpa. Só tinha ouvido a irmã cantar umas duas vezes, mas ela tinha uma voz bonita. Destiny sabia que podia ensinar Starr a tocar violão. Talvez elas pudessem começar pelo teclado. Só que Destiny não queria fazer isso. Ela não queria se envolver ou ter uma pessoa que conhecia metida com isso. Era sedutor e perigoso. Do lado de fora, o mundo da música era glamouroso, mas, dentro dele, era totalmente o inverso.

Uma mulher alta com um bebê preso junto ao peito se aproximou delas. Ela sorriu com vigor.

— Oi! Vocês devem ser a Destiny e a Starr Mills. É um prazer conhecer as duas. Sou Felicia Boylan. Eu coordeno os festivais aqui da cidade. — A mulher fez uma pausa. — Que interessante sermos todas ruivas naturais! Apenas dois por cento da população, aproximadamente, tem cabelos ruivos. O gene é recessivo. Acredito que a cor é causada por uma mutação do MC1R. Esse é o gene que...

Felicia fez outra pausa e, então, deu de ombros.

— Desculpem. Finjam que eu nunca disse isso. A maioria das pessoas não acha as minhas explosões de conhecimento particularmente interessantes, mas elas são inofensivas, garanto a vocês.

— É isso mesmo? — perguntou Starr. — O que você falou sobre uma mutação?

— Sim. Mas não no sentido de que te dá superpoderes, como um X-Men. Apesar de, curiosamente, cabelos ruivos não ficarem brancos. Eles simplesmente desbotam com o passar do tempo. — Felicia sorriu de novo. — Não que você se importe muito com isso agora, mas daqui a quarenta anos vai ser reconfortante.

Starr parecia mais confusa do que tranquilizada.

— Que bebê lindinho — disse Destiny. — Quantos meses?

— Oito. — Felicia sorriu. — Esta é a minha filha, Gabrielle-Emilie. O nome dela veio de Gabrielle-Emilie Le Tonnelier de Breteuil, uma cortesã francesa que ajudou seu amante, Voltaire, em muitos projetos de física. Mas se vocês encontrarem meu cunhado, Gabriel, por favor, não contem isso a ele. Ele acha que foi uma homenagem a ele, e não queremos desiludi-lo.

Starr parecia ainda mais confusa, mas concordou com a cabeça e tocou na mão da bebê.

— Oi, Gabrielle.

— Nós a chamamos de Ellie. Os humanos criam laços através do uso de apelidos, e meu filho, Carter, pediu que a chamássemos assim em homenagem à sua mãe.

Destiny estava com dificuldades em acompanhá-la.

— Você não é a mãe do Carter?

— Não. É complicado. — Felicia se voltou para Starr. — A prefeita Marsha me disse que você estava pensando em participar do acampamento de verão. Eu queria vir falar com vocês para dizer que, segundo o meu filho, é muito legal e você vai aproveitar bastante. Ele também tem quinze anos.

Destiny aceitava de boa vontade o fato de que talvez os moradores soubessem os nomes dela e da Starr até mesmo por que elas estavam na cidade. Mas saber suas idades e saber sobre a colônia era um pouquinho esquisito.

— Obrigada pela informação — respondeu Starr, timidamente.

— De nada. Uma das coisas que eles fazem lá é definir um parceiro para os novatos. Alguém que já tenha participado antes. Essa pessoa vai mostrar tudo e apresentar você para as outras pessoas. Pode ser difícil quando se é nova. Ou estranha. Eu sempre fui estranha quando era adolescente. Estou melhor agora. Meu marido diz que foi o amor que me amaciou, mas acho que nossas interações intensamente pessoais me permitiram desenvolver minhas habilidades sociais.

Felicia colocou a mão no ombro de Starr.

— Como adolescente, seu estado emocional natural é se sentir alienada. Isso faz parte do processo de separação, à medida que você se encaminha para a fase adulta. E apesar de o conceito ser útil para que você aprenda a ser um membro funcional na sociedade, você pode facilmente se sentir fora de prumo e sozinha. O que é menos confortável. Acho que a colônia seria útil para estabelecer sentimentos de conexão com as pessoas.

— Certo — disse Starr, lentamente. — Se você diz...

— Ótimo. Vou falar para o Carter procurar você. — Felicia sorriu para Destiny. — Várias mulheres da cidade vão almoçar no Jo's Bar hoje. Você e a sua irmã estão convidadas. Não posso ir porque estarei trabalhando, mas incentivo vocês a irem. Fazer amigos realmente ajuda a fazer um lugar parecer a sua casa.

— Obrigada — respondeu Destiny. — Isso é muito legal.

— De nada. Procure por Shelby Gilmore. Ela disse que conhece você. Ela vai estar lá. Agora, se me derem licença, ouvi falar que tem um problema com as cadeiras no palco menor. Alguém não prestou atenção no meu planejamento. Preciso ir lá agora e explicar que ele está errado.

— Boa sorte com isso... — murmurou Destiny.

Felicia acenou e foi embora.

Starr ficou olhando para a mulher.

— Ela me assustou.

— Me assustou também. Ao mesmo tempo, eu meio que quero ser mais como ela. Que mulher inteligente!

— Você é inteligente. Olha o trabalho que tem!

— Sou esperta o bastante — disse Destiny, rindo. — Mas não dá para comparar com a Felicia. — Ela colocou o braço em torno da irmã. — Veja só, aparentemente, não precisamos nos preocupar em ficar grisalhas.

— Eu já não estava preocupada. — Starr se aconchegou no braço de Destiny por um segundo e, então, se afastou. — Estou com fome.

— Eu também. Parece que temos planos para o almoço, mas ainda faltam horas para isso. Quer ir à padaria comer um donut?

— Pode ser.

Elas deram a volta no parque e, então, subiram a rua Second, desviando de famílias com carrinhos de bebê. *Turistas ou moradores?*, Destiny se perguntou, pensando em seu plano de se casar e ter um casamento calmo e tranquilo um dia.

Na faculdade, quando montou esse plano, Destiny assumira que já teria encontrado um marido a essa altura da vida. Mas, no fim das contas, homens calmos e sensatos eram mais difíceis de encontrar do que ela pensava.

Dois homens saíram da panificadora. Ela reconheceu Miles e Kipling, cada um segurando uma caixa de listras brancas e prateadas.

Ela tropeçou e parou com um aperto repentino no peito. Que estranho. Que diabos tinha sido...

Tudo congelou. Ela se focou em sua respiração e então, com cuidado, permitiu que sua atenção analisasse o resto do corpo. Havia a tal tensão no peito, além de um tremor distinto em sua barriga e algo quase como cócegas em suas coxas. Se ela não estivesse bem um segundo antes, poderia jurar que estava ficando gripada. Então se não era isso, o que seria?

Ela olhou para Miles. Ele a viu e sorriu. Parecia satisfeito, o que significava que tinha sido bem-sucedido em seu flerte com alguém. Enquanto o analisava, Destiny só sentiu pena da mulher que tinha atraído a atenção dele. Não que a maioria parecesse se importar. Muitas das conquistas de Miles tinham lamentado perdê-lo, mas poucas delas se arrependiam da diversão de curto prazo.

Algo que ela nunca tinha ficado tentada a experimentar por conta própria, então Miles não era a causa da sua reação.

Ela se virou para Kipling e ficou instantaneamente perdida em seu olhar azul-escuro. Ele parecia menos feliz do que seu novo amigo. A irritação cutucava o canto de sua boca e quando ele se virou para Miles, Destiny teve uma visão nítida do perfil esculpido dele.

Suas palavras eram como um farol, eu estava procurando por um lar.

Destiny inspirou. *Não*, disse a si mesma com firmeza. Ela não iria criar letras de músicas baseadas em Kipling. Ela sabia aonde isso levava, e era para um lugar ruim e sombrio. Levava à atração, que levava ao sexo, que levava ao ciúme e a acessos de raiva tarde da noite. O amor era igualmente ruim, com algumas cores mais vivas. De jeito nenhum, nem pensar. Ela não estava, sob nenhuma circunstância, atraída por Kipling Gilmore. Deuses do esqui não se adequam a relacionamentos sensatos.

— Que parte de "minha irmã" você não entendeu? — ralhou Kipling, enquanto ele e Miles chegavam até ela. — Oi, Destiny.

— Oi. O que está acontecendo?

Miles deu de ombros.

— Não sei. Vi uma mulher bonita e a elogiei. Este aqui quase arrancou a minha cabeça.

Destiny se encolheu.

— A Shelby, não. Eu gosto dela. Fique longe.

— Obrigado — disse Kipling, depois sorriu para Starr. — Oi. Sou o Kipling.

— Starr.

— A irmã. Estou vendo que a beleza é uma coisa de família.

Starr ficou vermelha e abaixou a cabeça.

— Oi — interveio Miles. — Estávamos falando de mim. A Shelby é adulta. Pode namorar quem ela quiser.

Kipling deu um passo na direção dele.

— Não, não pode. Se você machucá-la, vou quebrar cada osso do seu corpo. Fui claro?

Miles abriu a caixa e pegou um cookie, dando uma mordida.

— Calma, cara — disse ele, enquanto mastigava. — Você precisa aprender a se controlar. — Ele olhou para a expressão implacável de Kipling e suspirou. — Está bem. Ela está fora de cogitação. — Ofereceu um biscoito a Starr. — Então o que eu vou fazer para me divertir nesta cidade? Nada de Shelby. — Ele piscou para Starr. — Você é nova demais para mim. — Ele olhou para Destiny. — Você não está interessada em mim.

— Tem razão. Não estou.

Miles grunhiu.

— Não precisa ser tão direta. Podia fingir que me acha gato. — Ele se virou para Kipling. — Tivemos esse problema desde o começo. Coisa de princesinha.

Destiny estava curtindo a discussão até aquele segundo. Agora, ela ficou dura, torcendo para estar errada. Ele não ia fazer isso.

— Princesa? — perguntou Starr. — A Destiny?

— Você também, Vossa Alteza.

— Como é? — Starr analisou seu biscoito. — Não sou ninguém especial.

Kipling se voltou para Starr.

— É claro que é.

Uma gentileza, considerando que ele não fazia ideia do que o Miles estava falando.

Miles ergueu e abaixou as sobrancelhas.

— Ele não sabe, né?

— Não, e nem precisa saber.

— Claro que precisa. — Miles sorriu para Kipling. — A Destiny é a filha mais velha de Jimmy Don e Lacey Mills. Você sabe quem eles são, não sabe?

Kipling olhou para Destiny. A confusão escureceu seus olhos e, então, se esvaiu.

— Não pode ser.

— Mas é — garantiu Miles. — Encontrei a Lacey algumas vezes. Ela costuma ir visitar a Destiny nos lugares onde ela está trabalhando. E, caramba, ainda é gata. E aquela voz... Eu a vi ao vivo uma vez. Eles realmente são a realeza da música country. Todos aqueles hits, toda aquela paixão...

E todo aquele dramalhão, pensou Destiny, obscura. As fotos nos jornais, as prisões, os divórcios, as promessas quebradas. É, tudo tinha sido incrivelmente maravilhoso mesmo. Quem não queria ser ela?

Ela olhou para o relógio propositalmente.

— Vejam só que horas são. Precisamos ir andando.

Ela se virou, torcendo para que a Starr a seguisse. A adolescente a alcançou.

— Por que você não queria que o Kipling soubesse sobre os seus pais? — perguntou Starr, quando estavam longe o bastante dos dois.

— Isso muda as coisas. As pessoas agem de um jeito diferente quando sabem.

— Elas te respeitam mais?

Quem dera, pensou Destiny.

— Não exatamente. Elas acham que me conhecem, por causa deles. E não conhecem.

— Isso é ruim?

— Às vezes.

Capítulo 4

Destiny e Starr chegaram ao Jo's Bar para almoçar. Destiny não sabia ao certo o que esperar. Via de regra, ela evitava bares. Não bebia tanto assim e certamente não estava procurando homens para dar em cima dela. Mas o convite de Felicia oferecia uma oportunidade para conhecer algumas das mulheres da cidade e preencher parte do dia — ao menos até chegar a hora das bandas começarem a tocar. Dois coelhos com uma cajadada só.

Ela ficou surpresa ao ver que o lugar era a antítese de um bar tradicional. Era muito bem-iluminado, pé direito alto e paredes em tons pastéis. Era um lugar limpo, as TVs estavam ligadas em canais que pareciam ser de compras e mal dava para ouvir a música ambiente.

Algumas mesas já estavam ocupadas, a maioria por grupos de mulheres. Destiny avistou Shelby sentada com várias outras mulheres e foi na direção dela. Shelby ergueu os olhos e acenou vigorosamente.

— Você veio! — gritou, quando Destiny e Starr se aproximaram da mesa. — Ótimo. Venha conhecer todo mundo! — Ela apontou para a loira na ponta da mesa retangular. — Esta é a Madeline. Ela trabalha na Paper Moon.

— Sou a mulher dos vestidos de noiva — disse Madeline, com um sorriso. — Então, se você estiver pensando em se casar, venha falar comigo.

— Obrigada — murmurou Destiny, pensando que, apesar de o casamento ser algo que lhe interessava, encontrar o cara certo era particularmente difícil. Ao menos para ela.

— A Bailey você provavelmente conheceu no escritório da prefeita Marsha — continuou Shelby.

— Não conheceu, não — corrigiu a bela ruiva. — Eu não estava lá aquele dia. A Chloe estava doente em casa. — Bailey sorriu. — Minha filha. Ela está com aquilo que está dando em todo mundo. Virose, é o que sempre dizem, não é?

Destiny concordou com a cabeça e tentou prestar atenção no restante dos nomes. Havia uma Larissa, uma Consuelo e talvez uma mulher chamada Patience, mas ela não tinha certeza.

— Sou Destiny — anunciou, quando todas foram apresentadas. — Esta é minha meia-irmã, Starr. Somos novas aqui, mas acho que vocês provavelmente já sabem disso.

Bailey puxou a cadeira ao seu lado.

— Starr, querida, sente aqui do meu lado. Acho que nossos cabelos são do mesmo tom e isso quase nunca acontece comigo.

Starr hesitou por um segundo antes de aceitar o lugar oferecido. Destiny se acomodou à frente dela, ao lado de Madeline.

— Há quanto tempo vocês estão na cidade? — perguntou Madeline.

— Uma semana.

— Não consigo imaginar como deve ser — admitiu Madeline. — Moro aqui desde sempre. Patience também.

Patience confirmou com a cabeça.

— Nasci e cresci aqui. Nunca saí. Madeline, você não passou um ano ou algo assim em São Francisco?

— Passei. Tentei vários empregos diferentes antes de encontrar o que eu amo. Ajudar uma noiva a encontrar o vestido certo é extremamente gratificante.

Shelby se inclinou para frente.

— A Patience é a dona do *Brew-haha*.

— O café — disse Starr, dando de ombros em seguida. — Tenho lido sobre a cidade. É um lugar interessante.

— Temos um histórico de mulheres poderosas.

Essa última a falar era a Consuelo, pensou Destiny. Ela era pequena, mas parecia forte. Com olhos e cabelos escuros, era a mais impressionante do grupo. Destiny desejou momentaneamente ser mais exótica. Ou talvez ela estivesse simplesmente desejando não ser tão parecida com os pais. Até agora, ninguém tinha dito nada. Talvez Kipling não tivesse espalhado por aí que ela era filha de Jimmy Don e Lacey Mills. Isso seria bacana, não seria?

Ela supunha que não devia passar tanto tempo escondendo quem era, mas, sinceramente, Destiny simplesmente não queria responder a todas as perguntas. Como era crescer com pais famosos? Ela sabia cantar? A Lacey era realmente sexy pessoalmente? Essa era a pior. Nenhuma criança queria ouvir sobre como as pessoas achavam seus pais sex symbols. Com seu pai era ainda pior. Tinha *groupies* que davam seus telefones para ela, o endereço de e-mail, e uma senhora particularmente insistente em Dallas que tinha oferecido uma foto sua pelada para Jimmy Don. Destiny tinha se recusado a pegá-la, muito menos a entregar a foto.

— Séculos atrás, um grupo de mulheres maias migrou para o norte, para esta parte do país — contou Patience, com um sorriso. — Elas organizaram uma sociedade matriarcal. Não estou dizendo que é algo místico, nem nada assim, mas acho que o poder delas, ou como quer que você queira chamar, ainda persiste.

— Tenho certeza que sim — disse Larissa. — Vocês nunca entraram em um lugar e simplesmente sentiram que ele tinha uma energia boa? Ou nociva?

Várias concordaram com a cabeça. Uma garçonete veio até a mesa com um bloco de papel nas mãos.

— Oi, todo mundo — disse ela, depois olhou para Destiny e Starr. — Vocês são novas. Irmãs?

— Meias-irmãs — explicou Destiny, apresentando-se.

— Sou Jo. Sejam bem-vindas. A primeira bebida é por minha conta. O que vocês vão querer?

Consuelo suspirou.

— A semana foi longa. Voto em margaritas. — Ela olhou para Starr. — Faça uma sem álcool.

Todo mundo concordou veementemente com a cabeça.

— Minha única consulta do dia foi esta manhã — disse Madeline. — Estou dentro.

— Também não estou trabalhando — disse Patience. — Já pode trazer uma jarra, Jo!

Destiny ficou tanto chocada quanto animada. A vó Nell teria adorado aquele grupo, pensou ela, apesar de ter suas dúvidas quanto a beber durante o dia. De qualquer forma, era sábado, e ela não iria dirigir.

— Beleza — disse Jo. — Nachos?

— Você já sabe — concordou Larissa.

Jo confirmou com a cabeça e saiu. Depois que ela se foi, Patience se debruçou na mesa e abaixou a voz.

— Alguém já viu a parte de dentro do The Man Cave?

— Você precisa deixar isso pra lá — aconselhou Consuelo. — As pessoas podem abrir negócios.

— Mas esse é diferente.

Madeline concordou com a cabeça.

— Vai dar confusão.

— Do que vocês estão falando? — perguntou Destiny.

Madeline deu uma olhada por cima do ombro, então voltou sua atenção novamente para o grupo.

— Vai abrir um bar novo na cidade.

Destiny esperou pelo resto da história, mas não parecia haver mais nada.

— Certo — disse ela, lentamente. — E por que isso é ruim?

— Porque o Jo's Bar é *o* bar da cidade. Agora vão ter dois. Não é assim que as coisas funcionam aqui.

— Mas isso não é verdade. Já vi mais de um restaurante. Mais de uma lavanderia.

— Claro — disse Bailey. — E vários hotéis têm bares. Mas esse é uma concorrência mais direta. Não sei o que vai acontecer. A prefeita Marsha ainda não falou nada, mas tenho certeza de que vai falar.

Patience apontou para Madeline.

— Está sabendo? O Nick é o gerente.

Madeline meneou a cabeça e se afundou na cadeira.

— Não comece, estou implorando.

— O Nick, é? — provocou Larissa. — Estão tendo um rolo?

Consuelo revirou os olhos.

— Você ao menos sabe quem ele é?

— É o gerente do The Man Cave.

Consuelo grunhiu.

— Você já o *viu*?

Larissa riu.

— Não, e de que isso importa? E se eles estiverem tendo um romance? Vocês não vão querer ouvir a história? Como eles se conheceram e como se apaixonaram?

Destiny esperou por uma retaliação irritada. Consuelo a surpreendeu suspirando.

— Quer saber? Sim. O que é horrível. Eu costumava ser tão durona.

— Eu ainda tenho medo de você — garantiu Bailey.

— Mesmo? Não está dizendo isso só para me agradar?

— Juro que é verdade.

— Podemos voltar para o lance da Madeline e do Nick, por favor? — pediu Patience. — Há quanto tempo vocês estão saindo juntos?

Madeline esticou os braços em cima da mesa e apoiou a cabeça neles.

— Desisto — resmungou ela. — Me matem logo. Ou matem ela. Não me importo.

— Claro que se importa — disse Larissa. — Então, como é o Nick?

Todas riram. Madeline se endireitou.

— O Nick é um dos irmãos Mitchell — disse ela. — O pai dele é um escultor que mexe com vidro.

— Ceallach Mitchell — explicou Bailey. — Ele é famoso no mundo todo. As peças dele são exibidas em tudo quanto é lugar. — Ela se virou para Starr. — Trabalho para a prefeita. Preciso saber dessas coisas.

— Ele mora aqui? — perguntou a adolescente.

— Mora. Com a esposa. Dois dos filhos ainda moram na cidade. — Bailey franziu a testa. — É isso?

— Sim — confirmou Patience, com firmeza. — O Del foi embora anos atrás. Estava na faculdade e tinha uma namorada, a Maya. Eles eram totalmente apaixonados, e aí ela foi embora, e ele, também. Mas não juntos. Tenho a idade próxima dos dois, entre ele e ela, então foi tudo muito emocionante. Ela não era daqui. E tem o Aidan. Ele mora em Fool's Gold. Cuida da agência de turismo da família. O Nick é um dos irmãos do meio. Ele é o que tem o talento artístico do pai, só que não trabalha mais com vidro. Não faço ideia do porquê. E aí tem os gêmeos.

A cabeça de Destiny estava girando, e ela ainda não tinha tomado nenhuma margarita.

— Como você consegue se lembrar de tudo isso?

— Eu moro aqui. Não é difícil. — Patience sorriu para Madeline. — Você é o motivo pelo qual o Nick perdeu a habilidade criativa? Você o machucou?

— Passamos um verão juntos — protestou Madeline. — Anos atrás. Estávamos no último ano do Ensino Médio, e foi intenso e complicado e aí terminou. O Nick criou essa peça enorme de vidro, e eu me lembro de ter ficado apavorada porque achava que talvez fosse sobre nós ou sobre ele ter tirado a minha virgindade, mas não era. Eram árvores. Então fiquei bem.

Madeline apertou os lábios e, então, pigarreou. Ela se virou para Starr.

— Desculpe. Eu provavelmente não devia falar sobre isso na sua frente. Estávamos apaixonados, mas mesmo assim. Não éramos casados. Eu sou uma menina má.

Starr sorriu.

— Sei que as pessoas fazem sexo, e que é para ser romântico, mas ainda me parece um pouco nojento.

— E é — concordou Madeline rapidamente. — Muito nojento. Não é algo que você vá querer fazer.

Jo apareceu com as margaritas. À medida que as taças eram passadas adiante, Destiny pensou que aquele grupo era bastante acolhedor. Não muito convencional, mas, quando se tratava de amizade, não tinha problema.

Ela ficou feliz por Starr não parecer estar com pressa para se apaixonar. Ou fazer sexo. Essa era uma complicação de que nenhuma delas precisava.

Para ser sincera, Destiny nunca entendera qual era a graça em se apaixonar tão perdidamente por outra pessoa a ponto de enlouquecer de vez. Qual era o propósito? Veja o Kipling. Claro que ele era um cara legal e bonito. Apesar de Destiny não entender toda aquela questão de "esquiar na velocidade da luz", respeitava o fato de ele ter um sonho e ter batalhado para conquistá-lo. Trabalho árduo era uma coisa que fazia sentido para ela.

Mas se atirar nos braços dele e implorar que ele a aceitasse? Por quê? Sim, ela gostava de pensar nele e tê-lo por perto também era legal. E ela não chegava ao ponto de pensar que tocar nele seria nojento. Mas pensar em beijar não era a mesma coisa que fazer sexo. Isso era muito claro. Podia gostar da companhia do Kipling, admirar seu corpo e não fazer sexo com ele. Ela não era um animal selvagem.

— Então você está dizendo que não rola uma química entre você e o Nick? — quis saber Larissa.

— Não mais.

Shelby sorriu para Destiny.

— Estou totalmente perdida. E você?

— Bastante, mas em um bom sentido. Parece que a vida aqui é interessante.

— É mesmo — garantiu Shelby. — Eu tenho gostado.

— Seu irmão é um gato — disse Patience. — Não que eu esteja interessada. Sou casada com o melhor homem do mundo, e ele é fabuloso. Só estou ponderando que o Kipling é gato de um ponto de vista intelectual. Tenho o direito de observar as coisas.

Consuelo rosnou.

— Nem você fica bêbada tão rápido. Você tomou dois goles.

— Eu sei, mas não comi nada hoje.

— Peso leve — resmungou Consuelo, mas em um tom afável.

Destiny estava mais interessada em sua conversa com Shelby. Se Kipling tivesse contado a alguém sobre sua origem, teria sido para a irmã. Mas Shelby não deu nenhum sinal de que estava interessada nos pais de Destiny.

— O Kipling pode ser gato — disse Shelby. — Mas, às vezes, é irritante. Ele tem uma necessidade louca de resolver as coisas. Nem toda situação precisa ser consertada, sabe. Mas, fora isso, ele é, basicamente, um cara legal. — Ela se animou. — E solteiro. Alguém quer namorá-lo?

Todas olharam para Destiny e Madeline, o que fez Destiny perceber que elas eram as únicas mulheres adultas solteiras da mesa.

Madeline ergueu as duas mãos.

— Não estou interessada. Nós já nos conhecemos e não rolou química alguma.

Destiny pensou em seu plano sensato e sabia que não queria entrar nesse assunto com ninguém. A ruiva tinha descoberto que a maioria das pessoas simplesmente não compreendia sua racionalidade. É claro que a maioria das pessoas não tinha crescido com seus pais.

— Só vou ficar na cidade por dois meses.

Patience ergueu as sobrancelhas.

— Perceberam que a Destiny não falou nada sobre não rolar química, né?

Shelby riu.

— Você pode dizer que ele é gato. Não tem problema. Não vou presumir nada.

— Obrigada. Ele é gato.

Patience tomou um gole de sua margarita.

— Têm muitos caras gatos na cidade. É interessante. E bom para nós.

— Meu marido é um sonho — disse Larissa, suspirando. — Aquele corpo… — Ela fez uma pausa quando todas olharam para ela. — Falei demais?

Patience apontou para Starr e ergueu as sobrancelhas.

Larissa acenou compreensivamente com a cabeça.

— Então, hum, Starr, quem é gato no seu mundo? Você tem quantos anos? Dezessete?

Starr ficou vermelha.

— Quinze.

— Mesmo? Você é tão sofisticada. É o cabelo. — Larissa suspirou. — Todo mundo acha que ser loira é que é legal, mas tem um milhão de nós por aí. Ruivas são especiais.

Starr deu um sorriso travesso.

— Eu e a Destiny descobrimos agora há pouco que não vamos ficar grisalhas. Ruivas não ficam grisalhas.

— Certo, agora estou com inveja — disse Patience, alegremente. — Então, de quem você gosta? Não do Justin Bieber, por favor. Eu fico preocupada com ele.

— One Direction? — perguntou Bailey. — Gosto do som deles. E não consigo evitar. Adoro a Taylor Swift.

— Ninguém aqui está surpresa — disse Consuelo.

— Eu gosto do Cody Simpson — disse Starr. — Na música pop, digo. Mas gosto mais de country.

Destiny congelou enquanto estava engolindo. Será que a Starr iria entregá-la? Mas sua irmã não falou mais nada.

Destiny esperou para ver se alguém iria sacar aquela parte do country, mas a Shelby apenas disse:

— Sei que ele é meio velho, mas tenho uma quedinha pelo Matt Damon. Ele é simplesmente tão sexy e tão legal.

Madeline riu.

— E casado. Gosto de me interessar pelos caras solteiros. Quer falar em alguém gato? Que tal o Jonny Blaze? Meu Deus, ele é incrível! Aquele corpo, aqueles olhos verdes-escuros. A maneira como ele se mexe.

Ela usou a mão para se abanar.

Starr riu.

— Ele é bem bonitinho.

— Eu o adoro em todos os filmes dele — disse Larissa. — É um ator de filmes de ação, mas tem cérebro. E músculos não fazem mal a ninguém.

Consuelo fez sinal de positivo com a mão.

— Ele atua bem nas lutas corpo a corpo. A maioria dos filmes não se importa com isso, mas ele se preocupa com os detalhes.

Madeline se aproximou de Destiny e abaixou a voz.

— A Consuelo costumava fazer parte das Forças Especiais ou algo assim. Ela começou com aulas de autodefesa, mas agora dá uns exercícios matadores. Estou fazendo desde o começo do ano e agora tenho músculos em lugares em que eu não sabia que era possível ter. Mas volta e meia ela me assusta. Juro que ela poderia matar alguém com um guardanapo de papel.

— Estou impressionada e intimidada — admitiu Destiny.

— Nem me fale. Me avise se um dia quiser fazer aula comigo. É puxado, mas é divertido.

— Obrigada. Vou avisar.

Jo chegou com duas travessas grandes de nachos. Starr riu de algo que Larissa disse. As conversas nas outras mesas do bar fluíam com a mesma liberdade.

Destiny tinha que admitir que estava mais que um pouco surpresa com Fool's Gold. Ela geralmente se divertia bastante em suas tarefas, mas tinha ficado preocupada com essa. Em sua maior parte, por causa da Starr. Mas, por tudo que tinha visto até agora, Fool's Gold era acolhedora e um lugar tranquilo para viver. Ela já se sentia como se estivesse ali há meses, e não há apenas uma semana. Havia um senso de conexão com o qual ela não estava acostumada. De pertencimento. Ela gostou das mulheres que tinha conhecido e era grata por elas estarem sendo tão legais com ela e com a Starr. Não que estivesse procurando por algo permanente, mas iria ser legal enquanto durasse.

A Family Man Air Charters ficava em um hangar perto do aeroporto. Finn Andersson, um homem alto na casa dos 35 anos, recostou-se na cadeira enquanto Kipling explicava sobre Miles e o helicóptero. Aidan Mitchell estava sentado na outra poltrona de visitante, ouvindo.

— O tempo de voo de um helicóptero não é barato — explicou Kipling. — Mas oferece uma perspectiva única.

Aidan e Finn olharam um para o outro.

— Interessante — disse Aidan. — Eu e o Finn estávamos matutando a ideia de ter algo permanente na agência. Um helicóptero ofereceria umas vantagens interessantes.

Finn confirmou com a cabeça.

— É mesmo. Poderíamos levar as pessoas até o topo das montanhas para elas descerem a pé. Ou até as áreas mais remotas onde só dá para ir desse jeito. Quanto tempo o Miles vai ficar por aqui?

— Dois meses — respondeu Kipling. — O mapeamento deve ficar pronto da metade para o final de julho.

— Tempo suficiente para ver se há interesse — disse Aidan. — Porque, se decidirmos comprar um helicóptero, é um investimento e tanto.

— Posso tirar brevê para helicóptero. — Finn parecia animado com a perspectiva. — Teria que ser útil para o negócio, mas seria um desafio divertido.

Aidan deu uma risadinha.

— Uma desculpa para voar. — A expressão dele ficou pensativa. — Sabe, podemos conversar com a prefeita Marsha sobre a prefeitura entrar no negócio do helicóptero com a gente. Nós dois podemos comprar, e aí a cidade pode nos contratar quando houver uma emergência.

— Posso conversar com a Destiny sobre a utilidade de um helicóptero para o projeto Soger — sugeriu Finn.

— Ótimo — respondeu Aidan.

— Concordo — complementou Finn. — Nós mesmos devíamos ter pensado nisso. Vamos entrar em contato com o Miles para ver se ele quer fazer um trabalho extra enquanto estiver na cidade.

— Fico feliz em ajudar — disse Kipling. — Espero que dê certo.

Ele era do tipo que adorava resolver um problema quando se deparava com um.

Quando a reunião terminou, ele foi até seu Jeep. As montanhas pareciam mais próximas hoje, o que não era possível. Mas ele as sentia mesmo assim. Ameaçadoras. Insistentes. Provocativas.

Kipling estava com dor. Os lugares onde os ossos tinham quebrado eram os piores. A maioria das juntas dele sabia quando ia chover dois dias antes do meteorologista local. Lembrava a si mesmo de que tinha sobrevivido. De que estava andando, e as probabilidades de ele ficar preso a uma cadeira de rodas para sempre estavam todas contra ele. Ele deveria ser grato.

Quando chegou ao Jeep, Kipling ergueu os olhos para as montanhas e as imaginou cobertas de neve. Se houvesse neve, ele poderia dominá-la, pensou sombriamente. Ou costumava poder. Um dia. Só que não mais.

— Eles são focados — disse Kipling.

Destiny ficou observando os dois técnicos trabalhando em seus computadores. Eles usavam fones de ouvido e digitavam atentamente. Ela supunha que eles não faziam ideia de que havia mais pessoas na sala.

— São os melhores — garantiu ela. — Vão programar tudo, resolver qualquer bug e sumir na calada da noite. Quando estivermos no final do treinamento, vão voltar e customizar tudo o que concluirmos que vocês precisarão para o seu programa. Aí vamos testar, e vocês podem começar.

Eles saíram do escritório. O dia estava quente e ensolarado. Do lado do escritório havia um jardim com algumas mesas e bancos. *Um bom lugar para os voluntários se reunirem*, pensou Destiny. E para eles receberem atualizações e descansarem antes de saírem para atender a uma chamada.

Outros esquemas precisariam ser feitos para o inverno, pensou ela. Talvez eles pudessem se encontrar no corpo de bombeiros ali perto. Não que esse fosse um problema dela, lembrou a si mesma. Quando terminasse seu serviço, ela poderia seguir com sua vida. Não importava o quanto gostasse de determinado local, ela nunca retornava.

Eles se sentaram de frente um para o outro em uma das mesas.

— Conversei com o Miles hoje de manhã — contou Destiny. — Ele me disse que você conseguiu um trabalho de meio período para ele.

Kipling deu de ombros.

— Ele disse que ficava entediado. Eu conheço uns caras que talvez pudessem querer expandir seus negócios usando um helicóptero. Pareceu um acordo no qual todo mundo ganha.

— A Shelby falou que você gosta de resolver as coisas. Entendo o que ela quis dizer.

— Isso é algo ruim?

— Não. É só uma característica interessante. Há alguma razão psicológica ou você nasceu assim?

Ele deu risada.

— O que você acha?

— Sei lá. Acho que a maneira como somos criados tem um impacto grande na maneira como reagimos em outras áreas da nossa vida.

Destiny tinha aprendido muitas lições observando seus pais. É claro que elas, em sua maior parte, se relacionavam ao que ela precisava evitar. Mas também houve lições positivas.

— Concordo com você nesse ponto — disse ele, hesitando em seguida. — Aquilo que o Miles contou sobre os seus pais... Você não ficou feliz.

Destiny resistiu à vontade de abaixar a cabeça e sair correndo.

— Não. Não conto a muitas pessoas. Elas fazem perguntas que não quero responder.

— Ou assumem coisas que não são verdade.

— Como você sabe?

— Vamos apenas dizer que não sou um cantor de country famoso, mas já estive sob os holofotes antes. Nem tudo é uma atenção positiva.

— É claro. Você é o esquiador gato.

Ele ergueu uma sobrancelha.

— Você me acha gato?

O calor queimou as bochechas dela instantaneamente. Ela pigarreou.

— Eu estava falando no geral, nada específico.

— Então você não me acha gato.

Ele a estava provocando. Flertando, quem sabe. Ela quase nunca chegava a esse ponto com nenhum homem, então não sabia ao certo o que fazer. Destiny de repente percebeu que seu plano de encontrar alguém sensato e ignorar todas as outras pessoas tinha uma falha gigantesca. Ela tinha 28 anos e não sabia ao certo como lidar com homens fora do seu círculo profissional.

O Miles era fácil. Ela pensava nele como um irmão. Os técnicos e seu chefe eram colegas. As pessoas que ela encontrava em cada cidade eram mantidas a uma distância calculada. Ninguém se aproximava. O que a mantinha em segurança, mas o que aconteceria quando ela encontrasse o cara certo? Como iria se aproximar dele?

— Não era para ser uma pergunta tão difícil assim — disse Kipling, seus olhos brilhando, escancarando divertimento.

— Você sabe que é lindo. Não precisa de mais elogios de mim.

— "Mais" significa que deveria ter havido alguns. Até agora, você tem sido uma decepção no quesito "elogios". Eu estava esperando por mais.

— Aquilo que é belo não se reflete no espelho.

Ele franziu a testa.

— O que isso quer dizer?

— Não sei. É uma coisa que a vó Nell costumava dizer. Mas parece sábio.

— Ou confuso. O oposto seria: "Aquilo que é feio se reflete no espelho"?

— Não faço ideia.

— E quem é a vó Nell?

Destiny se sentiu relaxar ao se lembrar da velhinha.

— Minha avó por parte de mãe. Ela morou nas Montanhas Fumegantes a vida toda. Ela era maravilhosa. Amorosa e esperta e uma rocha emocional para mim, mesmo que um tantinho atirada quando se tratava de homens. Não importava o que acontecesse, eu podia contar com ela.

Destiny sorriu à medida que as lembranças a inundavam.

— Meus pais eram jovens quando eu nasci. Minha mãe só tinha dezoito anos, e meu pai era só alguns meses mais velho. Aparentemente, quatro semanas depois que eu nasci, eles saíram em turnê e me deixaram com ela. Passei os dois primeiros anos da minha vida com ela. Não me lembro direito. Aí fui morar com meus pais e outros parentes por um tempo. Meus primeiros anos de vida não foram exatamente estáveis.

— E era difícil?

— Às vezes. Eu ia na turnê com eles e tinha uma babá. Os caras da banda sempre cuidavam de mim.

Kipling a analisou.

— Você não lançou um hit quando tinha uns sete ou oito anos? Posso jurar que me lembro disso.

Destiny se sentiu ruborizar pela segunda vez no dia.

— Sim — respondeu ela, com um grunhido. — *Under the Willow Tree*. Eu tinha oito anos, e a música foi muito bem.

Ela tinha sido indicada para um Grammy, o que teria sido uma experiência fantástica se seu pai não tivesse contado, naquela mesma manhã, que se divorciaria pela segunda vez de sua mãe. Ela tinha ficado arrasada e teve que se esforçar ao máximo para não chorar no tapete vermelho.

Os repórteres quiseram conversar com ela. Perguntar como era ser tão jovem e tão talentosa. Ela queria explicar a eles que abriria mão de tudo simplesmente para que os pais ficassem juntos.

— Logo depois disso, meus pais se separaram de novo. Houve uma luta judicial pela minha custódia, mas não acho que me queriam tanto quanto diziam. Acho que o objetivo era só machucarem um ao outro. — A ruiva deu de ombros. — Alternei entre eles por uns dois anos. Os dois se casaram novamente, mais de uma vez. Quando estava com dez anos, a vó Nell apareceu e disse que eu ia morar com ela.

— E foi melhor? — perguntou Kipling.

— Muito. Ela tinha uma casa pequena. Tinha água corrente, mas não muito mais que isso. A energia elétrica era capenga. A gente tinha um fogão à lenha e plantava boa parte do que comia. Às vezes, eu me sentia sozinha, mas, em sua maior parte, era extremamente grata por ela ter me acolhido.

Enquanto falava, Destiny estava ciente de que Kipling a observava atentamente. Ela não fazia ideia do que ele estava pensando, mas não sentia que era algo ruim. Pelo que podia dizer, ele era um cara bacana. Consertava as coisas, o que ela considerava uma característica admirável. Se seus pais tivessem tido mais interesse em manter a família unida...

Mas não tiveram. O que a tinha deixado com uma meia-irmã que ela não conhecia e largado a Starr com mais ninguém no mundo para cuidar dela.

— Me conte mais sobre a vó Nell — pediu Kipling.

Ela sorriu.

— Ela entendia de plantas, sabia fazer conservas e costurar. Lia muito. Ia de carro para a cidade toda quarta-feira à tarde para ir ao cinema, depois dava um pulo na biblioteca e pegava um monte de livros. Fui educada em casa até os dezesseis anos. Ela solicitava planos de aulas para as escolas e me fazia segui-los à risca.

— O que aconteceu quando você fez dezesseis anos?

— Ela disse que eu tinha que me juntar ao mundo real. Que eu não podia me esconder para sempre. Eu não queria ir, mas ela tinha razão, como sempre. Fiquei com meu pai enquanto fazia os exames de admissão das universidades e me candidatei a várias delas.

Destiny se lembrava de como tinha ficado com medo de não saber o suficiente. Ela devia ter confiado na vó Nell.

— Fui aceita em todas as universidades nas quais me inscrevi. Minhas notas foram superaltas, e eu acabei não precisando cumprir metade das disciplinas regulares do colégio.

Mas nada disso compensava a falta que ela sentia da mulher que a tinha acolhido e a amava como uma mãe.

— Ela me visitava na faculdade todo semestre, e todo mundo a adorava — continuou Destiny.

— Eu gostaria de conhecê-la — disse Kipling.

— Ela já se foi. — Destiny sentiu seu sorriso desaparecer. — Três anos atrás, ela veio passar duas semanas comigo. Quando estava indo embora, disse que estava na sua hora. Não entendi. Ela morreu três dias depois.

— Sinto muito.

— Obrigada. Eu também. Sinto falta dela todos os dias. Ainda mais agora, que eu tenho a Starr. A vó Nell saberia o que fazer.

— Você também sabe.

— Não tenho tanta certeza assim. — Ela sacudiu a cabeça. — Desculpe. Não sei de onde saiu tudo isso. Costumo ser mais reservada.

— Eu perguntei.

— Mesmo assim. — Levantou-se. — Eu deveria ir dar uma olhada nos técnicos. Volta e meia preciso lembrá-los de que eles têm que comer. Posso ir buscar alguma coisa para eles almoçarem.

Kipling se levantou e deu a volta na mesa. Ele a fitou bem nos olhos.

— Parece que a vó Nell realmente te amava.

— Amava mesmo.

— Você sempre vai ter isso.

Eles caminharam até a porta da frente do prédio.

— O The Man Cave vai abrir em breve — disse ele. — É um bar que eu tenho com alguns outros sócios.

— Já ouvi as pessoas comentarem sobre ele — confessou ela. — Você deve estar animado.

— Estou. Venha à inauguração comigo. Vamos ter um karaokê excepcional. Você poderia cantar.

— Não canto — respondeu Destiny, com firmeza.

— Nunca?

— Não em público.

— Mas deve estar no seu sangue.

— Há muitas coisas no meu sangue. Eu nego a maioria delas. Torna a vida mais fácil.

— Quem disse que fácil é o caminho certo? — perguntou ele. — Eu gostaria de ouvir você cantar.

— Nunca vai ouvir. — Ela estreitou os olhos. — Não preciso de conserto.

— Não disse que precisava.

— A Shelby me alertou e tinha razão. Vou repetir. Não preciso de conserto. Estou perfeitamente bem. Tenho tudo sob controle. Prefiro a vida sem surpresas.

Kipling a estudou por um segundo e, então, se aproximou. Ela não fazia ideia do que viria em seguida, então não estava nem um pouquinho preparada para sentir os lábios dele tocando os dela.

O contato foi breve, macio e a abalou por inteiro. Ela ficou quente. Depois, fria. Sentiu um aperto no peito e, em algum lugar bem lá no fundo, um lugarzinho escuro e sombrio que ela raramente percebia esquentou pelo menos três graus.

— Por que você fez isso? — Quis saber ela quando ele se endireitou.

O canto da boca dele se ergueu.

— Dois motivos: primeiro, porque eu queria. E segundo, porque todo mundo precisa de uma boa surpresa de vez em quando.

Ela se esforçou para falar, mas não havia palavras. Só conseguiu ficar olhando fixamente para aquele homem que deu uma piscadinha e, então, se virou para ir embora.

Capítulo 5

Destiny dedilhou seu violão com delicadeza. A música estava elusiva esta noite. Provocando-a com melodias acopladas a meias-frases. Mas quando ela tentava capturar as notas ou mesmo as palavras, elas se esvaíam.

Você poderia ser meu melhor arrependimento, eu poderia ser a sua paz de espírito.

A ruiva fez mais algumas anotações, então deixou o violão de lado e voltou a se largar na cama. Sentou-se imediatamente e começou a tocar a moda caipira que a vó Nell adorava. A maioria das músicas não a agradava, mas se sentia mais perto dela. Em várias noites de inverno, ela e a vó Nell costumavam tocar e cantar perto da lareira enquanto a neve caía lá fora. Havia um antigo piano na sala da frente. Um homem vinha toda primavera para afiná-lo. No resto do ano, elas se viravam.

Destiny cantou sobre a montanha, sobre Deus e a vida até começar a relaxar. Infelizmente, no segundo em que relaxou, se lembrou do beijo de Kipling e ficou toda tensa de novo.

Cara idiota, pensou, largando o violão novamente. Beijo idiota. Por que ele tinha feito aquilo? E ir embora depois. Quem é que faz isso?

Ela disse a si mesma que não importava. Não era como se tivesse pedido e, apesar de sentir uma pequena euforia toda vez que pensava na boca dele na sua, não era como se ela fosse permitir que seus hormônios a dominassem. Estava totalmente no controle, como sempre.

Na verdade, o fato de Kipling tê-la beijado provavelmente era uma coisa boa. Como tinha percebido recentemente, se quisesse encontrar o homem de seus sonhos um tanto silenciosos, precisaria de um pouquinho mais de experiência. Embora duvidasse que Kipling fosse do tipo que quisesse ser seduzido, ela deveria ao menos conseguir se virar bem. Então mais beijos seriam uma coisa boa. Desde que ela não se permitisse ser arrebatada.

Era tudo tão ridículo, pensou Destiny, enquanto se espreguiçava na cama. Toda essa coisa de menino-menina-sexo. Por que as pessoas cediam com tanta facilidade? O que as fazia se deixar envolver? As pessoas permitiam que seus corpos as dominassem e, aí, tomavam decisões ruins. O que seria tranquilo, se essas decisões não tivessem consequências para outras pessoas. Mas geralmente tinham. Como os pais dela tinham se separado e esquecido dos filhos, como Jimmy Don fizera com Starr.

Destiny olhou para o pequeno relógio na mesa de cabeceira. Eram quase dez da noite. Levantou-se e foi até o corredor, então bateu na porta fechada da Starr.

— Oi, eu só queria dar boa-noite.

Houve um barulho estranho e, então, Starr falou:

— Pode entrar.

Destiny abriu a porta. Sua irmã estava sentada em frente à escrivaninha. Seu tablet estava em um suporte.

— Mandando e-mails para os amigos? — perguntou Destiny.

— Vendo um filme. — Starr se virou um pouquinho na direção de Destiny, e seus cabelos longos estavam caídos em cima do rosto. — Ouvi você tocando.

Destiny se encolheu. Ela estava tão chateada que tinha se esquecido de ir à garagem. Ou de esperar até Starr pegar no sono.

Destiny caminhou até a cama dela e se sentou.

— Ouviu mesmo.

— Então você *sabe* tocar. Você mentiu.

— Eu sei. Me desculpe.

— Por que você fez isso?

— Não gosto de tocar. Às vezes, não consigo evitar, mas, na maior parte do tempo, eu ignoro. A música não é minha praia.

— Mas e se for a *minha*?

Starr tirou o cabelo do rosto e a fitou.

Destiny viu algo que parecia ser lágrimas no rosto da irmã.

— Você está bem?

Starr secou o rosto.

— Estou. Você não respondeu minha pergunta.

Destiny pensou na vida com seus pais. Em como cada momento tinha sido dominado pela música. Sempre havia uma música de fundo. Sempre houve ensaios de improvisação na sala de estar. Até mesmo tirar a louça da mesa se transformava em uma extravagância musical, usando os talheres para a percussão e copos cheios d'água para a melodia. Ela pensou nas risadas e nas lágrimas posteriores. A sensação de ser abandonada repetidamente. De ser uma peça de um jogo de tabuleiro.

— É complicado — começou ela.

— Não, não é. Eu quero aprender a tocar melhor, e você não quer me ensinar. Somos irmãs. Você deveria se importar comigo.

— Eu me importo.

— Não, não se importa. A música é a parte mais importante da minha vida, e você está me mantendo longe dela.

— Me desculpe. Me desculpe por ter mentido e por estar fazendo você sofrer agora.

Ela fez uma pausa, sabendo o que tinha que dizer, mas não queria. Não, não era das palavras que ela se arrependeria, era das ações que iriam se seguir.

— Posso ensinar você a tocar — disse ela, delicadamente. — Violão e piano. Tenho um teclado no meu quarto.

Starr deu as costas para ela.

— Deixa pra lá. Não quero aprender nada com você.

Destiny se encolheu como se tivesse apanhado. Estragara tudo.

— Por favor, Starr. Não me puna punindo a si mesma. Isso nunca dá certo. Vamos passar um tempo tocando neste fim de semana. Posso mostrar para você algumas coisas que...

— Eu já disse que não. — Starr se voltou novamente para o computador. — Está tarde. Estou cansada.

Em outras palavras, saia do meu quarto, pensou Destiny.

— Está bem. — Ela se levantou. — Boa noite.

Destiny saiu do quarto e fechou a porta.

Ela disse a si mesma que se sairia melhor na próxima vez. Aquele papo não tinha terminado. Ela daria alguns dias à Starr e tocaria no assunto de novo. Ensinar alguns acordes para ela não seria tão ruim assim. Talvez desse a elas algo para conversar. Uma maneira de se conhecer.

Porque, apesar de Destiny não saber tudo que a vó Nell faria, ela tinha certeza de que a velhinha iria fazer Starr se sentir bem-vinda e amada. Era uma lição que Destiny sabia que tinha que aprender.

O Angelo's Italian Cuisina ficava do outro lado do parque. O edifício caiado tinha um pátio amplo com muitas mesas ao ar livre. Kipling provou o vinho recém-servido.

— Muito bom — disse ele.

O garçom assentiu com a cabeça e encheu a taça. Depois que ele foi embora, Shelby se inclinou em sua direção.

— Você algum dia já recusou um vinho só por recusar? — perguntou ela, com um sorriso.

— Não. Não faz o meu estilo.

— Eu sei. Só estou brincando com você. Tenho certeza de que você recebe atenção suficiente na sua vida de outras formas.

Não ultimamente, pensou ele, calculando há quanto tempo não havia uma mulher em sua vida. Entre a recuperação do acidente e a mudança para Fool's Gold, ele tinha evitado envolvimentos amorosos. Mas, se tudo seguisse de acordo com o plano, ele logo estaria envolvido com alguém. O que não era um assunto a se discutir com sua irmã mais nova.

— Como está o trabalho? — perguntou ele.

Eles estavam jantando às cinco da tarde. Um horário ridículo, mas o emprego da Shelby na padaria requeria que fosse cedo.

— Bem. Estou aprendendo um monte. Amber está confiando cada vez mais responsabilidades a mim. A temporada de turismo está nos fazendo trabalhar bastante. Eu não fazia ideia de quantas pessoas voltam ano após ano. Elas se lembram do que pediram na última vez, e é melhor nós ainda servirmos aquilo!

Ele acenou com a cabeça para mostrar que estava escutando. Kipling admirava o entusiasmo de Shelby. Um ano atrás, ela estava lidando com uma mãe que estava morrendo de câncer e um pai que só se preocupava em esmurrar o rosto da única filha.

— Sugeri que a gente montasse uma barraquinha no último festival. A Amber não estava muito convencida de que ia dar certo, mas vendemos tudo antes do meio-dia. Tivemos um lucro enorme.

— Parabéns por impressionar a chefe.

— Obrigada. Tenho várias ideias. — Shelby olhou para a mesa e tornou a erguer os olhos. — Eu e a Amber andamos conversando.

Kipling reconheceu o tom de voz e a estratégia. Ele se preparou para algo que não iria querer ouvir.

— E?

— Quando o pai dela se aposentar, ela vai assumir a livraria. Não tem como ela administrar os dois negócios ao mesmo tempo. Então ela está procurando por um sócio na panificadora. Eu estava pensando que quero entrar no negócio com ela.

Kipling inspirou deliberadamente, dando a si mesmo tempo para pensar antes de falar.

— Essa é uma ótima oportunidade — disse ele, lentamente. — Tem certeza de que está preparada para isso?

— Sei o que estou fazendo. Adoro o trabalho e quero ficar em Fool's Gold permanentemente.

— Você é mais do que capaz de tomar uma decisão dessas por conta própria. Só estou pedindo que pense bem. Você não está aqui há tanto tempo assim. Acabou de passar por uma perda emocional muito difícil. Assumir um negócio é uma grande responsabilidade. E se você e a Amber quiserem coisas diferentes para o negócio? Não vai mais ser apenas um emprego. Você não vai poder desistir e ir embora.

— Eu não vou embora — ralhou ela. — Não dou as costas. Fico onde estou.

Ele disse a si mesmo para não levar os comentários para o lado pessoal. Que ela não estava falando do fato de *ele* ter ido embora. Porque ele tinha ido mesmo. Quando teve a oportunidade de trabalhar com seu técnico de esqui, a agarrou com unhas e dentes. Tinha apenas catorze anos. Shelby era seis anos mais nova. Ele disse a si mesmo que ela ficaria em segurança. Em sua maior parte, porque seu pai ainda não tinha começado a bater nela.

— Fico preocupado porque você se guia com o coração — disse ele, delicadamente. — Fico preocupado porque quero que você tenha certeza de que está fazendo o que quer, e não simplesmente querendo ajudar a Amber. Ajudar uma amiga é uma coisa boa, mas, nesse caso, pode prender você a algo permanentemente.

Ela relaxou na cadeira, como se o ímpeto tivesse passado.

— Eu sei que você se preocupa. Eu também te amo. Mas, Kipling, você precisa parar de cuidar de mim. Não sou um dos seus projetos. Não preciso de conserto.

— Está bem, então. Não vou insistir. Além do quê, não há razão para consertar algo que não está quebrado.

Ela esticou o braço por cima da mesa e fez um carinho na mão dele.

— Obrigada. Você é um bom irmão.

— Um dos melhores.

Ela riu.

— Agora você está me irritando de propósito. Você acha que é seguro?

— Confio em você, pequena.

— Você conhece minha vida toda.

— E boa parte da minha. Para falar a verdade, não consigo me lembrar de quando você não existia.

Ela se inclinou na direção dele.

— Eu almocei com a Destiny e a irmã dela dois dias atrás. Estávamos em um grupo. Ela é legal e tudo mais, mas tenho a impressão de que ela e a irmã não são próximas.

Kipling pegou a taça de vinho como uma forma de ganhar tempo. Ele não sabia ao certo o que dizer. Poderia se dizer que ele não devia nada à Destiny. Só que isso não era verdade. Ele gostava dela e a tinha beijado. Estava esperando que muito mais coisas rolassem no quesito "físico". Mas, mais que isso, ele concluiu que o segredo era dela, ela que deveria contar.

— Não sei exatamente como ela e a Starr acabaram juntas — disse ele, casualmente. — Mas ela falou alguma coisa sobre elas não se conhecerem. Elas são meias-irmãs, por parte de pai. A mãe da Starr morreu algum tempo atrás.

Shelby piscou.

— Sério? É que nem a gente. Meios-irmãos por parte de pai, e eu perdi a minha mãe no ano passado.

— Só que nós crescemos juntos.

— Sim, isso muda as coisas. Não consigo imaginar ter uma irmã que não conheço.

Kipling também não. Apesar de saber como era ser distante da família. O pai dele estava atualmente na prisão, respondendo por vários outros crimes além de ter espancado a própria filha. Ele ficaria lá por muito tempo, e Kipling não tinha plano algum de ir vê-lo.

Quando era adolescente, Kipling se preocupava em ter algo parecido com o pai. Será que o lado negro de seu pai era como um monstro hibernante que despertava sem aviso prévio? Porque não havia outra maneira de descrever um pai que batia na filha.

Ele tinha medo de, um dia, acordar e sentir a violência sombria crescendo dentro de si. Um dia, finalmente conversou com o técnico sobre o que tinha visto em casa e o que temia.

Como sempre, o conselho tinha sido sincero e prático.

— Você já teve vontade de bater em uma mulher?

Kipling se lembrava de ter ser se sentido tanto chocado quanto humilhado pela pergunta.

— É claro que não!

— Se teve, vá procurar ajuda. Imediatamente. Encontre um terapeuta. Tome remédio. O que for preciso. Você não pode escolher as suas origens, mas pode decidir como vai lidar com elas.

Kipling tinha jurado que não se transformaria no pai, de maneira alguma. A promessa tinha se mostrado fácil de cumprir. Ele já tinha se zangado a ponto de ficar furioso e nunca, nem uma vez, sentiu a necessidade de erguer a mão para ninguém. Se isso era resultado de sua educação, ele apostaria que o esqui foi a salvação. De qualquer forma, ele era grato.

O ex-atleta pensou que, talvez, parte do motivo fosse a conexão dele com as montanhas. Voar sobre a neve exigia uma disciplina que o forçava a se controlar. Cada ação tinha uma consequência imediata, e quando ele fazia besteira, os resultados — ou desastres — não perdoavam.

Ele se perguntou pelo que Destiny teria passado, sendo criada daquele jeito. De quais demônios teria escapado e quais ainda carregava consigo?

Mais tarde, depois que ele e Shelby terminaram de jantar, ele voltou a pé para a casa que tinha alugado. Ainda estava claro, e havia muitas pessoas na rua aproveitando a noite. Ele acenou com a cabeça e gritou seus cumprimentos, mas continuou andando. Não estava a fim de conversar com ninguém.

A inquietação o perturbava. Ele a reconhecia e sabia qual era a causa. Antes do acidente, a solução era fácil — entrar em um avião e ir encontrar uma montanha. Descer no topo e esquiar até embaixo. Era só isso. O simples ato de se mover sobre a neve dava conta do problema.

Kipling desceu da calçada e sentiu a fisgada em suas costas e na perna. Resquícios do que tinha acontecido. Do acidente.

Tinha sido rápido demais — como sempre era. Ele não se lembrava de muita coisa. Só de ter acordado em um mundo de dor. Ele podia estar paralítico. Podia ter morrido. Mas só não podia esquiar. Grande coisa.

Só que, em alguns dias, era grande coisa. Alguns dias, ele pensava em como a melhor parte dele mesmo tinha sido perdida e nunca mais seria recuperada.

Ele passou por uma família que tinha saído para dar um passeio, uma menininha rodeada pelos pais. O pai empurrava um carrinho de bebê.

Havia muitas famílias na cidade. Casais. Pessoas apaixonadas. Kipling sempre achou que chegaria lá um dia, só que nunca conseguiria superar a verdade. De que dizer "eu te amo" não significava nada. Não quando isso não podia mudar nada. Curar nada. Consertar nada.

O pai de Kipling alegava amar a filha. E então batia nela. O amor da Shelby pela mãe moribunda a tinha colocado bem em frente aos punhos do velho. De que adiantou o amor para eles?

Não que Kipling não acreditasse no amor. Ele acreditava. Sabia que existia. Ele amava a irmã. Morreria pela Shelby. Mas se ela estivesse com problemas, ele iria se mexer e fazer alguma coisa para ajudar. Não ficaria esperando sentado, amando-a. Ou alegando que a amava, como o pai fazia.

Ele via casais por todos os lados. Pessoas felizes que faziam parecer com que fosse fácil. Que não pareciam estar se esforçando muito. Mas ele não conseguia simplesmente acreditar. Saber que era aquilo mesmo. Que qualquer mulher em particular era a mulher "certa". Não conseguia entender o que havia de diferente para ele. Então, ficava com o que funcionava.

Kipling gostava da monogamia em série. Talvez devesse simplesmente continuar nessa. E, em sua maior parte, ele era feliz. Mas volta e meia ele se perguntava se, quem sabe — apenas quem sabe —, havia algo mais.

Se o sexo era a raiz do mal, então os homens estavam segurando o regador que a fazia crescer cada vez mais.

Destiny grunhiu. Aquilo sequer fazia sentido para ela, o que, de certa forma, comprovava sua teoria. Olhe só para ela. Uma mulher sensata, com um emprego respeitável, passando 25 minutos tentando encontrar algo para vestir para uma apresentação. Que baita perda de tempo! Ela sabia o que usar. Iria colocar suas roupas de trabalho, o que significava calça jeans ou cargo e uma blusa. Ela não tinha muita escolha. Não iria, de jeito nenhum, chegar a uma apresentação de trabalho com um vestidinho esvoaçante e saltos altos.

Isso era culpa do Kipling. Ele a tinha beijado. E apesar de ela ter sido beijada antes, algo aconteceu dessa vez. Parte do cérebro dela afrouxou ou ela passava por um fluxo de hormônios poderosos. Ou precisava tomar remédios antiKipling, mas duvidava que isso já tivesse sido inventado.

Destiny fechou os olhos e respirou para se acalmar. Ou tentou fazer isso. Porque quando os abriu, ainda queria estar bonita para a apresentação.

Não, disse a si mesma, decidida a ser honesta. Não para a apresentação. Para ele.

Quem dera ela tivesse alguém com quem conversar, pensou, enquanto tirava a calça jeans *skinny* do guarda-roupa e se espremia para colocá-la. Uma pessoa sensata que pudesse dizer a ela como se livrar dos resquícios sujos de uma atração sexual remanescente. Mas não havia ninguém. Ela não mantinha muito contato com as pessoas que tinha conhecido em outros trabalhos. Pedir conselhos à sua mãe era como ligar para um piromaníaco e pedir dicas de como evitar incêndios. E, pela primeira vez na vida, relembrar as muitas palavras de sabedoria da vó Nell não ajudava nem um pouquinho. Porque os pensamentos dela com relação a esse assunto eram perfeitamente claros.

Se ele é solteiro, e você achar que ele é interessante, então vá fazer umas coisas interessantes com ele.

— Não tenho nada de interessante para fazer com ele — resmungou Destiny, enquanto escolhia uma blusa justa e a colocava.

Ela já tinha lavado os cabelos e — meu Deus — até usado um secador e uma escova redonda para dar volume e um leve ondulado. Pior ainda, tinha passado rímel. Ela era patética. Kipling não era para ela. Apesar de ter ótimas qualidades, não era sensato. E, aparentemente, Destiny não era sensata perto dele.

O fato de que um único beijinho conseguiu deixá-la tão atordoada apenas comprovava o que ela estava pensando. Nada de sexo. Ao menos até ela estar pronta para ter filhos. Aquele era o caminho escorregadio e íngreme rumo aos problemas.

A ruiva pegou a mochila, se certificou de que tinha suas anotações para a apresentação e saiu do quarto. Encontrou Starr na sala. A adolescente ergueu os olhos do livro que estava lendo.

— Estou saindo — avisou Destiny. — Vai ficar bem esta noite?

— Estou bem.

As palavras eram certas, mas havia algo nos olhos de Starr. Tristeza, quem sabe. Ou talvez ainda estivesse brava com ela por ter mentido. Destiny não tinha certeza. Assim que o acampamento começasse, Starr ficaria mais feliz, mas ainda ia demorar alguns dias.

— Podemos conversar quando eu voltar — sugeriu Destiny. — Posso te mostrar uns acordes.

Starr deu de ombros e voltou sua atenção para o livro.

Destiny desejou que a irmã tivesse vindo com instruções. Não precisava nem ser um manual. Um folder teria ajudado. Mas não havia nada.

— Não volto tarde — prometeu ela.

Starr não disse nada, e Destiny saiu. Ela prometeu que descobriria o que fazer com a Starr quando voltasse. Mas no momento, ela tinha uma apresentação para encarar.

Já tinha passado das seis da tarde, mas ainda estava quente e ensolarado. Ela caminhou rapidamente, dirigindo-se à prefeitura. Aparentemente, havia um pequeno auditório que eles usariam para a apresentação aos voluntários.

Apesar de o programa Salvo ter alguns funcionários permanentes, a maior parte da equipe de busca e resgate seria composta por voluntários. Alguns deles precisariam ser treinados para usar o equipamento. O propósito do evento desta noite era discutir o programa com a comunidade e, idealmente, fazer as pessoas se voluntariarem. Ou ao menos demonstrarem algum interesse.

Com base no que viu da cidade, Destiny não achava que teria problemas em fazer com que as pessoas aparecessem. O plano era angariar a maioria dos voluntários dentre os bombeiros e policiais locais, que já tinham o treinamento necessário. Ela estava curiosa para descobrir quantas outras pessoas iriam se interessar em participar do programa Salvo.

Ela chegou na prefeitura e subiu as escadas até a porta principal. Havia placas no saguão de entrada que indicavam a direção do auditório. Ela foi até lá e descobriu que foi a primeira a chegar... com exceção do Kipling.

Ele estava parado ao lado do palco, estudando as próprias anotações. As luzes no teto pareciam lançar uma espécie de brilho em torno dele. Destiny conhecia os truques que a luz pode pregar e disse a si mesma para não ficar impressionada. E não estava. É que algo a fazia perder o ar.

Maldito, pensou ela, quase batendo o pé. E o beijo. E os hormônios. E seu próprio corpo a traindo. Ela não era boba. Tinha visto, vivido e sentido a dor de ver seus pais serem arrebatados por outro "amor verdadeiro". Tinha sido deixada de lado, ignorada e esquecida. Até hoje ela ainda lidava com as consequências de um caso do pai — uma filha adolescente que ele parecia esquecer que teve. Ela não ia ceder. Permaneceria firme.

Destiny endireitou os ombros, inspirou e foi até Kipling.

— Deixe-me esclarecer as coisas — disse ela como forma de cumprimento. — Não vou ser seu brinquedinho.

Ele a fitou e sorriu.

— Por que não? Eu seria o seu com o maior prazer.

Destiny sentiu seu queixo cair. Ele *não* tinha dito aquilo. Quem é que falava assim? Mas antes que pudesse começar a expressar sua opinião em uma altura digna da atenção dele, duas senhoras entraram no auditório. Ela reconheceu uma delas como Eddie Carberry.

Destiny abaixou o tom de voz.

— Isso não terminou — prometeu ela.

O sorriso dele não vacilou nem por um segundo.

— Eu esperava que você dissesse isso.

— Estou falando dessa conversa. Não de toda... — Ela cerrou os dentes. — Deixa pra lá. Lido com você depois.

— Vou esperar ansiosamente.

Esse homem, pensou ela, dando as costas para ele. Ele era tão irritante. Não era irritante antes.

Destiny disse a si mesma para ignorar Kipling e as sensações estranhas que percorriam seu corpo. Aquilo eram negócios. Ela estava ali para prestar um serviço. Kipling era meramente uma obstrução que ela tinha que superar. Ou esquecer. Ou algo assim.

As pessoas foram chegando e se sentando. Miles apareceu, e Destiny foi se sentar ao lado dele. Apesar de ser um cara bonito, ela não precisava se preocupar em se sentir atraída por ele.

— Que bicho te mordeu? — perguntou, quando ela se acomodou ao seu lado.

— Não faço ideia do que você está falando.

— Você parece brava. Isso é meio sexy.

Ela revirou os olhos.

— Você acharia até uma parede sexy.

— Só se for uma parede menina. — Ele apontou para o palco. — Você não deveria estar lá em cima?

Quando o horário da apresentação se aproximou, ela viu Kipling subindo as escadas laterais e soube que deveria se juntar a ele. Afinal de contas, ela iria falar para todo aquele grupo.

O salão estava quase cheio, pensou ela enquanto, relutantemente, se levantava e o seguia até o pequeno palanque no palco. Havia duas cadeiras atrás dele. Kipling se virou para ela. Um sorriso enorme no rosto. Ela sentiu todo mundo no auditório os observando.

— Nem pense nisso — disse ela, baixinho.

Ele deu uma risadinha.

— Eu ia perguntar se você quer falar primeiro ou quer que eu fale.

Como se ela fosse acreditar nisso. Aquele cara era encrenca. A vó Nell o teria adorado.

— Você fala sobre o programa — disse ela. — Eu explico as questões técnicas e, depois, podemos responder às perguntas juntos.

Kipling concordou com a cabeça e se aproximou do palanque. Ele ligou o microfone.

— Obrigado a todos por terem vindo. Fico feliz com a demonstração de apoio da comunidade. Para aqueles que não me conhecem, sou Kipling Gilmore e sou o responsável pelo programa de busca e resgate da cidade.

— Quer dizer que você é o cara que SALVA as pessoas — gritou Eddie de seu assento na plateia. A velhinha ao lado dela bateu palmas.

Kipling confirmou com a cabeça.

— Sou eu mesmo. O Sistema de Ajuda Ligeira Voluntária Operacional vai salvar vidas. Mas somos uma organização pequena, que está apenas começando, e vamos precisar de ajuda. Voluntários. A apresentação desta noite é para explicar como o programa vai funcionar e como vocês podem participar.

Destiny não prestou muita atenção no que Kipling estava dizendo enquanto explicava os detalhes do programa. Ela conhecia as particularidades melhor do que muitos. Quando fosse sua vez, ela explicaria como o software ajudaria a encontrar os desaparecidos com um pouquinho mais de facilidade.

Ela gostava de seu trabalho. Gostava de saber que, quando se mudasse, as coisas estariam melhores do que quando ela tinha chegado. Ela gostava das pessoas que conhecia e da sensação de pertencimento, mesmo que temporária. Tinha conhecido muitas pessoas legais e mais de um homem bonito. Mas ninguém tinha mexido tanto com ela quanto Kipling. Ela teria que descobrir porque ele a afetava e, depois, encontrar uma maneira de parar isso.

Quando Kipling terminou, Destiny assumiu o palanque e falou sobre o software Soger e como ele ajudaria o Salvo. Depois, ela e Kipling responderam às perguntas. Ela tentou não reparar em como eles estavam perto um do outro enquanto alternavam o uso do microfone.

Eddie Carberry ergueu a mão.

— Eu e a Gladys queremos ser voluntárias. Vocês vão dizer que somos velhas demais?

Destiny sorriu para Kipling.

— Vou deixar você responder essa.

Várias pessoas na plateia riram.

— Obrigado — disse ele, dando um passo à frente e limpando a garganta. — Nós somos gratos a todo mundo que quiser se voluntariar. Vamos ter oportunidades para todos os níveis de preparo físico.

Eddie fez uma careta.

— Você vai nos enfurnar no escritório, não vai? Queremos sair a campo!

A expressão de Kipling ficou preocupada.

— Podemos conversar sobre isso, se você quiser...

— E aí você vai dizer que não. — Ela se levantou, e Gladys a imitou. — Queremos aventura este verão, antes de ficarmos velhas demais. Se você não nos proporcionar aventura, vamos encontrar alguém que proporcione. Isso vai te mostrar do que nós somos capazes.

As duas idosas saíram do auditório. Depois que elas saíram, uma mulher alta se levantou. Ela estava usando uma camiseta azul-escuro com as letras CBFL bordadas na frente e estava claramente grávida.

— Não deixem que elas perturbem vocês — disse ela. — Elas adoram causar confusão. Sou Charlie Stryker, a propósito. Do Corpo de Bombeiros de Fool's Gold. Estou interessada em me voluntariar. A maioria das pessoas do Corpo está. Vamos assinar uns *releases* para que o departamento de RH possa conectar as informações dos nossos turnos com o seu banco de dados. Dessa forma, vocês saberão quem está disponível e quando. As pessoas tendem a se perder quando é menos conveniente para todo mundo.

Dois policiais fizeram a mesma oferta. Kipling anotou os nomes dos contatos do RH dos dois batalhões e prometeu entrar em contato. Ao final da apresentação, eles tinham dezenas de voluntários.

— Você não vai encontrar dificuldades para preencher as vagas — disse Destiny, enquanto ela e Kipling desciam do palco.

— Bom saber. — Ele acenou com a cabeça para ela. — Vou conversar com a Charlie antes que ela vá embora. Te vejo por aí.

— Claro.

O cérebro de Destiny ficou bem feliz com essa atitude totalmente corporativa. A ruiva foi clara a respeito de como se sentia e gostou do fato dele ter ouvido. O resto de seu corpo estava um pouquinho ranzinza; parecia que ele a havia esquecido um pouco rápido demais. E pelo fato de que eles não iam mais se beijar. O que apenas comprova seu argumento sobre coisas como a atração sexual bagunçarem a mente e fazerem uma mulher perfeitamente racional quase enlouquecer.

Capítulo 6

— TENTE COLOCAR OS DEDOS AQUI — instruiu Destiny, colocando os dedos da Starr no braço do violão. — Pressione com firmeza suficiente para apertar as cordas, mas não tanto a ponto de se cansar. Não precisa apertar como se sua vida dependesse disso.

Starr moveu a mão de leve e relaxou os dedos.

— Assim?

— Isso mesmo. Como estão os seus dedos?

Elas já estavam tocando há quase uma hora. Starr tinha ignorado a oferta de Destiny de ajudá-la a aprender violão por uma semana. Mas às seis e meia daquela manhã, a irmã pedira sua ajuda. Destiny tinha ficado surpresa, mas feliz.

— Doloridos — admitiu Starr.

— Não se preocupe, depois piora. Mas é por uma boa causa. — Ela deu uma olhada para o relógio. — Precisamos sair, senão você vai se atrasar para o acampamento. Praticamos mais hoje à noite. Eventualmente, você vai desenvolver calos, mas, até lá, pode usar gelo ou colocar os dedos em um potinho com vinagre de maçã.

Starr riu.

— Vou começar com o gelo. Não quero que as minhas mãos fiquem fedendo.

— É justo. Pronta?

Starr largou o violão e confirmou com a cabeça. Ela já estava de jeans e jaqueta. Iria esquentar mais tarde, mas estaria frio de manhãzinha, especialmente nas montanhas.

— Você tem protetor solar e repelente? — perguntou Destiny. — Eles vão dar almoço para vocês lá.

— Tenho tudo. E, se não tiver, te mando uma mensagem.

— Ótimo. Estou levando o celular comigo.

Destiny pegou a mochila e elas se encaminharam para o carro.

Em alguns dias, um ônibus levaria os jovens locais para as montanhas, mas, nos primeiros dois dias, os pais é que deveriam levá-los até lá. Destiny tinha as coordenadas, mas supunha que podia simplesmente seguir a fila de carros que se encaminhava para o End Zone for Kids.

— Está animada? — perguntou Destiny, quando elas entraram na estrada da floresta.

— Um pouco. Vão definir um parceiro para me ajudar a me virar por lá.

— Além do quê, todo mundo é novato no primeiro dia.

— Você já participou de alguma colônia?

— Duas vezes — respondeu Destiny. — Eram daquelas em que você tem que ficar em um alojamento.

— Tipo o internato.

— Exatamente. Entre as turnês, os casamentos e os divórcios, nem minha mãe nem meu pai podiam cuidar de mim no verão.

— Foi nessa época que você foi morar com a vó Nell?

— Foi. Eu tinha dez anos. Morria de medo de morar nas montanhas, mas estava feliz por estar com ela. Não importava o que acontecesse, ela sempre estava lá para me apoiar.

— Você gostava de morar com ela?

Destiny pensou na beleza das Montanhas Fumegantes. Elas eram isoladas, mas isso não era uma coisa ruim.

— Muito. Cada estação tinha um ritmo. Coisas para fazer. Colher frutas, legumes e verduras durante o verão. Se preparar para o inverno no outono. A primeira nevasca sempre era linda demais.

Ela entrou na via da montanha e, como já esperava, se viu em uma longa fila de carros subindo o morro.

— Foi difícil ir embora para fazer faculdade? — perguntou Starr.

— Foi, sim. Eu tinha medo de não ser tão inteligente ou bem-educada quanto os outros. E estava nervosa por retornar ao mundo normal. Eu tinha passado muito tempo isolada... E se eu não falasse direito ou não soubesse o que vestir? — Ela pensou em seus primeiros dias de aula na faculdade. — E eu sentia muita falta da vó Nell.

— Onde você fez faculdade?

— Na Vanderbilt, por dois anos. Depois, transferi para a Universidade do Texas.

— Por quê?

— Era difícil morar em Nashville. Havia coisas demais relacionadas ao ramo por lá.

Ela sabia que não precisava explicar de qual ramo estava falando. Em sua família, só havia um.

— Você fez Música? — perguntou Starr.

— Ciência da Computação.

— Como? — Starr ficou olhando fixamente para ela. — Por quê? É tipo Matemática, só que mais difícil.

— Computadores são o máximo, mocinha. Precisamos respeitá-los.

— Claro, mas não precisamos, tipo, estudá-los. Ah, espere aí. — Starr fez um aceno compreensivo com a cabeça. — Você queria se afastar dos seus pais e do que eles faziam. Queria ser diferente.

Ou ficar em segurança, pensou Destiny, apesar de não ter falado nada.

— Parecia um bom plano. Depois que defini minha graduação, pedir transferência era o que mais fazia sentido. Acabei conseguindo um estágio na empresa em que trabalho hoje, então deu tudo certo.

— O que a vó Nell achou do curso que você escolheu?

Uma pergunta interessante. A velhinha tinha, de fato, alertado Destiny de que correr *de* alguma coisa não era a mesma coisa que correr *para* alguma coisa.

— Ela sempre me apoiou — respondeu Destiny, distorcendo a verdade. — Eu podia contar com ela, não importavam as condições.

— Isso é legal. Eu gostaria de ter alguém assim na minha família. Onde ela está agora?

— Ela faleceu alguns anos atrás.

— Sinto muito.

— Obrigada. Eu também.

Destiny afastou a tristeza inevitável e apontou para a placa logo à frente.

— Chegamos.

Ela seguiu os outros carros até um amplo estacionamento.

A inscrição foi rápida. Starr ganhou uma pulseirinha colorida, e chegou a hora de Destiny ir embora.

Starr inspirou fundo.

— Certo. Te vejo mais tarde. Você lembra que aquela mulher, a Felicia, vai me levar para casa hoje, né?

— Lembro, sim. — Destiny tocou no braço da irmã. — Você vai se sair superbem.

— Espero que sim. É um saco ser a "menina nova". Sei me virar, mas nunca gostei disso. Não consigo imaginar fazer o que você faz. Não só, tipo, trabalhar com computadores e tal, mas sempre se mudar de um lugar para outro. Você nunca quer se acomodar em um lugar só?

— Algum dia, sim, claro.

Pareceu que Starr ia dizer alguma coisa, mas mudou de ideia. Ela trocou a mochila de ombro.

— Até depois.

— Divirta-se.

Destiny pensou em dar um abraço na irmã, mas antes que pudesse se aproximar, Starr já tinha se virado e se afastado.

Ela a deixou ir e voltou para o carro. Tinham progredido, pensou Destiny. Ela iria curtir isso e continuaria dando passinhos de bebê.

Destiny voltou para a cidade e deixou o carro em casa antes de ir a pé até o Brew-haha. Ela ia se encontrar com Kipling para saber as novidades antes de sair de helicóptero para mapear mais trilhas. Miles estava fazendo um ótimo progresso. Não que ele precisasse dela ao lado, mas ela preferia fazer uns voos aleatórios para confirmar que tudo estava correndo bem.

Destiny atravessou a rua e foi caminhando na direção do Brew-haha. Quando percebeu que estava andando cada vez mais rápido, deliberadamente desacelerou o passo. Ela *não* estava ansiosa para ver o Kipling de novo. Não estava nada. Ia ter uma reunião com um colega. Nada mais.

Enquanto se esforçava para caminhar mais lentamente, Destiny pensou em todas as mulheres que cediam à tentação do sexo com extrema facilidade. Ela supunha que podia até ser que essa atitude fosse melhor. Se você simplesmente reagisse a uma atração, quem sabe, com o passar do tempo, ela não tivesse mais poder. Talvez fosse como uma coceira que, depois de coçada, não voltasse mais.

Só que essa não tinha sido sua experiência com seus pais. Eles migravam de coceira para coceira, provocando um caos com seus rompantes. Talvez o problema verdadeiro fosse que Destiny não estava se esforçando o suficiente para encontrar seu parceiro sensato e confiável. Havia uma série de homens solteiros bem ali na cidade. Por que não analisá-los?

Tinha os irmãos Mitchell. Tanto Aidan quanto Nick eram caras atraentes. Apesar de que, pelo que Destiny tinha ouvido, Nick tinha o coração de um artista. Se ele realmente estivesse renegando seu talento, então havia um desastre pairando sobre ele, e ela não queria isso. Aidan tinha uma agência de turismo de aventura. Não exatamente a profissão de seu parceiro ideal, calmo e sério.

Houve uns boatos na apresentação para os voluntários sobre um fazendeiro chamado Zane. Ele parecia ter uma idade adequada, e um homem que vivia da própria terra certamente entenderia de responsabilidade e paciência. Ela devia encontrar uma maneira de conhecê-lo.

Mas todos os planos de encontrar Zane casualmente desapareceram no segundo em que Destiny entrou no Brew-haha e viu que Kipling já estava sentado em uma das mesas. Ele tinha pedido dois cafés com leite e tinha um prato cheio de doces à sua frente.

Ela hesitou por um segundo. Seu corpo pareceu executar uma espécie de dancinha da alegria celular. Sua respiração acelerou, os batimentos dispararam e, em algum lugar no fundo de sua barriga, ela sentiu um nó bem distinto. Provavelmente o início de uma infecção estomacal, disse a si mesma, inquieta.

Ela se recusava a demonstrar fraqueza e foi até ele.

— Oi — cumprimentou Kipling, quando ela se sentou à sua frente. — Pedi um café com leite para você. Espero que não se importe.

— Não, não. Obrigada.

Ela segurou a caneca com as duas mãos.

— Deixou a Starr lá sem maiores problemas? A colônia de férias começava hoje, certo?

— Aham. Espero que ela goste.

— Pois é, nunca é fácil ser o novato.

— Foi o que ela disse. Você se mudou muito quando era pequeno? Por causa do esqui?

— Sim, mas eu tinha meu técnico e a minha equipe. Não estava sozinho que nem ela. Mas ela vai fazer amigos, e isso vai ajudar. Uma pena que vocês vão embora no final do verão. Se fossem ficar, ela teria amigos quando as aulas começarem.

— A Starr frequenta um internato. Vai voltar para lá.

Kipling franziu a testa.

— Ela não mora com você?

— Não. Só durante o verão. Sou a tutora legal dela agora, mas isso é mais por causa da logística.

— Ah. E ela não tem problemas com isso? Com não ter um lar de verdade?

Destiny não gostou daquela pergunta.

— Ela tem um lar.

— Onde?

Ela não tinha uma resposta para isso. Starr só tinha passado alguns dias na casa de Destiny em Austin antes de elas irem para Fool's Gold. O apartamento não era grande o suficiente para elas duas.

— Acho que não pensei direito nisso — respondeu ela, lentamente.

— Você deveria conversar com ela e perguntar o que ela acha que vai acontecer no outono. Pode ser que ela não esteja tão animada para voltar para o internato quanto você pensa.

— Por que você está dizendo isso? Você nem a conhece.

— Sei como são os jovens. Eu agarrei a chance de me juntar à equipe de esqui e amei cada segundo, mas havia crianças que prefeririam ter um lar. Ninguém gosta de ser mandado para longe.

Ela também tinha sido criança, pensou Destiny, levemente irritada. Para ela, ser mandada para longe tinha sido a melhor coisa que lhe acontecera. Mas ela foi morar com uma avó adorável, ao passo que Starr seria mandada para a escola. Eram destinos diferentes.

— Ela tem amigos na escola — retrucou Destiny, sabendo que estava na defensiva.

Parcialmente porque se a Starr não voltasse para o internato, Destiny não sabia o que isso significaria. Ela adorava viajar a trabalho, mas com uma menina de quinze anos, ficar mudando de cidade para cidade a cada três meses não era possível.

Ela sacudiu a cabeça.

— Você está consertando as coisas de novo. Precisa parar com isso.

— Não consigo evitar — respondeu Kipling, com um sorriso. — Faz parte do meu charme.

— Se você diz...

Ele riu.

— Não ficou impressionada? Posso te passar umas referências, se ajudar.

— Não consigo nem começar a imaginar o que elas diriam.

— Só coisas boas — garantiu ele. — Sou um cara divertido. Por falar nisso, venha comigo à inauguração do The Man Cave. Vai ser uma festa e tanto.

— Não sou muito de bares.

— Esse não é um bar qualquer. Vamos lá. É a inauguração do meu negócio. Como assim você não vai estar lá para ver toda a mágica acontecer?

Destiny tentou descobrir por que ele era tão atraente. Havia outros homens tão bonitos quanto ele. Talvez até mais. Ele era bastante inteligente, mas nada demais. Tinha características que ela considerava levemente irritantes, mas elas não pareciam diminuir sua atração por ele.

Sair com ele. Ela não conseguia se lembrar da última vez em que tinha saído com um homem. Será que se lembrava de como agir?

— Não vou dormir com você.

Kipling nem se deu ao trabalho de reagir àquela afirmação brusca.

— Não me lembro de ter pedido, mas obrigado pela informação. Você diz na noite da inauguração ou nunca?

Nunca. Ela deveria dizer "nunca". Porque ele não era o que ela estava procurando. Ela tinha objetivos claros. Claros e definidos.

— Nunca — respondeu ela, com firmeza.

Ele se recostou na cadeira. Seus olhos azuis brilharam, entretidos.

— É, você está mentindo. Você me quer. Admita.

Destiny disse a si mesma que ele só estava provocando. Que tudo que ela tinha que fazer era rir com ele e tudo ficaria bem. Só que ela não conseguia. Não com sinceridade. Porque ela *estava* atraída por ele. Mais do que queria estar.

Ela abriu a boca, então fechou. Sentiu o rosto ruborizar e desejou ser milagrosamente transportada para outro lugar. Preferivelmente outro hemisfério. Como isso não aconteceu, ela pegou a mochila, se levantou e murmurou:

— Preciso ir.

Kipling estava em pé em um segundo.

— Destiny, não. Não vá! Eu só estava provocando.

Ela meneou a cabeça e saiu às pressas.

Por algum motivo, Kipling não a seguiu. Gratidão e medo a impulsionaram até o escritório. *Um lugar ridículo para se esconder*, pensou ela enquanto fechava a porta e se apoiava nela. Como se ele não soubesse onde a mulher trabalhava.

Mas não havia outro lugar para ir. Ela só podia torcer para ter alguns minutos de solidão. Uma hora ou algo assim para descobrir que diabos havia de errado com ela e como ela ia consertar isso. E rápido.

Às cinco da tarde, Destiny tinha conseguido parar de pensar no problema com Kipling. O alívio provavelmente era temporário, mas ela não iria reclamar. Em sua maior parte, por causa da culpa. Culpa por causa da Starr.

Apesar de querer esquecer aquele homem, ela parecia não conseguir tirar as palavras dele sobre sua irmã de sua cabeça. Que a Starr não tinha, tecnicamente, um lar para retornar. Que ela não tinha um lugar para chamar de seu.

Destiny não sabia como resolver essa questão, mas sabia como oferecer uma distração. Em uma tradição passada de geração para geração e honrada com o passar do tempo, ela foi cozinhar.

Primeiro, uma torta. A vó Nell tinha ensinado a ela os segredos para uma massa crocante perfeita. Ela usou os primeiros mirtilos da estação. Agora a torta estava esfriando em um suporte na mesa da cozinha.

Ela tinha comprado frango para fritar e ingredientes para fazer uma salada. Porque não havia muitos problemas que não pudessem ser resolvidos com frango frito para o jantar.

— Voltei — gritou Starr.

Destiny foi até a sala. A adolescente parecia feliz enquanto deixava a mochila no sofá e se largava ao lado dela. Destiny se sentou de frente para ela.

— Como foi? — perguntou ela, cruzando os dedos mentalmente. Tomara que a resposta seja positiva.

Starr sorriu.

— Foi ótimo! Estou supercansada, mas de um jeito bom, sabe? O acampamento é enorme. Tem um monte de salas de aula e espaços diferentes. Estou fazendo aulas de teatro e música. Também tem umas aulas técnicas e vários esportes. É movimentado, barulhento e divertido. Almoçamos em turnos, o que foi bom porque, com tanta gente, seria totalmente impossível.

Ela fez uma pausa para respirar.

— Há pessoas que vêm passar só duas semanas. Elas dormem lá. Vêm de, tipo, Los Angeles. A "cidade grande", foi como um dos monitores chamou. Conversei com uma menina que nunca esteve nas montanhas antes. Ela nunca tinha visto uma floresta! Ela disse que tem, tipo, oito árvores em um parque bem pequenininho perto da casa dela. Ela contou cada uma.

Starr meneou a cabeça.

— Nunca tinha conhecido alguém assim. Ela é superdivertida e tem uma voz maravilhosa. Mas tudo é diferente para ela. A família não tem grana. Eu não sabia que a vida era realmente assim para algumas pessoas.

— Fico feliz por ela conseguir participar da colônia.

— Eu também. Conheci várias pessoas que moram na cidade. Algumas têm a minha idade. — Ela abaixou a cabeça por um segundo. — O filho da Felicia é legal. O Carter. Ele tem amigos que quer me apresentar. Disse que podemos fazer alguma coisa juntos.

Destiny estava acenando compreensivamente com a cabeça, mas, de repente, a ficha caiu.

— Um garoto? — perguntou ela, se perguntando se tinha dado para perceber o medo e a indignação em sua voz.

Starr ficou olhando para ela.

— Dã, a maioria dos filhos é homem, então, sim. Somos amigos. É legal. Ele é bacana. Gosto dele.

— Gosta dele em que sentido?

Starr revirou os olhos.

— Com o que você está preocupada? Tenho quinze anos. Posso gostar de meninos. É isso que as adolescentes fazem.

Destiny disse a si mesma para permanecer calma. Que isso podia ser resolvido.

— Eu entendo isso — respondeu ela, lentamente. — Mas você precisa tomar cuidado. Nós duas precisamos.

— Cuidado? Do que você está falando?

— Está nos nossos genes. Como ter cabelo ruivo. E um interesse por música. Você puxou isso do pai, certo?

— Certo — respondeu Starr, cautelosamente. — O que isso tem a ver com o Carter?

— Outros traços podem ser herdados. Coisas do tipo, se apaixonar e deixar de gostar de alguém. Você viu o que aconteceu com os seus pais. É isso que você quer para si mesma? Você precisa pensar nessas decisões. Porque se não pensar, pode ser que aja. Sexo é perigoso.

Starr deu as costas para ela.

— Não me fale isso. Não quero conversar sobre isso. Tenho *quinze* anos. Sei que algumas pessoas estão fazendo... aquilo, mas eu não estou. Quem você acha que eu sou?

— Acho que você é filha do Jimmy Don. Acredite em mim, tenho problemas com a mesma questão. Você tem que tomar cuidado com os meninos.

— É por isso que você não é casada? Está tomando cuidado?

— Sei o que estou procurando. Só não encontrei ainda.

Starr franziu a testa.

— Quer dizer quer você tem uma lista ou algo do tipo?

— Sim. Tenho. Quero tomar uma decisão racional quanto ao homem com o qual vou passar o resto da minha vida.

— O amor não é racional — ponderou Starr. — Até eu sei isso.

— Você tem razão. Amor é palavras e química. Tem pouco valor. Melhor tomar uma decisão baseada em critérios racionais e compreensíveis. Isso é duradouro.

Ela não tinha certeza se Starr iria entender seu ponto de vista ou chamá-la de idiota. O que ela não esperava era que os olhos da adolescente se enchessem de lágrimas.

— É isso mesmo que você pensa? — perguntou Starr, levantando-se. — Que não existe amor? Que a minha mãe não me amava?

Destiny queria dar um tapa em si mesma. Ela se levantou.

— Não! É claro que ela te amava! Não estou falando do amor entre os pais e um filho. Eu estava falando do amor romântico. A sua mãe te adorava!

— Você não sabe de nada — gritou Starr. — Ela só se preocupava com meu pai e com as drogas dela. Ela não me amava. Me abandonou várias vezes e aí morreu. Sei que meu pai não se importa. Obviamente. Ele mal sabe quem eu sou e certamente não me quer. Só estou aqui porque você ficou presa comigo. Eu entendo, ouviu? Eu entendo.

Ela ergueu a voz nas últimas duas palavras.

— Sei que não tenho para onde ir. Sei que ninguém me quer. Eu entendo!

Ela correu para o quarto, batendo a porta. O estrondo reverberou pela casa.

Destiny se afundou novamente na poltrona e cobriu o rosto com as mãos. A distância entre o que ela queria dizer e o que tinha saído de sua boca era tão imensa que era impossível de calcular. Ela só estava tentando proteger a Starr. Ao invés disso, a tinha machucado.

Destiny se levantou e foi até a porta fechada do quarto. Depois de bater, ela falou.

— Starr, querida. Me desculpe.

— Vá embora!

— Precisamos conversar.

— Não, não precisamos. Se você não acredita no amor, então saber que eu te odeio não vai fazer diferença alguma. Eu te odeio, Destiny. Me deixe em paz!

Houve um estalo alto quando a fechadura foi trancada, seguida por alguns segundos de silêncio e, depois, de soluços que partiram o coração de Destiny. Ela desabou no chão ao lado da porta do quarto da irmã e tentou respirar. Por tudo que era mais sagrado, ela não fazia ideia do que fazer.

***

Antes de se mudar para Fool's Gold, Kipling nunca tinha se envolvido com o governo municipal ou com qualquer esfera governamental. Ele assumia que a administração diária de uma localidade simplesmente acontecia. Como a maioria das pessoas, ele reclamava das leis que pareciam ser uma interferência desnecessária. Ele não sabia que havia tantas etapas complexas que acabavam com um fluxo contínuo de serviços que afetavam as vidas das pessoas.

Mas desde a mudança, ele tinha ido a várias sessões na câmara. No começo, tinha ficado preocupado em se sentir entediado, mas agora ansiava por ouvir os detalhes do que acontecia nos bastidores. A prefeita Marsha comandava bem sua cidade e tinha muitos entraves. Graças ao fluxo constante de turistas, o crescimento da cidade, uma universidade importante e dezenas de negócios bem-sucedidos, todos com seus interesses e suas necessidades diferentes, sempre havia uma crise, um problema e algo incrivelmente engraçado acontecendo.

Na sessão de hoje, o alívio cômico foi garantido por Eddie e Gladys, que queriam apresentar um programa de TV a cabo — as mesmas senhoras que queriam se alistar para serem voluntárias na recente apresentação do Salvo. A prefeita Marsha estava se esforçando ao máximo para dissuadi-las e, apesar de Kipling geralmente apostar na prefeita, ela não parecia estar tendo muitos avanços com as duas senhorinhas superdeterminadas. A discussão que estava rolando fez Kipling desejar ter levado pipoca. Aquilo que era entretenimento.

— Você não pode nos impedir — disse Eddie, inclinando-se para frente ao falar. — Este é um país livre. Conheço meus direitos. Os canais abertos são abertos. Voltados para a comunidade. Eu e a Gladys vamos incluir todo mundo no nosso programa.

— Especialmente os homens — interveio Gladys.

— É isso que me preocupa. — A prefeita Marsha estudou as duas. — As leis sobre nudez são restritas.

As sobrancelhas de Eddie se ergueram quase até a linha dos cabelos.

— Está insinuando que vou ter pessoas peladas no meu programa?

— Quem dera — murmurou Gladys.

— Sim — respondeu a prefeita, com firmeza. — Ou fotos. Entrei em contato com meus amigos da Comissão Federal de Comunicações, e eles vão ficar de olho em vocês duas.

Patience Garrett, dona do Brew-haha, se sentou ao lado de Kipling. Ela se aproximou dele.

— É sempre perigoso quando a prefeita Marsha começa a falar dos amigos em qualquer parte do mundo. Se eu fosse a Eddie e a Gladys, estaria tremendo dos pés à cabeça.

— Elas não teriam nudez no programa delas, teriam?

— Com toda certeza. Dois anos atrás, foi feito um calendário para arrecadar fundos. Vários modelos homens vieram para a cidade e fizeram as fotos. Nus. Eddie e Gladys estavam na primeira fila, assistindo ao espetáculo.

— Elas parecem tão inocentes.

Patience sorriu.

— Não confunda velhice com inocência. Elas montariam em você fácil, fácil.

— Aquelas duas?

— Com certeza. Você é um cara legal. Nunca revidaria.

— Conselho anotado.

Ele voltou sua atenção novamente para a discussão que estava rolando, então deslizou os olhos para a esquerda. Destiny estava sentada algumas fileiras à sua frente. Ela havia chegado atrasada e pegou um lugar na lateral do salão.

A princípio ele pensava que ela o estava evitando. Apesar de ter achado a última conversa deles intrigante, Kipling achava que, talvez, ela estivesse um pouco envergonhada. Talvez não quisesse que ele soubesse que se sentia atraída por ele. Ela era um pouquinho nervosa. Mas agora, enquanto a observava, Kipling se perguntou se haveria mais alguma coisa acontecendo. Ela parecia tensa de um jeito que não tinha nada a ver com ele. Mal tinha olhado em sua direção.

Se tivesse que chutar, ele diria que ela estava chateada com relação a alguma coisa que não tinha a ver com o trabalho. Ela recebia um e-mail com atualizações toda manhã, e estava tudo correndo conforme o esperado. Então só podia ser outra coisa. Família, talvez?

Ele voltou a olhar para a prefeita Marsha e se esforçou ao máximo para prestar atenção no que ela estava falando, mantendo um olho em Destiny o tempo todo. Ele queria conversar com ela antes que a ruiva fosse embora. Se ela estivesse com algum problema, talvez ele pudesse ajudar.

A sessão foi encerrada após mais ou menos uma hora. Kipling pensou que Destiny talvez fosse embora correndo, mas a instrutora ficou para conversar com algumas pessoas. Kipling foi em sua direção. Todos já tinham ido embora da sessão e, quando ele ficou de frente para ela, eles já estavam sozinhos.

— Como estão as coisas? — perguntou ele.

Destiny meneou a cabeça.

— Mal. Starr e eu tivemos uma briga terrível ontem à noite. A culpa é minha. Eu pisei na bola. Ela falou sobre um menino de quem gosta, e eu fiz uma tempestade em um copo d'água.

— Ela está namorando? A Starr não era nova demais?

— Espero que não. Eu disse a ela que o amor se resumia a hormônios e palavras, e ela me entendeu mal. Eu estava falando sobre o amor romântico. Ela achou que eu estava dizendo que ninguém a amava. — Destiny se virou. — Quero dizer que ela está errada, mas não sei. Nosso pai não a vê há meses. A mãe dela morreu. Sou sua tutora temporária e mal a conheço. Ela está perdida, e eu sou a última pessoa que sabe o que fazer.

Ele colocou o braço em torno dela e a puxou para perto.

— Isso não é verdade.

— Temos o mesmo pai. Acredite em mim quando digo que não viemos de uma situação familiar emocionalmente estável.

— Você teve a vó Nell. Ela era estável. Amava você e a fazia se sentir segura. Então faça o mesmo pela Starr.

Era boa a sensação de tê-la apertada contra ele. Feminina e quente. Ele queria protegê-la de qualquer problema pelo qual estivesse passando e endireitar as coisas.

Ela relaxou no corpo dele por um segundo antes de se afastar.

— Você tem razão. Preciso fazer o que a vó Nell faria. Hoje de manhã, a Starr sequer falou comigo. Ela é nova demais para lidar com tudo isso. Preciso encontrar uma maneira de ajudá-la.

— E o seu pai?

Destiny suspirou.

— Eu falei com ele depois de ficar sabendo da Starr através do advogado dele. Jimmy Don está em turnê pela Europa este verão. Não tem planos de voltar antes de outubro. Quanto à Starr, ele tem certeza de que ela vai ficar bem.

Kipling sentiu uma raiva familiar borbulhando. Nem todos os abusos vinham dos punhos.

— Em outras palavras, ele não está nem aí.

— Não exatamente o que eu diria, mas sim. Pessoas famosas não precisam resolver as próprias mancadas. Sempre existe alguém pronto para intervir e fazer isso por elas. Não que eu esteja chamando minha irmã de "mancada". Você entendeu o que eu quis dizer.

— Entendi. O que você vai dizer a ela?

Ela o fitou com olhos verdes arregalados de emoção.

— Não faço ideia. A verdade, suponho. Que eu cometi um erro. Que me importo com ela e quero que saiba disso.

— Ela precisa saber que sempre vai ter um lugar com você.

Destiny concordou lentamente com a cabeça.

— Eu sei. Mas ainda não descobri como fazer isso dar certo. Meu emprego requer que eu viaje o tempo todo. Posso pegar um trabalho que dure boa parte dos meses de verão, mas aí vou recomeçar de novo.

— O que torna o internato prático — ponderou Kipling. — Ela gosta de lá?

— Ela não deixou claro. Você tem razão. Precisamos conversar mais para que ela possa se sentir segura. Toda aquela conversa sobre o Carter realmente me abalou.

— Tenho certeza de que eles são só amigos.

— Foi o que ela disse. Seis semanas atrás, eu mal sabia quem ela era. Agora isso. É demais.

Instintivamente, ele a puxou para perto. Ela se aconchegou com facilidade nos braços dele e se agarrou a ele.

Eles encaixavam bem juntos. Ele inspirou o aroma do cabelo dela e se deliciou no calor de seu corpo. Quando ela se afastou, ele a soltou.

Ele sabia que não devia achar nada demais na vontade dela em ficar perto dele. Destiny estava magoada, e ele era um ombro amigo disponível. Mas concluiu que gostava de ser o ombro amigo dela, mesmo que só naquele momento. Porque, assim como ela, o ex-atleta também sempre estava recomeçando. Emocionalmente ou fisicamente.

— Fazer amizade com pessoas da idade dela é a melhor coisa para ela agora — disse ele. — Assim ela se sentirá acolhida.

Destiny concordou com a cabeça.

— Ela parecia bem feliz ontem, quando chegou do acampamento.

— Um dos meus sócios tem uma filha da idade dela. Que tal eu ligar para o Ethan e ver se ele pode arranjar alguma coisa para a Starr e a Abby na noite da inauguração do The Man Cave? As meninas podem ir ao cinema e bater um papo. Você pode vir comigo. Vocês duas vão se divertir, e se afastar da situação em casa vai fazer vocês duas pensarem melhor.

Ela sorriu.
— Sempre querendo consertar as coisas.
— Mas você concorda que é uma boa ideia?
Ela pausou por um segundo, então concordou com a cabeça.
— É uma ótima ideia.

Capítulo 7

Destiny se sentou na sala de estar e esperou Starr voltar para casa da colônia. Ela tinha pensado muito no que tinha dado errado entre elas. Conversar com Kipling tinha ajudado muito. Ela era grata por como ele tinha sido legal com relação àquilo tudo. Ela tentou se lembrar da última vez em que teve alguém em quem se apoiar, mesmo que por um período curto, e não conseguiu se lembrar de quando fora. Porque ela não tinha amigos, percebeu. As amizades dela eram breves e temporárias.

Provavelmente, havia vários bons motivos. Ela sempre estava se mudando para o próximo trabalho. Então por que se envolver demais? E apesar de isso ser uma ótima ideia na teoria, na prática, significava que ela estava sempre recomeçando e não tinha uma continuidade real em sua vida. Não emocionalmente. Isso não era somente um problema, como também trazia solidão. Algo que ela não parecia ter notado até a briga com a Starr.

Ela não tinha ninguém para quem ligar. Ninguém para conversar sobre as coisas. Podia ter ligado para sua mãe, mas não tinha certeza se Lacey era a pessoa certa para dar conselhos nessas circunstâncias. Lacey amava a filha e mantinha contato, mas Destiny não achava que a mãe fosse querer ser metida em uma situação que envolvia o ex-marido e uma das filhas de suas amantes. Quanto aos seus outros meios-irmãos e afins, ela conhecia poucos deles, e muito mal.

Kipling tinha sido uma base inesperada.

A porta da frente se abriu, e Starr entrou. Ao contrário da noite anterior, ela não parecia nem um pouquinho entusiasmada ou feliz. Ela olhou para Destiny e desviou o olhar. Mas ao invés de ir direto para o quarto, ela se sentou no sofá e ficou olhando para as próprias mãos.

— Como foi o seu dia? — perguntou Destiny.

— Bom.

— Ainda está gostando da colônia?

Starr confirmou com a cabeça.

Destiny desejou ter sabedoria, mas não tinha nada. E apesar do ótimo conselho de Kipling, ela não conseguia nem imaginar o que a vó Nell diria — em sua maior parte porque ela era esperta demais para jamais se meter nessa situação.

— Me desculpe por ontem — disse Destiny. — Pelo que eu falei. Eu passei completamente dos limites com aquela questão do Carter. Tenho minhas próprias preocupações e medos e não deveria projetá-las em você.

Starr ergueu a cabeça.

— Você tem medo dos homens?

— Não. Só de cometer um erro. De me apaixonar. E isso não importa. Quero falar sobre você agora. Sobre nós. Starr, você é minha irmã.

— Sua *meia*-irmã. É assim que você sempre me apresenta.

Destiny sentiu seus olhos se arregalarem. Queria retrucar, mas tinha a sensação de que Starr estava certa.

— Me desculpe — disse ela. — Nunca mais vou fazer isso. — Porque somos irmãs. Nem meias e nem três-quartos. Apenas irmãs.

A adolescente ficou olhando para ela por um tempão.

— Está bem.

— Esta é uma situação difícil por uma série de motivos, mas especialmente porque não nos conhecemos. Eu quero que isso mude. Quero que você seja feliz. Comigo, digo. Vamos embora de Fool's Gold quando meu trabalho terminar.

— Para onde você vai depois?

— Não sei.

— Você muda de cidade a cada dois meses?

Destiny confirmou com a cabeça.

— Posso tentar ficar em um lugar só o verão todo, mas, fora isso, meu trabalho pede que eu sempre esteja em um lugar novo.

— Isso significa internato para mim. — Starr ficou olhando novamente para as próprias mãos. — Acho que é assim que vai ser.

O que não parecia um indício muito positivo sobre ela gostar do internato, pensou Destiny. Mas que alternativa ela tinha?

— Vamos passar os feriados e os verões juntas — sugeriu ela. — Se você quiser.

— Porque você está presa comigo.

Starr parecia mais assustada do que desafiadora.

— Não me vejo presa com você — garantiu Destiny. — Para falar a verdade, até que é legal. Você tem razão, eu sempre sou a "menina nova" e me sinto, sim, solitária. Ter família por perto ajuda. Não lamento por você estar aqui, Starr, caso você esteja pensando isso.

Starr olhou para ela.

— Mesmo?

— Juro. — Ela sorriu. — Tenho todos os ingredientes para fazer frango frito. Eu ia preparar ontem à noite, mas, com tudo que aconteceu, não consegui. Já comemos uma vez e agora eu posso te ensinar a antiga receita da família. Topa?

Starr sorriu.

— Claro! Só vou guardar as minhas coisas.

Destiny a observou ir até o quarto. Mais tarde, depois do jantar, elas podiam tocar violão juntas. Ela ensinaria mais acordes a Starr e mostraria como tocar umas músicas do pai. Se ambas se dedicassem, elas poderiam encontrar uma maneira de ser uma família de verdade, não apenas no nome.

A estátua de homem das cavernas ao lado da porta acabou fazendo mais sucesso do que Kipling esperava. Quase todo mundo que passava pela porta parava para tirar uma foto ou para que alguém tirasse uma foto sua com o mascote. Houve, também, algumas *selfies* hilárias.

Como era a noite de inauguração, as fotos foram enviadas por mensagem para o bar e eram exibidas nas TVs. Os slides resultantes fizeram a multidão aplaudir e gritar.

Kipling circulava em meio às massas de pessoas. Ele não estava fazendo a contagem, mas tinha a sensação de que estavam quase lotados. Não fazia ideia do quanto o corpo de bombeiros se preocupava com esse tipo de coisa. Não que ter uma fila na porta para entrar fosse algo ruim.

Ele cumprimentava os fregueses, ficava de olho nos garçons e esperava pela chegada da Destiny. Como ele tinha que chegar bem cedo para a inauguração, eles concordaram em se encontrar no bar. Ele queria ter certeza de que a veria no segundo em que ela chegasse.

Ansiedade, pensou ele, com um sorriso. A expectativa de vê-la tornava o dia bom. Ela era uma mulher complicada, mas ele gostava disso. As fáceis eram para os maricas. Se esforçar para conseguir o que queria só tornava a recompensa ainda mais doce. E ele teria sua recompensa. Destiny podia ser nervosinha, mas ele sabia que, eventualmente, ela se soltaria. Tudo que ela precisava era se sentir segura.

Ele andou ao lado do bar, parando para conversar com as pessoas à medida que caminhava. Kipling estava na cidade há menos de seis meses e já reconhecia praticamente todo mundo que via.

Nick acenou para que ele se aproximasse. Ele pediu licença e foi conversar com seu gerente.

— O que foi? — perguntou ele.

Nick sorriu.

— É oficial. A Jo vai fechar todos os fins de semana.

— A Jo do Jo's Bar?

— Essa mesma.

— Por que isso é tão importante?

A expressão de Nick se tornou compassiva.

— Você ainda não entendeu. As mulheres dessa cidade são poderosas, meu amigo. O Jo's é o lugar delas. Se diminuirmos o lucro dela, a Jo não vai ficar feliz, e aí as mulheres não vão ficar felizes.

Kipling descartou aquela informação.

— Servimos uma clientela diferente. A maioria dos nossos clientes não iria ao Jo's. Não estamos tirando nada dela. Além disso, vamos tirar metade do nosso movimento dos turistas.

Ele sabia. Tinha participado de cada uma das reuniões em que ele e os sócios tinham discutido o plano de negócios. Concluíram que teriam mais sucesso no verão, com os turistas. Os homens que assistiam a esportes os sustentariam no inverno. A Jo podia ficar com suas clientes mulheres.

— Estamos suprindo uma necessidade — reforçou Kipling. — Quando me mudei para cá, só ouvia os caras reclamando sobre o bar da Jo. Como eles ficavam enfurnados no salão dos fundos e como as TVs não são grandes o suficiente.

— Esse é um ponto de vista.

— Você está se preocupando à toa.

Kipling tinha encontrado um problema e reunido um grupo de investidores para resolvê-lo. Isso tornava o dia de hoje um ótimo dia.

Nick deu de ombros.

— Só estou repassando a notícia — disse ele. Então, apontou para a porta. — Você tem companhia.

Kipling se virou e viu Destiny parada na porta. Do ponto de vista dele, o burburinho do bar cessou, e as luzes se amontoaram em um holofote que se focava inteiramente nela. Ele tinha bastante certeza de que estava vendo as coisas do jeito que seu pênis queria, ao invés de como elas realmente eram, mas estava disposto a aceitar. Especialmente quando isso significava ficar olhando para uma bela mulher.

Ela tinha enrolado os cabelos e se maquiado. Kipling não se lembrava de tê-la visto toda arrumada antes, e o resultado era impressionante. Os olhos verdes dela pareciam enormes, seu cabelo caía em ondas encaracoladas, e sua boca, um biquinho cor-de-rosa brilhante pedindo para ser beijado.

Ele caminhou na direção dela, sem se importar em conversar com ninguém no caminho. A ruiva era tudo que importava. Tudo de que ele precisava. Enquanto chegava mais perto, Kipling viu que ela tinha colocado uma jaqueta curta por cima de uma blusa justa branca de renda. Ela estava usando calça jeans justa e botas. *A combinação perfeita de conforto e sensualidade*, pensou ele ao se aproximar. Era o tipo de coisa que só as mulheres conseguiam fazer e, falando em nome de todos os homens, de todos os lugares, ele era grato pelo esforço.

— Oi — disse, quando chegou até ela.

Ela ergueu os olhos para ele e sorriu.

— Oi, tudo bem? Parabéns! Há uma multidão fazendo fila do lado de fora, e o resto da cidade está estranhamente vazio. Vocês são um sucesso.

— Ao menos esta noite. — Ele pegou a mão dela e a puxou para perto de si. Kipling inspirou o aroma doce do xampu de Destiny — e talvez um pouquinho de perfume — e, então, deu um beijinho leve em seu rosto. — Obrigado por ter vindo.

— Vai ser divertido.

Ele ficou olhando para ela por um instante.

— Você está melhor. Fez as pazes com a Starr?

— Como você sabe?

— Você está mais relaxada.

— Não sei como você consegue me ler desse jeito. A maioria das pessoas tem dificuldades em saber o que estou pensando.

— Pense nisso como um dom.

— Não tenho certeza se vou concordar com isso — respondeu Destiny.

— Vamos encher a sua cara e ver aonde isso vai nos levar.

Ela riu.

— Ao menos você é sincero quanto às suas intenções.

Ele se aproximou dela.

— Minhas intenções são más.

Ela desviou o olhar.

— Era o que eu suspeitava. Receio que esta noite será uma decepção, então.

Ele abaixou a mão e colocou o braço em torno dela.

— Não se você me disser que não. Porque estou interessado em lutar para chegar lá. Não se preocupe.

— Porque gosta da conquista?

— Eu gosto de tudo.

Eles foram até o bar. Havia três, quatro fileiras de pessoas paradas ali, mas Kipling foi até o final, onde sabia que seria visto. *Uma das vantagens de ser um dos donos*, pensou. Não precisar esperar pelo atendimento.

— O que você vai querer? — perguntou ele a Destiny.

Ela o fitou.

— Certo, não ria, mas eu adoraria um Old Fashioned.

— Você é uma moça de coração sulista. Eu não esperava outra coisa.

Kipling pediu o coquetel para ela e uma cerveja para si próprio. Com todo mundo espremido dentro do bar, não havia muito espaço, o que forçava Destiny a ficar com o corpo prensado contra o dele. Algo de que ele não iria reclamar.

Quando as bebidas deles chegaram, ele a levou até os fundos do salão. Era menos barulhento lá. Eles também tinham deixado a porta dos fundos aberta para ventilar melhor.

Ele cumprimentava as pessoas à medida que eles andavam. Quando viu os irmãos Hendrix juntos em uma mesa, parou para dar oi.

— Destiny, estes são Ethan, Kent e Ford Hendrix — apresentou ele. — Esta é Destiny Mills. É ela quem está implementando o software de busca e resgate.

Ethan ergueu sua cerveja.

— Prazer em conhecê-la. — Ele fez uma pausa, então sorriu. — Você é a irmã da Starr, não é? Você conheceu a minha esposa, Liz, hoje.

— Conheci, sim. — Destiny se voltou para Kipling. — Segui o seu conselho. A Starr está passando a noite com a Abby e as amigas dela.

— Fico feliz.

Kipling se perguntou se "passar a noite" incluía dormir na casa de uma delas. Isso seria conveniente. Apesar de ele duvidar que Destiny fosse do tipo que transasse no primeiro encontro e, com ela, ele ficava feliz em esperar.

Ethan acenou com a cabeça para Kipling.

— Belo trabalho. O bar ficou ótimo!

— Obrigado. Onde estão as esposas?

— Disseram que não era para elas. Estão com a nossa mãe, fazendo uns bolos.

Kipling acenou compreensivamente com a cabeça.

— Como anda a aposta?

Ford e Kent se entreolharam.

— Bem — respondeu Kent. — Estou ganhando.

Ford cutucou o irmão com o cotovelo.

— Você não tem certeza.

Kent o cutucou de volta.

— Boto fé na minha esposa.

Ethan, do outro lado da mesa, meneou a cabeça.

— Vocês são dois idiotas. Sabem disso, não sabem?

Kipling sorriu para Destiny.

— Aparentemente, os irmãos Hendrix têm uma aposta rolando. Quem consegue engravidar a mulher primeiro.

— Vocês fizeram uma aposta? — perguntou Destiny.

Kent deu de ombros.

— Sim, mas não é nada sério.

— E é por isso que eu vou vencer — complementou Ford, presunçosamente. — Só espere para ver.

— O que as esposas de vocês acham dessa aposta? — perguntou Destiny.

— Elas, hum, meio que não sabem — murmurou Kent. — Ficaríamos gratos se você não dissesse nada.

— Porque se a Isabel descobrir, o máximo que vai acontecer é ela ficar brava — ponderou Ford. — Mas se a sua mulher descobrir, ela é perfeitamente capaz de matar você.

— Verdade — concordou Kent, alegremente. — Mas ela nunca mataria.

— É o que você pensa.

Ethan tomou um gole de sua cerveja.

— Meus irmãos são uns idiotas. Não tenho orgulho disso, mas não posso evitar a verdade para sempre. Perfeitos idiotas.

Kipling riu.

— Mal posso esperar para saber no que isso vai dar.

Ele colocou o braço em torno de Destiny e a guiou pelo salão dos fundos até o pátio externo. Não havia muitas pessoas ali, e eles podiam respirar o ar fresco da noite. Com um pouquinho de sorte, talvez ela ficasse com frio e se aconchegasse nele.

Destiny se sentou em uma das mesas. Kipling se sentou de frente para ela. Ela meneou a cabeça.

— Não sei se apostar em quem engravida é uma boa ideia.

— Eles são irmãos — ponderou Kipling. — Não conseguem não ser competitivos. Fico feliz que as coisas tenham melhorado com a Starr.

— Eu também. — Ela tomou um gole de sua bebida sem olhar para ele. — Kipling, o que você quer de mim? — perguntou ela de repente.

— Esta noite ou no geral?

— Os dois.

— Esta noite, eu quero que você se divirta. Depois disso, quero ver que rumo as coisas tomam.

Ele podia ter sido mais específico, mas algo lhe disse que Destiny não lidaria bem com isso. Para uma pessoa que era tão confiante no trabalho, ela era surpreendentemente contida quando se tratava de sua vida amorosa. Ao menos era assim que ele a lia.

— Você sabe que eu vou embora — disse ela.

— Sei, sim. Não estou procurando por algo permanente. Sou um cara de monogamias em série.

— Não se interessa por nada mais?

Claro que ele se interessava. Mas parecia não saber como chegar àquele estágio “caramba, estou apaixonado”. Em sua maior parte, porque ele não conseguia se convencer de que o amor era algo muito valioso. Fazer a coisa certa era muito mais produtivo do que pensar nela.

— Claro que sim. Eu gostaria de me casar, ter uma família — respondeu ele, optando pelo sonho ao invés da realidade. — Um dia. E você?

— Também. Um dia.

— Aí está você! — Shelby apareceu e foi até a mesa. Ela se sentou ao lado do irmão e o abraçou. — Você conseguiu, irmãozão. O bar é um sucesso. Parabéns!

A chegada de Shelby deu a Destiny uma chance de pedir licença com a pretensa desculpa de querer dar oi a algumas amigas. Apesar de não ter visto ninguém que conhecesse muito bem, ela precisava de um tempo para recuperar o fôlego. Tomar uísque e olhar nos olhos do Kipling estava causando um efeito perturbador no equilíbrio dela. Ou talvez fosse a conversa sobre casamento e filhos.

Não que ele estivesse sugerindo nada, lembrou a si mesma. Ele não tinha feito isso. E não era sensato o suficiente para ela. Mas uma mulher tem o direito de sonhar e, se ela estava sonhando, então valia a pena sonhar um pouquinho com ele.

Ela retornou para a área do bar e foi imediatamente atingida por um paredão de barulho. Havia ainda mais pessoas ali dentro do que antes, se é que isso era possível.

As luminárias no teto iluminavam bastante, e a música estava em uma altura razoável. Não era preciso gritar para conversar com alguém. As bebidas alcoólicas rodavam livremente, e as fotos tiradas na porta eram exibidas em várias TVs. Várias pessoas estavam jogando sinuca. Apesar de a sala de pôquer estar sendo usada como mais uma área com cadeiras para as pessoas sentarem, havia uma placa avisando quando os jogos iriam acontecer, junto com uma folha de inscrição.

Se Destiny fechasse os olhos, podia ter cinco anos de novo. Ou oito, ou qualquer idade em que viajava com os pais. Apesar de serem artistas famosos e não tocarem em bares, eles gostavam de se divertir depois dos shows e a levavam junto. Sempre havia uma sala nos fundos onde ela podia se acomodar confortavelmente em uma cama de casacos.

Destiny se lembrou dos cheiros e dos barulhos. Das explosões de risadas, do aroma persistente de cigarros e frituras. Não era exatamente um ambiente educativo, mas era o que ela conhecia.

Foi só depois que seus pais se separaram que eles começaram a ter mais filhos. Será que as coisas seriam diferentes se Lacey e Jimmy Don tivessem tido mais filhos juntos? Será que um número maior de descendentes os teria forçado a agirem mais como os outros pais ou será quc isso era um mero desejo pessoal?

— Aqui está — disse o garçom, entregando outra bebida a Destiny e pegando o copo dela. — Nick me pediu para dizer que faz um Old Fashioned ótimo e que poucas pessoas tomam hoje em dia.

— Obrigada.

Ela ergueu o copo na direção do bar, e Nick acenou em resposta. Assim que tomou um gole, Madeline correu em sua direção.

— Meu Deus, é sério? Você é a única filha de Lacey e Jimmy Don Mills? *Essa* família Mills? Você é, tipo, da família real da música country.

Madeline parecia mais intrigada pela informação do que chateada pelo fato de Destiny ter tentando mantê-la em segredo, o que era bom. Mas, mesmo assim, foi cautelosa ao perguntar:

— Como você descobriu?

— O Miles me contou. Fomos tomar uns drinks ontem à noite. Você não disse nada!

Típico do Miles, pensou Destiny. Metendo o nariz onde não era chamado. Ela precisaria ter outra conversinha com ele logo.

— Não falo muito sobre isso.

— É óbvio que não. — Madeline estava com uma taça de champanhe na mão. Ela engatou o braço no de Destiny e a levou até uma mesa pequena no canto. — Acho que consigo entender por quê. Todo mundo só fala disso, certo? Dos seus pais famosos. Mas, caramba! Fiquei pasma.

Elas se sentaram de frente uma para a outra. Madeline estava usando um belo vestido azul que tinha a mesma cor de seus olhos. Ela tinha prendido os cabelos loiros em uma trança.

— Então você também canta? Deve cantar. Por que está trabalhando naquela empresa? Não gosta desse ramo?

Destiny tomou um gole grande de sua bebida e se perguntou por onde deveria começar.

— Nunca quis o que meus pais tinham — confessou ela. — Parece superglamouroso de fora, mas, de dentro, é um ramo difícil. Muitas viagens e muita loucura. Não é para mim.

— Então você é uma pessoa normal. — Madeline riu. — Isso me faz gostar muito mais de você.

— Obrigada. Você sabe se o Miles contou para mais alguém?

— Não faço ideia. — A loira se inclinou na direção de Destiny. — Olha, isso obviamente te incomoda. Não vou contar nada para ninguém. Prometo. Mas se o Miles me contou, ele vai contar para outras pessoas.

— Eu sei. Eu já pedi para ele parar de falar sobre a minha família, mas ele não dá ouvidos. É bem fofoqueiro quando se trata da vida pessoal de outras pessoas. — Destiny apertou os lábios. — Espere aí. Vocês estão namorando? Não quero falar nada que não deva.

Madeline meneou a cabeça.

— Não. Saímos para tomar uns drinks, mas ele não faz o meu tipo.

— Ele é bonito e charmoso.

— Tem toda razão. Eu deveria ficar caidinha por ele. Mas sei lá. Não rolou nenhuma química. E agora que eu sei que você pediu para ele ficar quieto, e ele não obedeceu, eu jamais confiaria nele. Quero alguém com integridade. Alguém que se importe com a família. — Madeline tomou um gole de champanhe. — É bem engraçado. Passo meus dias ajudando noivas a encontrarem seus vestidos dos sonhos e não consigo encontrar meu amor verdadeiro.

— Você está procurando?

— Boa pergunta. Faz um tempo que não procuro. Cresci aqui, então conheço a maioria dos caras da minha idade. Ou eu já namorei ou uma amiga já namorou. Meus pais estão casados há uma eternidade. Eu fui um bebê que nasceu para mudar vidas. Eles estavam tentando engravidar há anos e tinham finalmente desistido. Aí eu vim. Eles são uns amores e ainda estão apaixonados um pelo outro depois de 45 anos.

— Isso é legal.

Destiny se esforçou ao máximo para não parecer melancólica. Ela sabia que o amor romântico podia dar certo para uns poucos, mas ela mesma nunca tinha visto. Não de perto.

— Isso define um padrão bastante alto — admitiu Madeline. — Não quero errar. Minha mãe sempre me disse que soube na hora que era o meu pai. Como se tivesse sido atingida por um raio. Ele sentiu a mesma coisa com relação a ela. Ainda estou esperando. Juro que, quando eu sentir o tal raio, vou correr atrás do cara. Não importa quem ele seja. — Ela fez uma pausa. — A não ser que ele seja, você sabe, casado. Se esse for o caso, vou me tornar freira ou algo assim.

— Você é católica?

Madeline sorriu.

— Não, mas esse parece ser um problema que eu posso superar, certo?

As duas riram. Shelby se juntou a elas e as convidou para almoçar no dia seguinte. Destiny gostava de ser incluída. Isso era diferente dos relacionamentos casuais que ela costumava fazer em seus trabalhos. Era melhor.

Ela também ficou contente com o fato de Madeline não comentar nada sobre Lacey e Jimmy Don. Mais bebidas foram servidas. Destiny sentiu suas tensões se esvaírem e soube que estava sentindo aquela falsa coragem provocada por uísque em excesso, mas, como raramente perdia a linha, achou que estava no seu direito.

Lá pelas dez da noite, alguém ligou a máquina de karaokê e as pessoas começaram a cantar. Kipling a encontrou de novo. Eles se acomodaram juntos em um banco, e o braço dele estava em torno dela.

Ela gostava de senti-lo perto. Alguns casais dançavam com a música. Ela se perguntou como ele era antes do acidente. Não fisicamente. Obviamente, devia se mover com mais facilidade. Mas emocionalmente. Será que confrontar a morte e depois, o fato de que talvez nunca mais pudesse andar, o tinha transformado? Ou será que ele sempre fora um dos mocinhos?

Ela ouviu os acordes familiares de *Friends in Low Places*, de Garth Brooks, e se virou para o palco. De fato, era o Miles que estava ali em cima, se preparando para cantar a única música que sempre cantava. Não que ela se importasse em ouvir a versão dele, mas com o que aconteceria quando ele terminasse.

— Melhor eu ir — disse ela, deslizando pelo banco enquanto falava.

Kipling a seguiu, segurando sua mão antes que ela pudesse escapar.

— Não tão rápido. Ainda é cedo. Fique.

Não era ele, pensou ela desesperadamente. Ela estava curtindo a noite com Kipling. Ele era agradável. Nem mesmo as perguntas pessoais a incomodavam quando era ele quem perguntava.

— Não tem a ver com você — disse ela, ciente da música passando e de seu tempo se esgotando. — É outra coisa. Eu realmente preciso ir.

— Mas ainda não dançamos. Destiny, você não pode me dar um fora assim.

— Não estou fazendo isso. Tem coisas que...

A música acabou, e os aplausos começaram. Miles continuou segurando o microfone. Ela não precisava vê-lo para saber que ele estava sorrindo com a expectativa.

— Eu sei — disse ele, por cima da multidão. — Bom pra caramba, né? Mas se vocês acharam isso impressionante, esperem até ouvir nossa próxima cantora. Destiny, querida, onde está você?

Ela congelou. Kipling parecia confuso.

— Você canta em público? — perguntou ele. — Achei que você não quisesse que as pessoas soubessem.

— E não quero — sussurrou ela, enquanto os holofotes davam a volta no salão, finalmente parando nela. — O Miles já fez isso comigo antes.

— Aí está você — gritou Miles. — Suba aqui, Destiny! Vamos cantar!

Ela meneou a cabeça.

— Ah, ela é tímida. Vamos lá, pessoal! Vamos encorajá-la um pouquinho!

Destiny sentiu as pessoas se afastando dela. Abrindo caminho para que ela chegasse ao palco. Kipling permaneceu onde estava, mas ela parecia não conseguir alcançá-lo. Era como se uma força maior que ela mesma a tivesse sugado e, quando foi cuspida de volta, estava no palco. Ela não sabia como tinha chegado lá, mas a prova era irrefutável. Novamente, a ruiva tinha cedido e agora teria que cantar.

Sua mãe lhe diria que a necessidade de estar no palco estava em seu sangue. Que ela podia resistir, mas, eventualmente, se veria exatamente onde deveria estar.

Miles lhe entregou o microfone. Assim que Destiny o pegou, todo mundo comemorou. Miles foi até a máquina e foi passando pelas músicas. Parou em uma delas, e Destiny concordou com a cabeça. *Era melhor fazer isso de uma vez*, pensou ela, enquanto as notas familiares começaram a tocar.

A multidão ficou em silêncio. As palavras corriam pela tela, mas Destiny não precisava delas. Ela ainda se lembrava de ficar sentada quietinha enquanto a mãe compunha a música que, eventualmente, se tornaria seu maior sucesso.

Accidentally Yours tinha rendido um Grammy a Lacey, bem como um CMA Award de Single do Ano. Ela também tinha sido eleita a Melhor Vocalista Feminina do Ano.

A música envolveu Destiny à medida que as lembranças tomavam conta dela. Seus pais juntos. Seus pais brigando. As lágrimas e todo medo que sentira.

A letra da música fluía sem que ela precisasse pensar, e Destiny se entregou à melodia. Ela cantava com o coração — o único jeito que sabia. Como se estivesse sozinha. Então, quando ela terminou, e as pessoas aplaudiram, o barulho estridente a trouxe de volta à realidade com uma espécie de solavanco.

Destiny ficou olhando para a multidão, momentaneamente perdida. Ela enfiou o microfone na mão do Miles e começou a andar na direção das escadas.

— Mais um, mais um! — gritou alguém.

Ela continuou andando. Quando chegou ao andar de cima, procurou a saída mais próxima. Nesse caso, era a porta dos fundos.

— Você sabia que ela cantava assim?

— Quem *é* ela?

— ... Lacey Mills e aí eles se separaram.

— Minha mãe adora o Jimmy Don! Será que ela poderia me conseguir um autógrafo?

Ela ignorou tudo. Quase conseguia sentir o gosto da fuga. Só mais alguns passos.

Quando conseguiu chegar até a porta do salão dos fundos, Destiny estava tremendo. A porta abriu facilmente, e ela saiu aos tropeços na noite escura. A música ainda estava tocando, mas, agora, estava abafada. Sua cabeça girava, provavelmente tanto pelos drinks quanto pela cantoria.

Ela não devia ter feito aquilo, disse a si mesma. Não devia ter cedido. Mas apesar de conseguir, durante boa parte do tempo, ignorar esse lado de si mesma, volta e meia ela não conseguia resistir. Sua mãe diria que era impossível escapar da vontade biológica. Que se Destiny simplesmente cedesse ao inevitável, sua vida seria bem mais fácil.

A porta se abriu, e Kipling se juntou a ela.

— Você está bem? — perguntou ele.

Ela confirmou com a cabeça, sem falar. Era difícil respirar, e as palavras seriam impossíveis.

Ele a fitou.

— Você surpreendeu um monte de gente esta noite.

— Essa é uma maneira de ver as coisas. — Ela inspirou fundo, contente por as palavras terem voltado. — Eu não queria. Cantar. Devia ter me recusado.

— Você tem uma voz linda.

— Obrigada.

— De nada. Chega de guardar segredo.

Destiny sentiu seus lábios se curvarem. Ela estava sorrindo. Uma risadinha escapou.

— As pessoas vão comentar.

— Quer voltar lá para dentro e cantar outra música?

— Não.

— Não achei que você fosse querer.

Ele deu um passo na direção dela. Seu olhar era intenso, e ela sentiu um impulso quase tão forte quanto o que a tinha feito subir no palco. Só que, dessa vez, a mensagem era para permanecer no lugar, ao invés de se mover.

Quando Kipling colocou os braços em torno dela, Destiny ficou feliz por ter ouvido, e quando ele a puxou para perto, ela foi de boa vontade.

Talvez fosse a música que cantara ou a noite, mas, por algum motivo, ela precisava estar nos braços dele. Destiny precisava saber como era absorver o calor e a força dele.

— Destiny.

Ele só disse o nome dela. Só uma vez. Baixinho. Então, pressionou a boca na dela em um beijo tanto reconfortante quanto desafiador.

Ela se derreteu nos braços dele, deixando que ele suportasse seu peso à medida que ela movia os lábios contra os dele. Geralmente, Destiny beijava bastante passivamente, mas não esta noite. Esta noite, ela queria saber como era a sensação de beijá-lo. Ela queria explorar o homem, a tensão inesperada e o calor que estavam crescendo dentro dela.

A ruiva colocou as mãos no ombro de Kipling e sentiu a pressão de seus seios apertados contra o peito dele. Inspirou o cheiro dele e, quando ele tocou seu lábio inferior com a língua, ela os abriu imediatamente.

Kipling entrou com tudo, roubando o controle dela. Mas a eletricidade que se seguiu fez a troca valer a pena. Formigamentos deliciosos reverberavam pelo corpo de Destiny. Ela ansiava, se tensionava, necessitava. Quando a língua dele tocou na dela, ela retribuiu da mesma forma. Quando ele se afastou, ela o imitou.

Eles se beijaram repetidamente. Kipling desceu as mãos pelos quadris dela e escorregou até o bumbum. Ele apertou suas curvas, e a mulher instintivamente se curvou na direção dele.

Suas pernas pareciam pesadas. Seus seios doíam. A vontade intensa fazia-a querer colocar as mãos dele ali. Porque, de alguma forma, o toque dele tornaria tudo melhor.

Aquele pensamento deveria chocá-la, mas tudo em que ela conseguia pensar era em quanto ela queria que os beijos nunca parassem e em como seria bom ter os dedos dele em seus mamilos eriçados.

A porta se abriu. Destiny ouviu o barulho de risadas e um rápido "Foi mal, cara". Depois, ela foi fechada com um estrondo.

Kipling se afastou e pigarreou.

— É melhor eu, hum, te levar para casa.

Destiny inspirou pela boca. Sua mente ficou um pouquinho mais clara, e ela soube que, esta noite, tinha feito mais que cantar uma das músicas de sua mãe. Ela também tinha flertado com o estilo de vida da mãe e sabia que era melhor não arriscar.

— Não se preocupe — disse ela, feliz por conseguir montar frases inteiras. — É a noite da inauguração. Melhor você ficar aqui. Estamos em Fool's Gold, vou ficar bem.

Kipling hesitou. Ela deu um empurrão nele, na direção do bar.

— Eu juro, está tudo bem. Te mando uma mensagem quando chegar em casa.

— Se eu não tiver notícias suas em vinte minutos, vou atrás de você.

Uma razão tentadora para não mandar mensagem, pensou ela, enquanto acenava e seguia na direção da calçada.

Dezessete minutos depois, ela estava em seu quarto e mandando uma mensagem para que Kipling a esquecesse pelo resto da noite.

Era tarde, e Starr já estava dormido, mas Destiny não conseguia relaxar. Seu corpo ainda ansiava pelo homem que a tinha beijado, e sua mente espiralava com palavras e imagens. Sem saber o que fazer além disso, pegou o violão e o caderno cheio de músicas escritas pela metade. Destiny o folheou até encontrar uma que fizesse sentido para ela, então começou a tocar.

Você falou comigo, sem do tom descuidar. Suas palavras eram como um farol, eu estava procurando por um lar.

Ela fez algumas anotações e tocou a música desde o começo. À medida que tocava, reprisou o beijo de Kipling repetidamente até ficar gravado em sua memória.

Capítulo 8

DESTINY HESITOU DO LADO DE FORA do Jo's Bar. Não era a ressaca que a estava fazendo se enrolar. Apesar de ter acordado com dor de cabeça e a necessidade de tomar uns quatro litros de água, tudo isso tinha passado. Não, o que a estava fazendo ficar parada ali na porta era a boa e velha vergonha.

Ela se lembrava muito bem do que tinha acontecido na noite anterior. De tudo. E apesar de seu encontro com Kipling ter sido bem melhor do que o esperado e ela ter ficado extasiada com o beijo, o que não conseguia tirar da cabeça era o restante da noite. Como ela tinha subido no palco e cantado a música da mãe.

Ela sabia o que tinha acontecido quando abriu a boca. A conexão era instantaneamente clara. Não havia como esconder quem ela era e de onde tinha vindo.

As comparações eram inevitáveis — e ela não tinha problemas com isso. Assim que as pessoas sabiam sobre sua família, elas viam similaridades na aparência, ouviam elementos parecidos na voz. O que a deixava inconformada foi ter feito isso consigo mesma. Destiny podia dizer que foi compelida por uma força que não compreendia, mas a verdade era que tinha subido no palco com os próprios pés. Escolheu cantar. Apesar da vontade de matar Miles, no fim das contas, a escolha tinha sido dela.

O que ela não sabia era por que fizera aquilo. É claro que já tinha cantado em público antes. Quando era pequena. Mas desde que se tornara adulta, ela evitava ser o centro das atenções. Miles só sabia que ela cantava porque a tinha ouvido uma vez, quando a janela do hotel estava aberta e Destiny não sabia que ele estava no quarto ao lado. O piloto insistira até ela confessar quem era. Desde então, ele tinha se recusado a deixar o assunto para lá. Ele adorava trazer isso à tona nas piores horas possíveis. E a encorajava a se apresentar.

Até noite passada, ela sempre tinha recusado. Então o que tinha sido diferente?

Ela não ia, de jeito nenhum, ter uma resposta para aquela pergunta, Destiny pensou. Então inspirou fundo para angariar coragem e entrou no Jo's Bar.

Várias de suas amigas já estavam sentadas a uma mesa. Madeline estava lá, junto com Bailey. Ela reconheceu Isabel, sócia da Madeline, e Taryn, a mulher alta e morena que administrava a empresa de Relações Públicas, Score. Shelby acenou do outro lado da mesa.

— Oi, todo mundo — cumprimentou Destiny, enquanto se sentava na cadeira vazia entre Madeline e Dellina.

Todas a cumprimentaram normalmente, sem falar na noite anterior. Algumas delas não estavam lá, então se perguntou se a notícia ainda não teria se espalhado. Ela torcia para que isso fosse verdade, mas não achava que teria tanta sorte assim.

Bailey, do escritório da prefeita, se debruçou na mesa.

— Dellina, você precisa me ajudar a planejar meu casamento! Eu sinceramente não consigo decidir o que fazer, e o Kenny está ficando impaciente.

— Qual é o problema? — perguntou Dellina.

Madeline se inclinou na direção de Destiny.

— Dellina é a cerimonialista da cidade. Se você precisar organizar um casamento, pode contar com ela. Ela consegue fazer quase tudo em pouquíssimo tempo.

Dellina riu.

— Eu ouvi isso e, por favor, não me enalteça tanto. Não faço milagres. — Ela se voltou novamente para Bailey. — A primeira pergunta é: que tipo de casamento você quer? Pequeno ou grande? Formal ou informal?

— Não sei — admitiu Bailey.

— É o mesmo problema que eu tive — contou Taryn. — No fundo, eu queria um vestidão, uma festona, mas eu já havia me casado antes e não tinha certeza.

— E eu não queria nenhum aborrecimento — disse Dellina, animadamente. — Então nós fugimos e casamos em outro lugar. Há uma série de opções.

Aquela cidade era simpatizante dos casais e das famílias, pensou Destiny, percebendo que quase todas as mulheres da mesa ou eram casadas ou estavam noivas. Na verdade, Madeline e Shelby eram as únicas solteiras ali. Taryn estava grávida, Isabel fazia parte de uma aposta de gravidez da qual ela estava ciente, ou não, e todas as outras tinham filhos.

Era tudo tão normal, pensou melancolicamente, lembrando que, quando era criança, ser "normal" parecia o paraíso. Enquanto as outras pessoas sonhavam com fama e fortuna, ela imaginava viver em uma rua comum, onde o ritmo da vida fosse ditado pela mudança das estações ou pelo calendário escolar, e não pela gravação de um CD ou a programação de uma turnê.

— Acho que Kenny e eu temos que ter uma conversa — falou Bailey. — A Chloe quer ser madrinha, então casar em outro lugar não é uma opção.

Patience Garrett entrou às pressas no Jo's Bar e correu até a mesa delas. Ela pegou a última cadeira vaga.

— Desculpem — disse ela. — Estava falando com o Zane Nicholson.

Isabel e Madeline suspiraram, mas todas as outras simplesmente ficaram com expressões confusas. Menos Bailey, que meneou a cabeça.

— Você é completamente pirada — disse Bailey. — Sabe disso, não sabe?

— Eu não ligo — disse Isabel, toda sonhadora. — O Zane é incrível.

— É só um homem — corrigiu Bailey. — Vai ao banheiro, come e bebe, como todas nós.

— O que significa que, às vezes, ele também faz sexo — brincou Patience, dando uma risadinha.

Bailey revirou os olhos.

— Ignorem essas aqui — disse ao restante do grupo. — Estão agindo como se tivessem cinco anos.

— Estamos agindo como se tivéssemos dezesseis anos — corrigiu Isabel. — Há uma diferença. E só estamos brincando. Zane Nicholson cresceu aqui. Ele tem um sítio a uns trinta quilômetros daqui. Ele é superviril. Taciturno. Másculo. — Ela se abanou com a própria mão. — Está quente aqui, não é?

— Você é casada — disse Destiny, antes que conseguisse se conter e sabendo que o papo sobre o tal Zane era apenas uma grande brincadeira, mas achando estranho mesmo assim.

— Eu sei. — Isabel não parecia nem um pouquinho envergonhada. — Eu amo Ford com cada célula do meu corpo. Zane foi só uma paixonite de colégio. É divertido lembrar como era na época.

— Ele não é nenhum Jonny Blaze — disse Shelby, com um sorriso.

Madeline riu.

— Tem razão. Meu amor eterno pelo Zane é ofuscado pela minha paixão cinematográfica pelo Jonny Blaze. Acho que isso faz de mim meio vadia.

Jo apareceu para anotar os pedidos. Ninguém sugeriu pedir margaritas, e Destiny ficou feliz por isso. Ela planejava evitar o álcool por um bom tempo.

Quando Jo se retirou, Taryn repousou os cotovelos na mesa e sorriu para Destiny.

— Não tivemos a chance de nos conhecer muito bem ainda. De onde você veio e como foi parar aqui?

Todo mundo na mesa congelou. Destiny disse a si mesma para permanecer calma. Que Taryn tinha perguntado aquilo de uma maneira geral. Ela não estava querendo bisbilhotar informações sobre a família Mills. Mas um segundo antes de conseguir pensar em uma resposta, Destiny teve que admitir que estava se sentindo mais que um pouquinho encurralada.

Taryn se endireitou.

— O quê? — perguntou. — O que foi que eu disse? Não perguntei nada demais. — Ela bateu a mão na mesa. — Aconteceu alguma coisa ontem à noite, não foi? Eu sabia! Falei para o Angel que a gente tinha que ir à inauguração, mas ele quis ficar em casa porque eu estava cansada. Estar grávida te faz perder toda a diversão.

Bailey colocou o braço em torno da Taryn.

— Eu também não fui — disse ela. — Não aconteceu nada.

— Aconteceu, sim — insistiu Taryn. — Me contem.

— Eu cantei — explicou Destiny, baixinho.

Taryn franziu a testa.

— Só isso? Você cantou? Certo, não estou entendendo. Ou você é muito, muito boa, ou muito, muito ruim.

— Ela é boa — murmurou Madeline.

Destiny sabia que não havia sentido em evitar o assunto. Quase todo mundo sabia e, talvez, se ela conversasse sobre aquilo, elas pudessem passar para algo mais interessante.

— Meus pais são cantores de country — disse Destiny. — Lacey e Jimmy Don Mills.

O rosto de Taryn se iluminou.

— Já ouvi falar neles. Você é filha dos dois?

— Eles se casaram quando tinham dezoito e dezenove anos, e eu nasci nove meses depois.

— Mas você trabalha com aquele programa de computador que faz buscas.

— O Soger — esclareceu Destiny.

— Certo. Para os caras de busca e resgate. Então por que você faz isso, já que sabe cantar?

— Não gosto desse meio. Não quero ficar fazendo turnês e exibindo minha vida em público.

Destiny se esforçou ao máximo para não soar defensiva.

— Eu entendo — disse Shelby, com um sorriso empático. — Não deve ser fácil.

— Se for parecido com o que eu já vi com meus parceiros de negócios, não é nada fácil — confirmou Taryn, acenando positivamente com a cabeça. — Sei pelo que eles passaram. Interessante. Bem, lamento ter perdido sua performance no karaokê.

— Eu também — disse Jo, que tinha acabado de aparecer com as bebidas de todas. — Ouvi dizer que o The Man Cave estava uma loucura. Ainda bem que eu fechei o bar, senão teria passado a noite toda sozinha.

— Você podia ter me ligado — disse Taryn. — Eu também perdi toda a diversão.

— Diversão, é? — desdenhou Jo. — O almoço vai sair daqui a pouquinho.

Ela se afastou. Destiny torceu para que houvesse uma mudança efetiva de assunto, mas Taryn tornou a se virar para ela.

— Me avise quando for cantar de novo. Quero estar lá.

— Duvido que vá acontecer de novo.

— Mas você tem uma voz linda — protestou Madeline, tapando a boca com a mão logo em seguida. — Desculpe. A decisão é sua. Não vou forçar a barra.

Destiny sorriu.

— Obrigada.

— E Starr? — perguntou Shelby. — Ela se interessa por esse ramo?

— Mais do que eu gostaria. — Destiny tomou um gole de seu chá gelado. — Ela não cresceu vendo o trabalho duro e os dias longos na estrada. Acha que é glamouroso.

— Ela é bem mais nova que você, não é? — perguntou Bailey.

— Catorze anos de diferença. Temos mães diferentes.

Shelby sorriu.

— Que nem eu e o Kipling. Nós também temos mães diferentes.

Destiny achava que não sabia disso. Ela jamais imaginaria que eles eram meios-irmãos. Apesar de supor que essa era meramente a biologia do relacionamento deles. Em seus corações, eles eram da mesma família. Algo em que ela e Starr precisavam trabalhar.

— Então onde está a mãe da Starr? — perguntou Taryn.

— Morreu há mais ou menos um ano. Starr frequenta um internato. Quando chegaram as férias de verão, não havia ninguém para ficar com ela. Jimmy Don está em turnê pela Europa, e Starr não tem nenhum parente do lado da mãe. Nenhum dos outros meios-irmãos dela é adulto para ficar com ela, então eu disse que ela podia ficar comigo.

Os olhos de Madeline se arregalaram.

— Que coisa mais triste! Não a parte de você a acolher, claro. Isso é ótimo. Mas a outra parte. A minha família é pequena, mas eu sempre soube que meus pais me amavam. Não consigo imaginar como deve ser ter a idade dela e não ter um lugar para chamar de lar. Fico feliz que ela esteja com você agora.

Palavras gentis que fizeram Destiny se sentir culpada. Porque ela não tinha ficado muito animada quando a Starr apareceu em sua vida.

Ela esperou que alguém falasse mal de seu pai. Deus sabia que ele merecia ser repreendido, mas isso a deixaria na situação desconfortável de ter que defendê-lo. Surpreendentemente, ninguém disse nada, e a conversa passou a girar em torno do festival de esqui aquático radical, que iria acontecer em breve.

Destiny deixou que todas aquelas palavras a inundassem. Ela se sentia como se tivesse corrido quilômetros. Mas a exaustão era mais emocional do que física. Fazer parte de um grupo era difícil. Ficar do lado de fora, sem se envolver nunca, era muito mais fácil. Mesmo assim, ela não se arrependia de ter feito amizades. As conexões, apesar de breves, eram boas. Reais. Até mesmo normais, o que é mais importante.

Kipling estava ansioso por sua reunião com Destiny. Ele não a via desde a inauguração do The Man Cave, dois dias atrás. E apesar de ter cogitado entrar em contato com ela, seu instinto disse que ela precisava de um tempo.

Não por causa do beijo, apesar de esperar que ela estivesse tão intrigada quanto ele a respeito da química que tinha rolado entre os dois. Ele pensava que ela precisava descobrir como lidar com a verdade, agora que seu segredo tinha sido revelado. Aonde quer que ele fosse, as pessoas estavam comentando sobre sua performance. Sobre quem ela era e por que não estava gravando discos que renderiam milhões de dólares ao invés de trabalhar como instrutora de uma empresa de software em Fool's Gold. Ou vivendo do que deveria ser um baita fundo fiduciário.

Ele não sabia quanto das fofocas estavam chegando aos ouvidos dela. Pensou que, talvez, as pessoas estivessem tentando ser discretas. Mas, eventualmente, ela se daria conta de que todo mundo sabia, e Kipling tinha a sensação de que isso a incomodaria.

Ela chegou bem no horário, linda como sempre. A maquiagem daquela noite não estava mais lá, e ela estava novamente usando calça cargo e camiseta. O que, na opinião dele, era igualmente sexy e atraente. Ele gostava do rosto limpo dela e de seu senso de moda prático. Havia menos coisas para ele se confundir, e ela estaria preparada para qualquer coisa. Apesar de que o que ele tinha em mente não pedia, na verdade, um traje específico. Ou traje algum.

— Como você está? — perguntou ele, quando Destiny entrou no escritório.

— Bem. — Ela olhou para além dele, e seu queixo caiu. — Não pode ser.

— Mas é. — Ele foi até os mapas gigantes na parede. Mapas precisos que mostravam elevações e mais detalhes do que qualquer coisa que eles tinham atualmente. — A prefeita Marsha cumpriu o prometido.

— Preciso me lembrar de nunca duvidar dela — disse Destiny, indo até os mapas e contornando um rio com o dedo. — São fantásticos! E caros! Não é algo que você simplesmente compra de um varejista pela internet. São customizados.

— Ela disse que recebeu uma doação de algum lugar e aplicou o dinheiro em nosso benefício. — Ele lhe entregou um pen drive. — Aqui estão os mesmos mapas em formato digital para você.

Ela riu ao pegá-lo.

— Obrigada. Um bônus inesperado.

Destiny tirou o laptop da mochila e o colocou em uma das mesas. Depois de ligá-lo, ela plugou o pen drive e começou a fazer download das informações.

— Tenho um programa que vai comparar esses mapas com os voos que tenho feito com o Miles. Depois de combinarmos as informações, vamos poder descobrir quais áreas precisarão de mapeamento por terra. Quanto mais detalhes tivermos, melhor, e com o orçamento que vocês têm, podemos fazer um belo trabalho.

Ela tocou em algumas teclas e, então, se levantou.

— Certo, o programa está rodando. Vai levar um tempo, então podemos tratar de outros assuntos enquanto esperamos.

Eles falaram sobre o planejamento e o teste beta que iria acontecer dali a algumas semanas. O equipamento de busca tinha sido enviado. Destiny parecia relaxada enquanto eles conversavam, o que o deixou contente. Significava que ela não tinha problemas com o fato de eles terem se beijado.

Kipling imaginou brevemente fazer aquilo agora. Beijá-la. Ele queria. Gostaria de sentir a boca dela na sua. Sabia que alguns homens preferiam acelerar as coisas, mas gostava de se demorar. É claro que o destino era ótimo, mas a jornada podia ser muito divertida.

Ele curtiu um ou dois segundos de sua fantasia, aí se lembrou de que eles dois estavam trabalhando. Aquela não era a hora e nem o lugar.

— Eu não sabia que você e a Shelby são meios-irmãos — disse Destiny subitamente. — Ela contou ontem, no almoço.

— Mesmo pai, mães diferentes.

— Mas vocês cresceram juntos.

— Boa parte da infância. Ela é uns anos mais nova, mas sempre fomos próximos. Quando fui embora para trabalhar com meu técnico, fiz questão de manter contato. Ia para casa sempre que podia, e a Shelby vinha me ver também.

Ele não falou nada sobre o pai. Aquele era um segredo que cabia à Shelby contar e, ao contrário do Miles, Kipling sabia manter a boca fechada.

— Famílias são complicadas — concluiu Destiny. Ela se sentou em uma das mesas vazias. — Almocei no Jo's Bar ontem com um grupo de mulheres, inclusive a Shelby. Você sabia que mais da metade das mulheres são casadas e a maioria tem filhos?

— Não — respondeu ele, lentamente. — E perdi o fio da meada. Isso é incomum?

— Acho que não. Em uma cidade como esta, faz sentido que a família seja algo importante. A maioria das pessoas tem uma necessidade biológica ou social de procriar.

Ele se sentou de frente para ela e sorriu.

— Agora você está me assustando. Uma necessidade social de procriar?

— Não sei como mais eu poderia chamar isso. As pessoas esperam que você cresça, se case e tenha filhos. Quase todo mundo faz isso. — Ela inclinou a cabeça. — Por que você não?

— Não cresci?

Ela riu.

— Você entendeu o que eu disse. É porque existem mulheres demais por aí e não tem por que escolher uma só? — O humor dela se esvaiu. — Estou perguntando na real. Não estou só puxando assunto.

— Por que não sou casado? — Ele deu de ombros. — Uma série de motivos. Você tem razão. Eu brinquei de "quanto mais, melhor" por um tempo. Elas estavam oferecendo, e eu não neguei. Mas, depois de um tempo, encheu o saco.

— Então você trocou pela monogamia em série?

— Algo assim.

— E funciona bem para você?

— Na maior parte do tempo. Eu penso, sim, em querer mais. Mas não consigo descobrir como lidar com a parte do amor. O amor é só um sentimento. Não resolve as coisas.

Como ele podia confiar no amor quando tantas coisas tão horrorosas eram causadas em nome do amor? Se você perguntasse ao pai dele, o velho juraria que amava a Shelby. Mas não via nada demais em esmurrar o rosto dela.

Estar apaixonado não protegia ninguém, nem significava que tudo iria acabar bem. Apenas palavras. Era difícil ficar animado com isso.

Destiny suspirou.

— Amor... Todo mundo quer se apaixonar.

— Você não quer?

— Não tenho certeza. O amor romântico não me parece confiável. As pessoas se apaixonam e desapaixonam o tempo todo. Acho que é melhor quando as pessoas realmente se comprometem a permanecerem lá durante todo o longo percurso. Quando não se trata de hormônios, mas de sentimentos verdadeiros. Como quando pais normais amam seus filhos. Ou amizades que duram sessenta anos. É isso que eu quero.

Havia uma montanha de informações naquelas poucas palavras, pensou Kipling. O fato de que ela tinha definido uma subcategoria de "pais normais". Então os dela não eram?

Ele concordava com as preocupações acerca do amor romântico. O ex-atleta tinha descoberto que as mulheres querem as palavras. Palavras que ele se recusava a dizer, porque, no final, qualquer conversa era fiada. Eram ações que importavam.

— Você já teve o coração partido? — perguntou, delicadamente, ciente de que muitas outras pessoas simplesmente acreditavam nas palavras e, depois, ficavam chocadas quando as coisas não davam certo.

— Não no sentido que você está pensando. Vi pelo que meus pais passaram. O quanto eles alegavam amar um ao outro, só para, depois, tudo explodir em cima deles. Eles voltavam e juravam que era para sempre, aí um deles ia embora ou traía o outro ou os dois.

— Palavras sem ações para certificá-las.

— Exatamente — concordou Destiny. — Eles eram guiados pelos hormônios. É ridículo.

— Hormônios são poderosos.

A boca de Destiny se contraiu.

— Acho que são uma desculpa. Podemos pensar racionalmente. Simplesmente escolhemos não agir assim. As pessoas alegam ter sido arrebatadas. É sério isso? Você está realmente dizendo que não consegue se controlar ou simplesmente não quer? Ora, faça-me o favor. Todos nós sabemos o que isso é. Se você quer a minha opinião, o sexo é a raiz de todo mal. Se as pessoas parassem de fazer sexo, as coisas seriam melhores.

— Para quem? — perguntou ele, incrédulo.

— Você entendeu o que eu quis dizer.

— Não muito.

Ela ergueu os ombros e os abaixou. Seu olhar era fixo, como se ela tivesse pensando muito nisso e tivesse todas as respostas.

— É como eu disse, eu via o que meus pais faziam. Via outras pessoas da banda, tanto homens quanto mulheres, agirem como idiotas por causa de sexo e de um suposto amor. Acho que existe uma maneira melhor.

Ele estava quase com medo de perguntar.

— Que seria...?

— Um plano sensato. Encontrar alguém que entenda que é tudo um jogo e se recuse a jogar. Nos casaríamos e nos importaríamos profundamente um com o outro, sem todo o drama. Apenas duas pessoas comprometidas que queiram o mesmo tipo de vida emocionalmente estável juntas.

Como se isso pudesse acontecer, pensou Kipling, sem saber ao certo se deveria rir ou sair correndo.

— Não haveria sexo nesse casamento sensato?

— Com o propósito de procriação. Não há necessidade real de fazer se não for por isso.

Ele ficou olhando para ela.

— Se você acredita nisso, então tem feito sexo errado.

Ela fez um aceno com a mão.

— Bláblábla, é transformador. Eu sei. Não existe sensação igual.

— Você não parece convencida.

— Não estou. Acho que o meu jeito é melhor.

— O casamento sensato sem sexo entre duas pessoas que pensam parecido. Por um bem maior.

Ela se animou.

— Exatamente.

— Boa sorte com isso.

Ela desviou o olhar.

— Eu sabia que você não ficaria interessado.

Ele xingou em silêncio.

— Você me considerava um candidato?

— Eu não tinha certeza. Você parecia ter várias qualidades positivas. Mas eu supunha que a questão do sexo seria um problema.

Ele não fazia ideia do que concluir de tudo aquilo que ela tinha dito. Ou o que pensar. Kipling achava que, debaixo da afirmação pragmática, parecia haver um elogio a ele.

— Você não tem interesse nenhum por sexo?

Porque, quando eles estavam se beijando, ele tinha sentido bastante interesse da parte dela.

Ela olhou para as próprias botas.

— Acho que permanecer no comando é importante e, no fim das contas, mais saudável. Me recuso a ceder às minhas emoções primitivas. Hormônios não são mais fortes que a minha força de vontade.

Ele ruminou aquela informação em sua cabeça até tudo ficar claro. Certo, agora ele entendia. Algum idiota, ou talvez alguns idiotas, tinham feito sua parte e a deixado chupando dedo depois. Se ela nunca teve um orgasmo, então não tinha como saber o que estava perdendo. Ele estava um pouquinho surpreso pela instrutora não ter dado um jeito no problema sozinha, mas com todas aquelas regras sobre relacionamentos sensatos e desafiar as próprias vontades, talvez fosse de se esperar. Talvez ele não confiasse nas emoções, mas confiava plenamente em um bom plano.

Era, percebeu, um problema que precisava ser resolvido.

— Existem algumas falhas na sua estratégia de mestre — disse.

— Eu sei, e ainda estou trabalhando nos detalhes.

— Como encontrar um parceiro disposto.

Ela sorriu.

— Sim, esse é um dos maiores detalhes.

— E a questão do sexo.

Ela rosnou.

— Qual é a dos homens com o sexo?

— Nós gostamos.

— Foi o que ouvi dizer. Repetidamente. — Destiny o fitou e, então, estreitou os olhos. — Você não vai me fazer mudar de ideia quanto a isso. Não quero que você tente.

— Eu? Tentar mudar você? Por que você acharia isso?

— Não há nada de errado comigo. Não preciso ser consertada, nem curada nem nada assim.

— Aham. O que eu acho interessante é como você acha que sabe do que está falando, mas não sabe. Mal posso esperar para ver você cair do cavalo.

Ela desviou o olhar.

— Se fosse do seu jeito, não seria por você que eu estaria caidinha?

Kipling riu.

— E o primeiro ponto vai para a srta. Mills!

Ela se levantou e foi até o computador.

— Vou ganhar pontos suficientes para vencer. Espere e verá.

Ele sabia que a ruiva estava errada, mas seria divertido deixá-la descobrir isso por conta própria. Porque ele passara de um homem interessado para um homem em uma missão.

Por um segundo, Kipling considerou o fato de que eles estavam meio que do mesmo lado com relação àquela questão do amor. Ambos tinham visto pessoas que alegavam amar fazerem coisas horrorosas e decidiram não confiar nos sentimentos. Ambos queriam um retorno racional para algo potencialmente intangível. Com uma grande exceção. Ele acreditava plenamente no poder da paixão, enquanto ela estava convencida de que a paixão era o problema. Ela estava errada com relação a isso. O que significava que ele mostraria exatamente o que ela estava perdendo.

Destiny correu até a padaria Ambrosia. Ela tinha planejado fazer uma torta de sobremesa, mas não conseguiu sair do trabalho a tempo. E apesar de ser verdade que nem ela e nem Starr *precisavam* de torta em suas vidas, pensou que seria legal mesmo assim. Destiny teria tido tempo de fazer uma, se não tivesse ficado tanto tempo conversando com Kipling. O que explicava sua visita à panificadora. Era uma torta de culpa.

Era divertido conversar com ele. Passar um tempo com ele. Beijá-lo. Tão interessante quanto isso era o fato de que ela tinha contado o que queria da vida, e ele não tinha dito que não. Não tinha ficado entusiasmado, mas não fugiu da conversa. O que a fazia pensar se ele consideraria o que ela propunha. Porque quanto mais tempo passava com Kipling, mais tempo queria passar com ele.

Isso só podia ser um sinal ou algo assim. Apesar de ser cedo demais para saber o suficiente sobre a personalidade dele ou os sentimentos dela própria, pela primeira vez na vida, Destiny sentia uma sensação de... talvez. Talvez ela pudesse encontrar o que estava procurando. Um homem bom que quisesse uma família e não pirasse com relação àquela questão do sexo.

Porque ele já tinha feito bastante. Ele mesmo admitira. Então talvez isso pudesse ser suficiente. Não era como se as pessoas precisassem continuar fazendo.

Ela parou do lado de fora da padaria quando um pequeno videoclipe passou por sua cabeça. A música era a que escrevera, e as imagens eram todas dela e de Kipling. Conversando, passeando pela floresta, de mãos dadas. No final, ela se imaginou o beijando. Porque isso teria sido muito bom. Talvez não estivesse interessada nos "finalmentes", mas não se importaria com beijos diários. E abraços. Um casal casado deveria se abraçar. Isso estabelecia uma conexão.

Afastou aquelas imagens e entrou na panificadora. Shelby sorriu.

— Oi, não esperava te ver a essa hora. Você é uma das minhas clientes matinais.

— Eu estava torcendo para que você tivesse uma torta que eu possa levar para casa, para Starr. — Destiny foi até o balcão. — Você está trabalhando até tarde. Você não entra às quatro da manhã?

Shelby riu.

— É, foi um dia longo. A Amber tinha um monte de compromissos, então eu me comprometi a fazer jornada dupla. Ela contratou mais funcionários em meio período para o verão, mas eles ainda não começaram. — Ela escondeu um bocejo com a mão. — Vou para a cama cedo esta noite.

— Precisa ir mesmo.

— Até lá, vamos ver essa torta. Fria ou quente? Temos algumas tortas cremosas que sobraram e algumas de frutas com crosta dupla.

— Cremosa — decidiu Destiny, pensando que teria feito uma torta de frutas, então uma torta de creme seria uma boa mudança.

Shelby mostrou várias opções, e Destiny escolheu a torta de mousse de chocolate duplo que incluía uma camada de chocolate meio amargo e de chocolate ao leite, além de bastante chantilly.

Shelby recebeu o pagamento da compra.

— Sei que você provavelmente não quer conversar sobre isso, mas preciso dizer, você tem uma voz incrível.

Destiny se esforçou ao máximo para não sorrir. Ela tinha chamado atenção para si mesma e, agora, tinha que lidar com isso.

— Obrigada.

— Você realmente não canta em público?

— Não.

— Mas parecia tão à vontade. Totalmente tranquila. Eu já imaginava que você cantasse superbem, mas não fazia ideia do que você era capaz. — Ela entregou o troco de Destiny, colocou a caixa com a torta em uma sacola e a arrastou pelo balcão. — Você e o Miles devem se conhecer há algum tempo.

— Trabalhamos juntos há dois anos. — Destiny trocou a sacola de mão. — Minha mãe vem me visitar algumas vezes por ano e, uma vez, por acaso veio quando eu estava trabalhando com o Miles. Ele ficou totalmente apaixonado por ela. A maioria dos homens fica.

Shelby apertou os lábios.

— Você e o Miles não têm nada um com o outro, têm?

— Não. Somos amigos... Ele não é... — Destiny se lembrou de seu encontro com Miles e Kipling algumas semanas atrás. — Você tem saído com ele?

— Saímos juntos algumas vezes. — Shelby parecia tanto contente quanto defensiva. — Ele é legal.

— Ele também está saindo com outras mulheres. O Miles não é um cara de relacionamentos. Ele gosta de mulheres. Muito.

Porque nem todo mundo estava interessada em seu plano sensato, pensou Destiny. Elas queriam sentir a adrenalina e fazer sexo e aí tinham seus corações partidos. Algo que ela sabia que jamais aconteceria consigo. Porque estava pensando com a cabeça, e não com os hormônios.

— Você acha que ele está namorando alguém da cidade?

— Sei que ele saiu com a Madeline uns dias atrás. Foram tomar uns drinks, acho.

A expressão de Shelby se fechou.

— Ah, eu não sabia disso. Ela é tão divertida e bonita.

— Vocês duas são ótimas — disse Destiny, com firmeza. — E nenhuma de vocês é o problema. Olha, eu gosto do Miles. Ele não é uma má pessoa. Mas quando se trata de mulheres, ele também não vai lhe oferecer mais do que uma diversão passageira. Então, se é isso que você procura, vá em frente. Se estiver procurando algo mais, ele não é o cara.

— Obrigada pelo conselho.

— De nada.

Destiny acenou e foi embora. Enquanto ia a pé para casa, ela se perguntou se Shelby lhe daria ouvidos. Ou se acharia que poderia mudar o Miles. Que com ela, de alguma forma, as coisas seriam diferentes.

Destiny vira isso acontecer repetidamente. Especialmente com seu pai. As mulheres conheciam seu histórico, mas sempre achavam que as coisas seriam diferentes com elas, que ele iria mudar. E ele nunca mudou.

Ela, por outro lado, via as coisas com clareza. Racionalmente. Talvez estivesse perdendo algumas coisas boas, mas se o preço era evitar as coisas ruins, então ela estava fazendo a coisa certa.

Capítulo 9

— SEI LÁ — DISSE STARR, QUANDO elas saíram da arquibancada. — Elas são boas e tal...

Destiny engatou o braço no da irmã.

— Ah, eu entendo perfeitamente o que você está querendo dizer. Foi uma ótima performance, mas meio estranha.

Starr riu.

— Isso. Porque elas estão, tipo, você sabe, velhas.

Destiny supunha que, para uma menina de quinze anos, um grupo de mulheres com mais de sessenta seria mais ancestral do que velho.

O Festival X-treme de Esqui Aquático tinha começado no dia anterior e duraria até amanhã. Havia várias exibições, competições e até um lugar no lado onde você podia fazer aulas. Ela e Starr tinham acabado de assistir ao Não Me Chamem De Vovó, um grupo de esqui sincronizado de mulheres com mais de sessenta anos.

— Elas estão em ótima forma — comentou Destiny. — Seremos sortudas se estivermos tão bem com a idade delas.

— É, acho que sim.

Destiny sorriu.

— Não consegue nem imaginar ser tão velha assim?

— Na verdade, não. Mas suponho que vá acontecer, afinal.

— A alternativa não é lá muito agradável — ponderou Destiny.

Starr sorriu.

— Você tem razão. Vai ser esquisito não esperar ansiosa pelo aniversário. Agora quero fazer dezesseis logo para tirar a carteira de motorista.

— Acho que parte dos motivos pelos quais as pessoas não ficam mais ansiosas pelo aniversário é que quanto mais velhas elas ficam, menos conquistas elas têm para correr atrás.

— Você não está animada para ter vinte e oito anos e meio? — perguntou Starr, rindo.

— Não tanto quanto você pensa.

Elas chegaram à parte principal da cidade. Havia barraquinhas por todos os lados. Artesanato, comida e expositores tinham suas próprias seções. O fluxo estava funcionando perfeitamente, pensou Destiny. Quem quer que tivesse planejado tudo aquilo, tinha feito um bom trabalho ao organizar a multidão.

— Eu deveria convidar minha mãe para vir me visitar durante um festival — disse ela.

— A Lacey vai vir? — Starr parecia tanto animada quanto nervosa. — Neste verão?

— Ela costuma me visitar nas minhas tarefas. Diz que essas viagens a ajudam a se manter conectada com os fãs, porque fazem com que ela seja real.

Starr acenou compreensivamente com a cabeça.

— Faz sentido. Ela não está em um ônibus ou em um avião. Está simplesmente vivendo com pessoas normais.

Destiny sorriu.

— Você sabe que é tudo balela, né? Minha mãe nunca vai ser como seus fãs. Ela é Lacey Mills, *superstar*.

— E quando ela está só com você? Não é tipo uma mãe normal?

— É, sim — admitiu Destiny, percebendo que nunca tinha pensado no tempo que passava com a mãe desse jeito. — Quando ela sai sozinha, sempre tem um cortejo junto. Ela se arruma toda e espera ser abordada pelos fãs. Eles não costumam decepcioná-la. Mas quando me visita, é apenas ela mesma. E apesar do fato de que nunca seria confundida com uma mãe comum e ordinária, quando está comigo, ela dá uma diminuída.

— Só um segurança?

— Sim, e ele mantém certa distância.

— Posso conhecê-la? — perguntou Starr.

— É claro. — Destiny começou a dizer que ficava surpresa por elas ainda não se conhecerem, mas aí se lembrou que a adolescente não tinha nenhuma conexão biológica com Lacey. — Ela é ótima. Você vai gostar dela. Ela adora falar de música, então prepare suas perguntas.

Starr olhou para ela.

— Meu Deus! É sério? Sério mesmo?

— Claro que sim. Ela pode ficar acordada a noite toda falando sobre música e o meio musical. E tem energia para dar e vender, então vai ficar acordada bem mais tempo que você.

Starr apertou o braço de Destiny.

— Preciso começar a praticar mais. Preciso melhorar antes que ela venha. E se ela me pedir para tocar? Não posso fazer um papelão.

— Respire fundo. Isso não vai acontecer. A Lacey não é de julgar. E, para ser sincera, ela prefere ser a melhor musicista do salão.

— Mas o pai toca.

Destiny suspirou.

— Eu sei. Essa era a origem do atrito entre eles. Eles recebiam os amigos e tocavam para eles e aí perguntavam quem era melhor. Isso raramente acabava bem. — Destiny apontou para uma barraca de palmiers de canela. — Vamos pegar um.

— Vamos.

Elas foram até a barraquinha e esperaram na fila.

— Deve ter sido tão legal, ter toda aquela música em casa — disse Starr. — Poder ouvir os dois e os amigos deles tocando.

— Eu aprendi muito — admitiu Destiny. — Mas não foi como um superensaio. Eles viajavam o tempo todo. Eu os acompanhava nas turnês de vez em quando, mas volta e meia era deixada para trás. Eu faltava muito a escola. Era difícil fazer amigos porque eu vivia indo e parando de ir.

Destiny se perguntou se foi naquela época que tinha começado — o fato de ela não ter amigos. Na época em que era mais nova que Starr. Ela se lembrava de ter uma melhor amiga quando tinha uns sete ou oito anos — Mandy, uma menina da sua rua. Só que algo tinha acontecido, algo com os pais. Ela nunca soube ao certo se tinha sido o Jimmy Don quem tinha dado em cima da mãe da Mandy ou se fora a Lacey quem flertou com o pai dela. De qualquer forma, rolou uma briga enorme, e ela e a Mandy nunca mais tiveram permissão para brincar juntas.

Houve alguns incidentes como esse e, então, Destiny parou de tentar. Era difícil demais se aproximar, confiar em alguém, acreditar que essa pessoa sempre estaria lá e aí ter isso tirado de você.

Depois que tinha ido morar com a vó Nell, não havia nenhuma menina da sua idade por perto. Quando foi para a faculdade, tinha esquecido como era a arte de fazer amigos. Pela primeira vez desde que se entendia por gente, ela tinha feito amizade com outras mulheres e gostava da companhia delas. Iria sentir falta de todas elas quando fosse embora.

— Senhoritas.

Destiny se virou e viu Kipling caminhando em sua direção. Quando ele se aproximou, a ruiva sentiu um aperto esquisito no peito, seguido por uma vontade ridícula de jogar os cabelos e dar risadinhas.

— Oi, Kipling — cumprimentou Starr. — Vamos pegar rabanadas. Quer uma?

— Quero, sim, me parece ótimo.

Não havia ninguém na fila atrás delas, então ele entrou ali mesmo.

— Como está a colônia? — perguntou ele à Starr.

— Legal. Gosto das aulas diferentes. Algumas de nós estão querendo montar um coral *a capella*. Você sabe, são só meninas cantando, mas pode ser divertido.

Destiny se esforçou ao máximo para não bater o pé enquanto ouvia a conversa descontraída de Starr com o Kipling. Como é que ele fazia aquilo? Tinha feito uma ou duas perguntas simples, e sua irmã não parava de falar. Um coral? Ela falou de todas as coisas que não tinha contado a Destiny.

Apesar de elas estarem progredindo no sentido de se conhecerem, sempre havia algo no caminho, e Destiny não fazia ideia do que era. Por motivos que ela não conseguia explicar, sua irmã sempre era contida.

— Nenhum instrumento musical? — perguntou Kipling. — Que ambicioso.

— É mais difícil do que parece — admitiu Starr. — Só cantar, sem a música. Não é ruim, mas quando você tenta fazer os outros sons, como a percussão, pode virar uma coisa bem idiota. Mas vamos tentar.

Algumas famílias entraram na fila atrás deles. Kipling se aproximou das ruas. Destiny se pegou querendo se apoiar nele, pedir que ele a ajudasse com a irmã, porque ela obviamente não estava se saindo tão bem quanto achava.

— Fazendo amigos? — perguntou Kipling.

— Ah, sim. Vários. Alguns são de Los Angeles, mas há uns aqui da cidade.

— Isso é ótimo — disse ele. — Você pode vê-los nos fins de semana.

— É claro! — intrometeu-se Destiny. — Quando você quiser. Ou, se quiser convidar alguém para vir jantar ou algo assim, eu ficaria feliz em cozinhar ou simplesmente pedir umas pizzas.

Starr parou de olhar para Kipling para encará-la.

— É sério? Você não se importaria se eu levasse uns amigos em casa?

— É claro que não. Quero que você se divirta neste verão.

— Legal! Obrigada.

A fila andou. Starr voltou sua atenção para o cardápio. Destiny olhou para Kipling e fez "obrigada" com a boca. Ele sorriu e deu de ombros, como quem diz que não foi nada. O que, para ele, provavelmente, não era mesmo. O homem tinha facilidade em lidar com as pessoas. Uma facilidade que Destiny gostaria de ter.

A instrutora disse a si mesma para ser grata pelo progresso de seu relacionamento com a irmã e aceitar as pequenas vitórias que surgissem. Fazer Starr aproveitar o verão era uma vitória que deixaria as duas bem felizes.

Destiny seguiu o trajeto exibido na tela do tablet, o que era mais fácil na teoria do que na prática, pensou, enquanto dava a volta em outra árvore tombada. Ela e Aidan Mitchell estavam a uns cinquenta quilômetros a nordeste de Fool's Gold, em uma área acidentada um pouco além do pequeno vale onde as turbinas eólicas giravam com a brisa constante do canyon.

Eles tinham deixado todos os sinais de civilização quilômetros atrás, e o barulho das turbinas já tinha cessado há um tempão. Por lá, só havia o zumbido da natureza.

— Era aqui que eu estava pensando — disse Aidan, apontando.

Destiny ergueu os olhos da tela e estudou a rocha relativamente plana que ele tinha indicado. A área parecia grande o suficiente, e a localização era boa.

— Eu gostei — afirmou ela, olhando, em seguida, para o terreno íngreme entre onde eles estavam e a rocha. — Conseguimos chegar lá daqui?

— Estou disposto se você estiver!

Ela entregou seu tablet para ele e se virou para que Aidan pudesse colocá-lo em sua mochila. Depois que ele a fechou, Destiny fez um sinal de positivo.

— Guie o caminho.

Aidan desenvolveu um ritmo rápido, mas ela conseguiu acompanhá--lo. Aquela floresta não era tão diferente assim da floresta nas Montanha Fumegantes. Árvores, arbustos e animais correndo. Destiny sorriu, pensando que a vó Nell ficaria horrorizada ao ver que Destiny tinha reduzido suas amadas Montanhas Fumegantes a generalidades.

Ela começou a subida até a rocha, seguindo Aidan. Ele subiu em uma árvore caída, então se virou para ajudá-la a passar pelo tronco enorme.

Quando colocou o pé no chão, ela começou a escorregar em folhas úmidas. Aidan imediatamente a segurou pela cintura. Quando a mulher conseguiu se equilibrar, ele a largou.

Naquele momento de contato, Destiny se pegou se perguntando se teria alguma reação. Algum formigamento ou um desejo de ficar mais perto. Não houve nada. Nem mesmo um suspiro de interesse.

Eles subiram os últimos sete ou oito metros até a rocha. Quando chegaram lá, Aidan pegou duas garrafas de água na mochila e entregou uma a Destiny.

— O que acha? — perguntou ele, não parecendo nem estar cansado pela subida.

Ela deu uma olhada em volta, na área ampla e plana.

— Vou ter que medir, e vamos precisar fazer uma análise geológica, mas acho que temos um vencedor.

Parte do sistema que a cidade tinha comprado incluía várias torres de celular adicionais em áreas remotas. Isso não apenas ajudaria aqueles que se perdessem a ligar para pedir ajuda como também auxiliaria os voluntários dando a eles acesso ao centro de comando do Salvo e aos outros voluntários.

Cada torre de celular custava aproximadamente 150 mil dólares. Mas por causa da localização difícil e das análises extras requeridas, o preço dessas chegaria perto dos duzentos mil. Mas o dinheiro estava reservado, então Destiny estava decidida a colocar as torres nas melhores localizações possíveis.

Ela sacudiu os ombros para tirar a mochila e pegou uma fita métrica. Aidan a ajudou a medir a largura e o comprimento da rocha. Ela anotou as informações em seu tablet, depois tirou várias fotos e gravou a localização exata. Foi só então que se sentou ao lado dele para admirar a paisagem.

Estavam a mais ou menos 1.370 metros de altitude. O ar era mais frio ali em cima, mas ainda era agradável. Ela conseguia avistar o local onde uma antiga avalanche tinha destruído a lateral de uma montanha duzentos anos atrás. Consegui ver as árvores, o céu e a montanha, mas nada civilizado.

— Me sinto culpada por enfiar uma torre de celular no meio de toda essa beleza — confessou ela.

— É por um bem maior.

— Eu sei, mas é péssimo mesmo assim.

— Não acho que os cervos ou os ursos vão se importar.

Aidan se esticou no chão. Enfiou as mãos atrás da cabeça e ficou olhando para o céu.

Ele era um cara bonito, pensou Destiny. Magro, inteligente e um empresário de sucesso. Ela não deveria estar considerando-o para seu plano sensato? Só que Destiny não faria isso. Por dois motivos. Primeiro, havia algo nele que a lembrava dos caras que ela conhecia quando viajava com os pais. *Roadies* e integrantes de bandas que estavam lá em parte porque amavam a música, mas também para conseguir mulheres. Muitas mulheres. E, segundo, ela parecia não conseguir sentir nenhum entusiasmo ao tentar imaginar o Aidan como o "par perfeito". Quando tentava pensar nisso, só via o Kipling.

Ela se mexeu até ficar sentada de pernas cruzadas de frente para ele.

— Alguma novidade com relação aos candidatos a imediato do Kipling? — perguntou Aidan.

— Sei que já rolaram umas entrevistas. Não ouvi nada específico.

— Eu passei alguns nomes para ele. Não que Kipling queira qualquer outra pessoa resolvendo o problema.

Ela sorriu.

— Você chegou a essa conclusão sobre ele?

— Que ele gosta de consertar as coisas? Difícil não perceber. É uma qualidade boa em alguém com quem você trabalha, desde que você concorde com a maneira como ele quer que as coisas sejam feitas.

— Isso quer dizer que você nunca trabalharia para ele?

— De jeito nenhum. Gosto de ser o chefe.

— Por falar nisso... — disse ela, provocativamente. — Esse seu "chefe" não vai ficar irritado por você estar de pernas para o ar?

— Não. Ele é um cara tranquilo. E você? Ninguém vai se perguntar por que você não está trabalhando?

— Preciso esperar meu guia para voltar para o carro.

Aidan meneou a cabeça.

— Precisa nada. Você não teve dificuldade nenhuma na nossa subida hoje. Já esteve nas montanhas antes.

— Nas Montanhas Fumegantes. É diferente daqui, mas tão lindo quanto.

— Concordo. Por que você foi embora?

— Me disseram que ir para a faculdade seria uma boa ideia.

— Uma das vantagens de morar aqui — contou Aidan. — Temos cursos profissionalizantes e uma faculdade na cidade. Não tive que ir a lugar algum.

— Você já quis tentar morar em algum lugar diferente?

A expressão de Aidan ficou séria por um segundo antes de relaxar.

— Já quis, sim, uma vez. Quando eu era jovem, estava certo que meu irmão mais velho, o Del, iria assumir o negócio da família. Eu estava conformado com isso e não fazia ideia do que queria fazer. Aí, no meu primeiro ano de faculdade, ele foi embora. De repente, todo mundo pensava que era eu quem tinha que assumir. Então, fiquei por aqui.

Expectativas familiares, pensou Destiny. Só que Aidan tinha cumprido o que se esperava dele. Ela, por outro lado, tinha decepcionado seu pai e sua mãe com a decisão que tomou.

— Algum arrependimento? — perguntou ela.

Ele fechou os olhos.

— De jeito nenhum. Tenho uma vida boa. Bastante tempo ao ar livre. Eu pesco, faço trilhas e esquio no trabalho. E volta e meia tem umas tardes como esta, que passo com uma linda mulher. Como não gostar?

Ela riu.

Ele abriu os olhos.

— O que é tão engraçado?

— Foi um elogio muito reflexivo. Você sequer estava olhando para mim.

— Eu já te vi. Posso fazer um elogio através da memória.

— Apesar de isso provavelmente ser verdade, meu palpite é que você, Aidan Mitchell, é meio que um conquistador inveterado.

O canto da boca dele se curvou para cima.

— Me sinto ofendido.

— Estou errada?

— Não.

Ela sorriu.

— Era o que eu pensava. Deixe-me adivinhar. Há muitas turistas solteiras que querem um romance apimentado com seu guia rústico.

Ele se encolheu.

— Seria melhor para mim se você não me chamasse de "rústico".

— Mas e o resto?

— Nada mal. Como você adivinhou?

— Você me lembra dos caras que saíam em turnê com os meus pais. Se fosse em Wichita, devia haver uma oportunidade.

— Deixo minhas regras claras — disse ele, parecendo um pouquinho defensivo. — Sou cuidadoso.

— Não estou julgando — garantiu Destiny. — Só acho interessante.

— Minha mãe vive me dizendo que, um dia, eu vou me apaixonar. Que vai ser arrebatador e rápido, e que não vou estar preparado.

— Está preocupado?

— De jeito nenhum. Como eu disse, sou cuidadoso.

Destiny queria dizer a ele que todo cuidado era pouco. Que se ele deixasse os hormônios regrarem sua vida, ele teria algumas surpresas nada agradáveis. Mas a ruiva já tinha tentado fazer as pessoas entenderem isso antes. A maioria delas não dava ouvidos. Ou então a achava superestranha. De um jeito ou de outro, não acabava bem.

Destiny deu uma olhada em volta admirando a beleza da tarde e desejou que Kipling estivesse ali, em vez do Aidan. Porque queria conversar com ele, disse a si mesma com firmeza. Querer estar com Kipling não tinha nada a ver com o local isolado. Ela só achava que passar um tempo tendo uma boa conversa com seu amigo seria legal.

Nada além disso.

Kipling tinha pensado que encomendar uma torre de celular seria complicado, mas, aparentemente, não era. Ele imprimiu a fatura de confirmação e foi até a lista de afazeres gigante pregada na única parede que não estava toda coberta por mapas dos arredores de Fool's Gold. Com as localizações definidas, todas as três torres tinham sido encomendadas, e as análises iriam começar no início da próxima semana.

Destiny se aproximou dele.

— O equipamento de rastreamento foi enviado — disse ela, apontando para outro item na lista. — Vai chegar aqui nos próximos dois dias. Aí podemos dar início ao treinamento pra valer.

Ela estava parada perto o suficiente para capturar a atenção dele. Ele sabia que ela não o estava provocando de propósito. Sua reação à proximidade dela — sangue fluindo para lugares previsíveis, sua total falta de interesse por qualquer outra coisa que não fosse colocá-la em uma mesa próxima e chegar aos finalmentes — o lembrou de que era bom estar vivo. Ele gostava da caçada e, no caso de Destiny, a recompensa seria ainda mais doce, porque ele planejava mostrar para ela o que estava perdendo.

Mas isso ficaria para depois. Hoje, eles tinham trabalho a fazer.

— Como andam as entrevistas? — perguntou ela.

Kipling deu de ombros.

— Não muito bem. Ainda não encontrei ninguém que vá dar certo.

Ela o fitou com olhos verdes preocupados.

— O que há de errado com os entrevistados?

— Um cara estava mais interessado em quanto tempo livre ele teria do que em saber sobre o trabalho. Outro não tinha experiência nenhuma.

— Você não tem experiência nenhuma — retrucou Destiny, com um sorriso.

— E é por isso que precisamos de alguém que saiba o que está fazendo. A pessoa certa está por aí. Vou dar um jeito.

Ele reconhecia o valor da paciência. Apesar de seu instinto ser de simplesmente arriscar e lidar com as consequências mais tarde, ele tinha aprendido, do jeito mais difícil, que a imprudência tinha um custo alto. A montanha tinha ensinado isso.

Automaticamente, Kipling olhou para fora da janela. A vista da porção nordeste dava a ele uma visão clara das montanhas. *Um privilégio*, pensou, ao mesmo tempo em que uma inquietude familiar tomava conta de seu corpo. A necessidade estava ali, assim como seu desejo pela Destiny. Só que essa necessidade nunca seria satisfeita.

Ele nunca mais iria sentir o vento queimando sua pele. Nunca iria pairar no ar por segundos a fio antes de cair com tudo novamente em cima dos flocos compactados e rasgar a montanha até embaixo. As árvores e a multidão nunca mais seriam apenas um borrão enquanto ele desafiava as probabilidades. Ele nunca mais seria o Força G.

Suas costas doíam; o joelho, também, e quando ele acordava pela manhã, levava uns bons cinco minutos para fazer todas as juntas funcionarem. O que significava que ele era um cara de sorte. De muita sorte. Mas havia momentos em que ele fechava os olhos e imaginava que tudo ainda estava lá. Até se lembrar que não.

— Kipling?

Ele olhou para Destiny, que o estava observando atentamente. Seu cérebro reprisou a última parte da conversa dos dois.

— Meu treinador me ensinou algumas técnicas — disse ele, como se não estivesse pensando em mais nada. — Não force a disputa. Deixe que ela venha até você. Então, planeje seu voo.

— Uma mistura estranha, essa metáfora, mas se faz sentido...

— Faz, sim. — Ele se apoiou na mesa. — Como você está?

— Como assim?

— Cidade nova, irmã nova, água encanada...

Ela colocou as mãos nos quadris. O humor cutucou os cantos de sua boca.

— Está tirando sarro por eu ter morado na floresta?

— Basicamente.

— Pois vou contar a você que eu aprendi muito, e que há muitas coisas a serem ditas sobre uma vida mais simples.

— E a água encanada?

Ela se sentou na mesa de frente para ele e riu.

— Admito que disso eu gosto muito, muito mesmo. Especialmente água quente. E descargas. Uma invenção brilhante.

— Concordo. — Ele a estudou por um segundo, permitindo que seu olhar se demorasse nas partes boas. — Não consigo te imaginar correndo descalça pelos campos, catando flores.

— Provavelmente porque eu nunca fiz isso. Eu não morava em um desses mundos idealizados pela TV. Minha vó tinha uma vida simples, o que significava que ela tinha que fazer a maior parte do trabalho sozinha. Frutas e legumes não se enlatam sozinhos. E quando neva por semanas a fio, não tem como dar um pulinho no mercado da esquina.

Destiny sorria enquanto falava, como se as lembranças fossem boas. Ele ficou contente por isso. Dado o pouco que ele sabia da vida dela com os pais, não tinha sido nada fácil. Crianças e adolescentes precisavam de estabilidade. Ele não percebia isso quando era novo, mas quando se mudou para a casa do técnico e viu como uma família normal funcionava, tinha finalmente conseguido relaxar. Ele suspeitava que a vó Nell tivesse provido o mesmo escape para Destiny.

— Eu queria que ela ainda estivesse viva — admitiu ela. — Não só porque eu sinto falta dela, apesar de eu sentir. Todos os dias. Mas por causa da Starr. Acho que ela é feliz, mas não tenho certeza. Estamos criando um laço. Estou tentando ouvir mais do que falo, o que é, para falar a verdade, mais difícil do que parece.

— E quanto às coisas que vocês têm em comum? Ela gosta de música, e deve estar no sangue de vocês.

Destiny puxou a trança por cima do ombro, depois alisou o cabelo antes de jogá-la para trás de novo.

— Tenho ensinado violão para ela e depois vamos passar para o teclado. Ela tem talento, o que ajuda. Aprende rápido. Mas aí ela quer falar sobre uma carreira, e eu não sou a pessoa certa para isso. Sempre me esforcei ao máximo para evitar esse assunto, coisa que ela não entende.

— Mesmo cantando do jeito que você canta? Você nunca ficou tentada?

— Nem um pouco. A vida na estrada não é aquela maravilha que todo mundo imagina. Há uma pressão constante por ser visto e, ao mesmo tempo, ser produtivo. O que não funciona para mim. Preciso de paz e silêncio quando componho.

— Você compõe?

Ela se encolheu, ficando vermelha.

— Finja que eu não contei isso.

— Mentira?! Pode cantar uma das suas músicas para mim?

— Não. São particulares.

Secretas, pensou Kipling, se perguntando por que ela era tão reticente. Ele não fazia ideia de como se compunha uma música, mas achava que não era difícil tornar as palavras pessoais. Um compositor não precisaria usar sua própria experiência? Ou, no mínimo, suas observações? Isso significaria expor um pedacinho da alma do compositor. Pelo que tinha descoberto da Destiny, ela gostava de manter uma distância emocional entre si mesma e o resto do mundo. O que podia ser parte do problema dela com Starr.

— Você compõe as músicas para si mesma? — perguntou ele.

— Não. Eu simplesmente as escrevo. Não tenho escolha.

Palavras simples, mas havia algo no tom dela. Tristeza, talvez? Resignação?

Sem ter um plano definido, Kipling se endireitou, segurou a mão de Destiny e a puxou para ele. Ela se levantou lentamente e se aconchegou em seu abraço. Depois que ela estava ali, ele a envolveu com os braços e apoiou o queixo em sua cabeça.

— Não se preocupe — disse ele. — Eu vou manter você em segurança.

— Não preciso de proteção.

— Claro que precisa. Todo mundo precisa ser protegido de alguma coisa.

— Então o que te assusta?

— Não conseguir cuidar das pessoas que importam para mim.

Por causa do que tinha acontecido com o pai dele, sua madrasta e a Shelby, pensou Kipling, lembrando-se de como era ficar preso em uma cama de hospital a meio mundo de distância da irmã. A prefeita Marsha tinha prometido mantê-la em segurança e, em troca, ele viria para a cidade e assumiria o programa Salvo.

— Você é um cara ótimo — disse Destiny, seu corpo quente contra o dele. — Tem certeza de que não quer testar o meu plano de relacionamento sensato?

Um casamento sem sexo?

— Não até tentarmos do meu jeito primeiro.

Ela riu e, então, olhou para ele.

— Nunca vai acontecer.

— Você sabe que eu competia profissionalmente? Tem certeza de que quer me desafiar?

Ela sorriu.

— Vou arriscar.

— Então que comece o jogo.

Capítulo 10

— Meu nome é Charlie Stryker e estou no comando.

Kipling reconheceu a mulher que estava falando. Ela era alta e tinha ombros largos, com um tronco muito forte. Não se movia como uma grávida, provavelmente porque malhava regularmente. Ela era bombeira, e Kipling concluiu que qualquer um se sentiria muito melhor quando ela aparecesse na cena de um desastre. Charlie exalava confiança e competência.

Ela estava em pé com as mãos nos quadris. Seu olhar era firme, como se ela não esperasse nenhum problema, mas, se aparecesse, ela daria conta de resolvê-lo.

— Vou dividir vocês em equipes. Cada grupo receberá tarefas específicas. Deixem-me ser clara: isto não é uma democracia. Vocês se voluntariaram para ajudar, e ajudar é o que vocês vão fazer. Sob o meu comando.

— Você fica sexy quando está mandona — gritou uma voz masculina.

Kipling se perguntou quanto tempo levaria para Charlie colocar o cara em seu devido lugar, só que, ao invés de reprimi-lo, ela ficou vermelha.

— Ignorem meu marido — disse ela ao grupo parado à sua frente.

A combinação da bravata com as bochechas vermelhas era um tanto atraente, pensou Kipling, pensando que aquela era a cidade com o maior número de pessoas interessantes que ele já tinha visto.

Charlie explicou como o conserto dos parquinhos funcionaria.

— Como eu estava dizendo, vocês serão divididos em grupos. Cada equipe será designada para um parquinho. Vocês terão uma lista de coisas para fazer nesse parquinho. Se atenham à lista. Não façam mais do que foi pedido. Não usem recursos próprios. Há motivos para tudo isso, mas seria perda de tempo explicar, então, por favor, pessoal, façam o que foi pedido e tudo irá correr bem.

Ela continuou listando as regras e instruções. Kipling não estava prestando muita atenção enquanto observava as pessoas que tinham se voluntariado para começar a trabalhar às oito da manhã de um sábado.

Houve mais adesão do que ele esperava. Muitas pessoas eram, obviamente, casais. As mulheres estavam se apoiando nos maridos, que ainda tomavam café — todos eles.

Ele viu Destiny e outra mulher. Elas estavam ouvindo o que Charlie dizia e parecendo mais que um pouquinho preocupadas. O que provavelmente deixava Charlie bem contente.

A loira até que era bastante bonita, mas Kipling só estava interessado em Destiny. Mas antes que pudesse ir até elas, Shelby se aproximou dele.

— Oi, irmãozão — disse ela, dando um abraço em Kipling.

— O que você está fazendo aqui? — perguntou ele.

— Às vezes, consertar as coisas é algo bom. — Ela sorriu. — Charlie me prometeu tarefas adequadas ao meu nível de habilidade.

— Que são...?

Shelby sorriu.

— Básico. Bem básico.

— Ouçam, pessoal — disse Charlie, olhando diretamente para Kipling e Shelby. — Aqueles que trouxeram ferramentas farão parte da primeira equipe. Vocês vão passar em alguns parquinhos diferentes, consertando os brinquedos. Quanto aos demais, formem uma fila que eu vou separar vocês em grupos. Se alguém tiver alguma preferência, me avise. Precisamos de pessoas com músculos para remover os tapetes de segurança antigos. Cascas de árvores precisam ser varridas e descartadas. A madeira precisa ser lixada, e há coisas de sobra para pintar. Vamos nos mexer. Estamos perdendo a luz do dia.

— Ela foi do exército? — perguntou Shelby, preguiçosamente.

— É o que parece.

Eles aguardaram na fila. Charlie deu uma olhada para Kipling e apontou para a esquerda.

— Vá com a galera dos músculos. É um trabalho pesado e deve deixar você feliz.

— Sim, senhora.

Charlie apontou para um grupo de mulheres quando chegou a vez de Shelby.

— Limpeza e pintura.

— O seu processo não é meio sexista? — perguntou Shelby.

— Sim. Algum problema?

Shelby sorriu.

— Não. Só estou perguntando.

Kipling foi se juntar a vários outros homens. Ele cumprimentou Gideon, um de seus sócios no The Man Cave. Carter, filho de Gideon, estava com ele.

— E aí, Força G? — cumprimentou Carter. — Estou com vocês hoje.

Kipling se esforçou ao máximo para não reagir ao apelido. Um apelido que ele não merecia mais.

— Estou vendo. Impressionante. — Ele apertou a mão de Gideon. — Como vão as coisas?

— Bem. É cedo demais para mim, mas Felicia disse que é importante ajudar.

Kipling concluiu que, para um homem que trabalhava das dez da noite até as primeiras horas da manhã, esse era um horário difícil para começar o dia.

— Minha mãe é superengajada na comunidade — disse Carter, com um sorriso tranquilo. — Ela diz que se conectar com o grupo do qual fazemos parte é biológico. Que é uma necessidade de todos os primatas. Ela sabe das coisas.

— É o que parece.

Kipling tinha encontrado Felicia algumas vezes, mas achava que era a pessoa mais inteligente com quem qualquer um deles já tinha interagido. Ele se perguntou como ela e Gideon teriam ficado a primeira vez. Eles pareciam tão diferentes. É claro que havia pessoas que provavelmente ficariam surpresas com o fato de que, de todas as solteiras da cidade, Destiny ter sido aquela que chamou sua atenção.

A atração sempre era interessante e, às vezes, complicada.

Pensar em Destiny fez Kipling se lembrar de Starr.

— Você está participando do acampamento de verão, não está? — perguntou ele a Carter.

O adolescente confirmou com a cabeça.

— Pela segunda vez. Sou parceiro de vários novatos. É bem legal.

— Você conhece a Starr Mills?

— Claro. Fazemos algumas coisas juntos. Ela gosta de música e de canto, e já tivemos algumas aulas.

— Legal. Ela é nova, e sei que a irmã dela está preocupada que ela se enturme.

Carter acenou compreensivamente com a cabeça.

— É, minha mãe ficou preocupada com isso quando me mudei para cá. Starr está se saindo bem.

— Cuidando da irmãzinha? — Gideon fez uma cara perspicaz. — Faça o que for preciso, parceiro.

Antes que Kipling pudesse responder, eles foram chamados até as caminhonetes que os levariam aos vários parquinhos. Gideon caminhou ao seu lado.

— Tem ouvido alguma coisa sobre o bar?

— Ouvido o quê? — perguntou Kipling.

— Reclamações.

— Não. Estamos indo bem. O negócio está estável. Por quê?

Gideon deu de ombros.

— Ouvi falar de umas coisas. O Jo's Bar é bem próximo.

— É, sim, mas tem uma clientela diferente. O público-alvo deles são as mulheres, e o nosso, os homens. Há bastante gente dos dois gêneros na cidade.

— Não é tão simples assim — alegou Gideon. — Mas acho que estamos bem por enquanto.

— Você se preocupa demais.

Gideon concordou com a cabeça.

— É verdade. Isso costumava ser o que me mantinha vivo. Mas tenho certeza de que você tem razão. De que vamos ficar bem.

— Vamos, sim. Você vai ver.

Destiny descobriu que passar a manhã pintando brinquedos de parquinhos era exatamente o que ela precisava para clarear a mente. Ela tinha convidado Starr para participar, mas sua irmã preferiu dormir até mais tarde.

A manhã estava ficando quente rápido. O sol estava brilhando e havia poucas nuvens espalhadas pelo céu azul. Era uma boa maneira de passar o sábado, pensou Destiny. Até se mudar para Fool's Gold, ela nunca se envolvera em uma ação comunitária como essa. Ajudar era, de fato, muito divertido.

Shelby estava sentada do outro lado das barras de apoio que elas estavam pintando. Já faziam seu segundo parquinho. Quando estavam deixando o primeiro, algumas caminhonetes cheias de homens chegaram para trocar os tapetes de segurança.

— Quanto tempo você acha que vai demorar até a Charlie aparecer para fiscalizar o nosso trabalho? — perguntou Shelby, dando risada.

— Não tenho certeza, mas minhas pinceladas estão bem uniformes.

— As minhas, também. — Shelby inspirou fundo. — Isto é legal. Eu costumo passar minhas manhãs de sábado na padaria. Foi bem relaxante dormir até as seis e passar a manhã ao ar livre.

— Acho triste o fato de que levantar às seis é sinônimo de dormir até tarde para você, mas eu adoro meus doces matinais.

— Alguém precisa se sacrificar — disse Shelby. — E eu estou disposta a fazer isso.

— Eu fico grata.

— Como retribuição, você vai me encontrar se eu me perder nas montanhas.

Destiny assentiu com a cabeça, apesar do fato de que ela não seria uma das pessoas que fariam a busca. Até agora, ela não tinha recebido sua próxima tarefa, mas era apenas questão de tempo.

Pela primeira vez, havia coisas de que ela sentiria falta quando fosse embora. As pessoas, bem como a cidade em si. Ela tinha uma rotina de que gostava ali. Gostava dos almoços com as meninas e dos festivais. Até mesmo sua casinha alugada estava se tornando estimada.

Fiz amigos, pensou Destiny, dando uma olhada para o lugar onde Madeline estava varrendo do outro lado do parquinho. Madeline, que tinha tomado uns drinks com o homem que também tinha saído com a Shelby.

Destiny molhou a ponta do pincel na lata de tinta vermelha.

— Como estão as coisas com o Miles? — perguntou ela, com cautela.

— Nós saímos algumas vezes. Ele é bem divertido. — Shelby ergueu os olhos e sorriu. Não se preocupe. Estou levando seu conselho em consideração. Não vou me envolver a sério.

— Basta você saber que ele não é uma escolha sensata.

— A sensatez é algo extremamente supervalorizado. Sei que o Miles não vai querer nada permanente. Estou aberta para um caso sem compromisso. Miles e eu andamos conversando. Ele vai ser fiel enquanto estiver aqui e, quando for embora, nós terminamos. Normalmente, eu iria querer mais, mas há alguma coisa nele. Adoro quando um homem me faz perder a cabeça.

— Por quê?

Shelby riu.

— Porque se apaixonar por alguém precisa ser algo imprevisível e divertido. Trabalho duro todos os dias. Tenho uma rotina estável, o que é bom, mas, às vezes, quero mais. Quero sentir a emoção da expectativa. Quero ser surpreendida. Adoro surpresas!

— Só surpresas boas — ponderou Destiny. — Todo mundo quer ganhar na loteria, e ninguém quer sofrer um acidente de carro, mas ambos são surpresas.

— Então, você é uma pessoa ótima, mas, às vezes, é um pouco esquisita.

— Já me disseram isso antes. — Destiny colocou o pincel na borda da lata de tinta e se levantou para esticar as pernas. — Já vi muito drama emocional na minha vida. Estou procurando tranquilidade.

— Tédio, você quer dizer.

— Gosto do tédio. Quero saber que amanhã vai ser bem parecido com hoje.

Que a pessoa que mais importava ainda estaria lá pela manhã. Quantas vezes ela tinha acordado, quando era criança, e visto que seus pais não tinham voltado para casa? Que tinham pegado um avião para Nova York ou Las Vegas? Às vezes, eles se lembravam de mandar alguém para cuidar dela. Mas nem sempre.

Destiny morou com a vó Nell por um ano até conseguir acordar sem um nó no estômago. Em seu mundo, as surpresas é que eram extremamente supervalorizadas.

As equipes de trabalho terminaram por volta das duas da tarde. Destiny recusou o convite para comer nachos e beber margaritas no Jo's Bar. Ela queria ir para casa para ver a Starr. Elas deviam passar a tarde juntas. O plano era praticar violão, depois fazer a janta juntas. Não era um programão, mas Destiny estava animada para passar um tempo com a irmã.

Quando foi atravessar a rua de sua casa, os músculos de suas pernas protestaram. Todo aquele tempo agachada e de cócoras tinha castigado suas coxas. Ela realmente precisava malhar, ponderou. Ou pelo menos fazer uma longa caminhada todos os dias.

Ela abriu a porta da frente e entrou em casa.

— Cheguei — gritou ela.

Starr estava na sala de estar, falando ao celular. Quando Destiny entrou, ela se virou. Havia alguma coisa na postura dos ombros dela, no ângulo de sua cabeça, que fez Destiny congelar.

— Aham — disse Starr. — Claro. Sem problemas. Tchau.

Ela apertou um botão no celular e o jogou no sofá.

— O que houve? — perguntou Destiny.

— Nada.

A voz de Starr era estrangulada e ela não se virou para a irmã.

Destiny foi até ela.

— Ei, me conte. Por favor.

Starr se virou lentamente para ela. Lágrimas enchiam seus olhos.

— Meu pai ligou. *Nosso* pai ligou. Ele queria me desejar feliz aniversário.

Todo o corpo de Destiny ficou tenso à medida que o pavor se espalhava por ele.

— É seu aniversário? Ai, não. Me desculpe! Eu não sabia.

Ela queria dar um tapa em si mesma. Como podia não ter descoberto que era aniversário de sua irmã? Isso é que é falta de consideração.

— Não é — explicou Starr, enquanto secava as lágrimas. — Não é meu aniversário. Quando eu disse isso, ele não achou nada demais. — Mais lágrimas caíram. — Ele é meu p-pai e sequer sabe quando eu nasci!

Destiny se aproximou e fez menção de tocá-la. Starr resistiu por um segundo, então desabou nos braços da irmã.

— Eu sinto muito — sussurrou Destiny, sabendo que aquelas palavras eram estúpidas e não ajudariam em nada. Não que ela conseguisse pensar em qualquer outra coisa para dizer. — Ele é assim, às vezes. Você sabe que *ele* é o problema, né? Você não.

— Porque ele é o centro do universo?

— Basicamente isso.

Starr começou a chorar.

— Ele é meu pai. Por que ele não me ama?

— Ele ama.

— Não. Eu já vi como os outros pais agem. Ele não liga para mim.

Destiny se manteve firme.

— Jimmy Don não é como os outros pais. Sinto muito pela atitude dele.

Ela continuou abraçando Starr até a adolescente finalmente se endireitar e limpar o rosto.

— Obrigada — disse a irmã, com o rosto inchado e os olhos vermelhos. — É um saco, sabe?

— Sei, sim.

— Podemos tocar violão mesmo assim?

— Claro. Mais tarde, vamos fazer cookies.

Aquilo gerou um pequeno sorriso no rosto de Starr.

— Não tenho cinco anos. Você não pode me distrair com biscoitos.

— Talvez não, mas posso tentar.

Starr fungou.

— Preciso assoar o nariz. Volto logo.

Destiny esperou que ela saísse da sala, então mandou um lembrete para si mesma por e-mail para entrar em contato com o advogado do pai. Ela precisava saber de muito mais coisas sobre a irmã. Começando pelo aniversário dela. Porque quando esse dia realmente chegasse, Destiny queria garantir que ele fosse lembrado... Do melhor jeito possível.

Ao meio-dia de domingo, Starr recebeu uma mensagem de Abby convidando-a para uma noite do pijama improvisada. Destiny conversou com Liz, mãe de Abby, obtendo a confirmação de que não haveria meninos, e que elas seriam supervisionadas, e deixou Starr na casa dela às quatro. Às seis e meia, Destiny já estava andando de um lado para o outro.

Ela não sabia o que havia de errado, mas, por algum motivo, parecia não conseguir se acalmar. Limpou os dois banheiros, lavou pilhas enormes de roupa e até tentou trabalhar em uma música em seu caderno. Nada funcionou. Ela surfou pelos canais da TV, fez algumas compras pela internet e, às 19h18, sabia que iria arrancar os cabelos se não arranjasse alguma coisa para se distrair.

Destiny enfiou a chave de casa, o celular e o cartão de crédito no bolso da calça jeans, então trancou a porta da frente e saiu na direção do centro da cidade.

Ainda havia várias pessoas passeando. O sol ainda não tinha se posto, e a noite estava agradavelmente quente. A maioria dos restaurantes tinha pátios ao ar livre, onde os locais alegres e os turistas queimados de sol se misturavam com facilidade. Várias pessoas gritaram à Destiny, cumprimentando-a. Ela acenava com a cabeça e sorria enquanto caminhava, mas não parou. Parecia que tinha um destino, apesar de não saber qual era, até que chegasse a ele.

A ruiva parou na rua do The Man Cave. Ficou olhando para a placa e para a estátua do homem das cavernas ao lado da porta aberta antes de se render ao inevitável.

Assim que entrou, Destiny sentiu que podia respirar com mais facilidade. Alguns jogos de beisebol estavam passando nas TVs espalhadas pelo bar. A maioria dos lugares estava ocupada. O barulho das bolas sendo acertadas nas mesas de sinuca se misturava às risadas. Os aromas de pipoca, cerveja, perfume e hambúrgueres lhe diziam *bem-vinda à sua casa.*

Talvez fosse porque ela tinha crescido em botecos. Talvez fosse porque estar rodeada de pessoas possibilitava que ela se perdesse, ao passo que, na quietude de casa, ela não conseguia fazer isso. Ou talvez fosse o palco no fundo do salão.

A placa dizia que o karaokê começava todas as noites às oito. Destiny foi até o bar.

— Um Long Island Iced Tea — pediu. — Pode encher bem o copo.

A bartender, uma mulher que ela não conhecia, assentiu com a cabeça.

— Está a pé?

Porque essa era Fool's Gold, pensou Destiny. Um lugar onde as pessoas se certificavam de que você não iria beber e dirigir antes mesmo de você começar a beber.

— Moro a menos de seis quadras daqui.

— Bom saber.

Destiny se acomodou em um banco vazio no bar. Deu uma olhada em volta e percebeu que conhecia pelo menos uma dúzia de pessoas, talvez mais. Amigos. Conhecidos.

Aidan estava com Nick, Miles e outros dois caras. Ela acenou para eles com a cabeça, mas ignorou o aceno para que fosse até lá. Não estava no clima para conversar com nenhum deles esta noite. Especialmente com o Miles, que tinha saído tanto com a Shelby quanto com a Madeline.

Ela torcia para que nenhuma de suas amigas se apaixonasse por ele. As duas mereciam coisa melhor. Ele partiria o coração delas e seguiria em frente. Era melhor que a Madeline ficasse com sua paixonite pelo ator Jonny Blaze, e a Shelby encontrasse alguém bem mais bacana que o Miles. Não que elas fossem lhe dar ouvidos.

Ela pensou nos irmãos Hendrix e em sua aposta inacreditável de engravidar as esposas e em seu próprio pai, que tinha arrasado a filha com uma ligação imprudente, e em como ela não sabia o que iria fazer com Starr quando esse trabalho terminasse e em como não importava o quanto ela soubesse que ser sensata era a coisa certa, pois, às vezes, ela queria simplesmente chutar o balde.

A inquietação cresceu dentro de Destiny. A bartender lhe entregou a bebida, e Destiny tomou um longo gole. Ela sabia o que o álcool provocaria. Como ele iria relaxar a tensão que ela trazia no corpo. Por causa dele, ela iria ceder ao impensável. Porque precisava disso. Porque só havia uma maneira de se sentir melhor.

O tempo tiquetaqueou. Ela terminou seu drink e pediu mais um. Às 19h55, ela foi até o palco do karaokê. Kipling estava lá, ligando os equipamentos.

No início, ele não a viu, o que significava que ela podia observá-lo sem ser pega. Destiny estudou a leve hesitação em alguns dos movimentos dele, justaposta à sua elegância de atleta. Alguém falou com ele, e ele respondeu com um sorriso rápido. Ela sabia que os olhos dele tinham um tom lindo de azul, e que, quando a beijava, a ruiva esquecia que tinha um plano, e que ele amava a irmã e cuidava dela.

Se Destiny fosse outra pessoa, procurando por outra coisa, já estaria dormindo com ele. Talvez até mesmo se apaixonasse por ele, o que seria pior. Mas tinha aprendido a se proteger, então era cautelosa. Cautelosa com relação aos homens, pelo menos, se não com o restante.

Porque esta noite, ela iria cantar.

Kipling ergueu os olhos e a viu.

— Oi, Destiny, o que você está... — A expressão dele ficou preocupada. — Qual o problema?

— Estou bem.

— Não está, não. Há alguma coisa errada. O que foi?

Ela não conseguia explicar. Não conseguia explicar a inquietação rodopiante. Nem a sensação de não caber na própria pele, de precisar de algo mais. A impaciência tomou conta de Destiny. Havia emoções demais e não havia lugares suficientes para colocá-las.

— Preciso cantar.

Ela achou que talvez ele risse ou a reprimisse. Afinal, como é que a afirmação dela podia fazer sentido? Ao invés disso, ele estendeu a mão para ajudá-la a subir no palco.

— Quer definir um repertório? — perguntou ele.

Ela confirmou com a cabeça.

— Se você não se importar.

Ele sorriu.

— Deixe-me pensar. Entretenimento de graça para os meus clientes e ouvir você cantar mais de uma música. É, acho que não tem problema.

Eles deram uma olhada na lista de música juntos. Destiny escolheu uma de Tumpy Shanks. Era antiga, mas era uma de suas preferidas. *Under the Willow Tree* seria a próxima, seguida por um dos hits de seu pai, *Barstool Blues*. Ela acrescentou mais algumas músicas de sua mãe, depois *What Hurts the Most*, um hit dos Rascal Flatts, fechando com *Come Over*, do Kenny Chesney.

Ela colocou o copo em uma mesa pequena ao lado do aparelho de karaokê.

— Vou precisar de outro desses em uns quinze minutos — alertou ela.

Kipling tocou em seu braço.

— Tem certeza de que quer fazer isso?

— Eu preciso.

— Podemos ir para outro lugar, se você quiser. Conversar. Dirigir. Gritar com as árvores.

Porque ele via que ela estava sofrendo. O ex-atleta sabia que havia um problema e queria consertá-lo.

— Esse é o único jeito — sussurrou ela. — Não acontece com frequência. Talvez uma vez a cada dois anos. Mas quando acontece, isso é tudo que posso fazer. Ao menos não tive que procurar muito longe por um karaokê. Esse aqui veio muito bem a calhar.

— Faço o que posso.

O tom dele era calmo, mas ela viu a preocupação em seus olhos.

Ela pegou o microfone. Tinha um peso bom. Era sólido em suas mãos, mas não era pesado demais. A luz podia ser melhor, mas aquela não era uma performance profissional. Ela arrastou os pés pelo piso de madeira, mantendo-se firme.

Kipling desceu do palco, e ela ficou sozinha. Gradualmente, o salão foi ficando em silêncio à medida que as pessoas reparavam nela. Ela apertou o botão para começar a primeira música, inspirou e se deixou levar.

— *Deixei você lá, debaixo do salgueiro* — cantou ela. — *Suas lágrimas caindo, inundando o mundo inteiro.*

As palavras fluíam sem que ela tivesse que olhar para a tela. Ela provavelmente tinha aprendido aquela música quando tinha uns quatro ou cinco anos. Costumava cantá-la na turnê com seus pais.

Música após música, ela cumpriu todo o repertório, extravasando do único jeito que sabia. Do único jeito que era seguro. O nó em sua barriga se desfez, e a inquietação diminuiu. Ela tinha passado a vida toda negando quem era e o que era. Volta e meia ela não tinha escolha a não ser deixar extravasar essa parte de si, e hoje era o dia. Quando terminou, Destiny estava exausta, mas em paz.

Ela largou o microfone, e o bar explodiu em aplausos. Acenou uma vez com a cabeça e foi até a beirada do palco. Kipling estava lá para ajudá-la a descer.

— Você está tremendo — disse ele, colocando o braço em torno dela.

— Estou bem — garantiu ela.

Em vez de levá-la até o bar, ele a levou pelos fundos até um escritório pequeno. Ela se afundou em uma cadeira ao lado da mesa dele e observou suas mãos tremerem.

— Você comeu alguma coisa hoje? — perguntou Kipling.

— Não como desde o almoço.

— Álcool num estômago vazio. Nunca é uma boa ideia. Espere aqui. Vou pegar um sanduíche para você.

Ela concordou com a cabeça porque, de repente, falar ficou difícil demais. Quando ele saiu, ela olhou para o relógio na parede e ficou chocada ao ver que tinha passado das 23h. Destiny realmente tinha passado três horas cantando? Não era de se admirar que estivesse exausta.

Ele voltou com uma garrafa de água e um balde de pipoca.

— Vou fechar o bar logo. O sanduíche vai levar só mais alguns minutos. Quando estiver pronto, o bar vai estar fechado, e você vai poder sair.

Ela tomou a água.

— Como você sabe que quero que todo mundo vá embora?

— Porque você não quer conversar sobre o que acabou de acontecer. Não quer responder perguntas.

Ela não conseguia desvendar como ele sabia disso. Adivinhara a verdade ou, talvez, ela não fosse tão difícil assim de ler. De qualquer forma, ele tinha razão. Ela precisava cantar, mas não queria falar sobre isso. Não queria explicar.

Ele saiu de novo. Ela terminou sua garrafa d'água, então se levantou. A sala girou de leve. Destiny ainda estava se sentindo um pouco sem equilíbrio. O que não era uma surpresa. A ruiva perdera a conta de quanto tinha bebido.

Ela foi até a porta e entrou no bar.

O salão parecia maior agora que estava vazio. Ainda havia copos nas mesas. Ela supunha que o bar geralmente fosse limpo antes do fechamento, mas que Kipling tinha mandado todo mundo embora. Por ela. Para que ela não se sentisse desconfortável. Porque ele consertava coisas que estavam danificadas. Como ela.

Ele saiu da cozinha com um prato na mão.

— Coma isto, depois vou levar você para casa.

O que parecia ser muito sensato. E em qualquer outro momento, ela teria acatado a sugestão dele. Só que não agora. Não com o bar girando, e seu coração disparado, e o desejo crescendo.

Ela foi até ele, tirou o sanduíche de sua mão e o colocou em uma mesa próxima. Depois, repousou as mãos nos ombros dele, se aproximou e o beijou.

Destiny não tinha certeza do que estava fazendo. Ela sabia que precisava sentir a boca dele na sua. Precisava extravasar de um jeito diferente.

De um jeito sem palavras. Queria o calor, a tensão, tudo aquilo que tinha sentido na última vez em que ele a beijara. Só que dessa vez ela queria mais que isso.

No segundo em que os lábios dele tocaram nos dela, ela os abriu. Ele roçou obedientemente a língua na dela. O desejo percorreu seu corpo, acendendo faíscas por todos os lados. Ela se esticou para chegar mais perto quando percebeu que cantar não tinha sido suficiente. Precisava de mais. Precisava dele.

Destiny deslizou as mãos pelos braços de Kipling, seguindo até suas costas. Ele era magro, porém forte. Ela explorou a envergadura dos ombros dele, o comprimento de sua espinha. Ele a beijou com mais intensidade, provocando a língua dela com a sua. Ela se aproximou dele, permitindo que seu corpo derretesse. Coxas roçaram. Os seios dela estavam aninhados no peito dele.

Ela sentia tudo. A maneira como ele salpicava beijos por seu maxilar e lambia a pele sensível debaixo de sua orelha. O calor de sua respiração. O sussurro dos dedos dele no tecido de sua blusa. Ela não sabia por que seus sentidos pareciam aguçados. Talvez fosse o Long Island Iced Tea. Talvez fosse aquele homem. De qualquer forma, ela queria tudo que ele tinha a oferecer.

Destiny segurou os pulsos de Kipling e os levou até seus seios. Os polegares dele tocaram seus mamilos, e ela gemeu.

Kipling disse a si mesmo para ir devagar. Ele não ia, de jeito nenhum, fazer isso com a Destiny em um bar. Apesar de ter toda intenção do mundo de fazer amor com ela, a primeira vez dela iria ser lenta. Planejada. Romântica. Ele queria satisfazê-la duas ou três vezes antes de se entregar. Ele tinha um plano.

Só que essa mensagem não parecia sair do cérebro e atingir seu pênis. Talvez fosse falta de circulação sanguínea. Talvez fosse a maneira como ela o estava tocando em todos os lugares e se oferecendo para ele. Cada beijo parecia levá-lo mais longe, e ele era um grande fã de se deixar levar.

O som dos gemidos dela quase acabou com ele. Sentiu o peso das curvas dela, a rigidez de seus mamilos. O autocontrole desapareceu. Ele ergueu a camiseta dela e a jogou na mesa atrás dele. O sutiã foi o próximo, e ele pôde ver a protuberância dos seios dela, e os mamilos rígidos e provocantes implorando para serem amados.

Kipling abaixou a cabeça e a beijou com delicadeza, com muita delicadeza. Ela choramingou. Ele chupou o mamilo rijo para dentro de sua boca, e os joelhos dela cederam.

Ele a segurou antes que ela caísse.

— De novo — suspirou ela, agarrando-se a ele. — Por favor, faça isso de novo.

Ele chupou com vontade, puxando e movimentando a língua. Ela gemeu. Seus dedos grudaram na cabeça dele como se ela quisesse garantir que ele nunca mais a soltaria. Ele mudou para o outro seio e fez a mesma coisa. A respiração dela acelerou, e a mulher se contorceu na direção dele. Então, Destiny jogou a cabeça para trás enquanto gemia.

Ela era o desejo encarnado, pensou ele vagamente. Toda desejo e ânsia. Como é que alguém tinha feito amor com ela sem lhe dar prazer antes? Se ela ficava excitada assim, só com o toque em seus seios, qual seria a dificuldade em levá-la ao orgasmo?

Homens são idiotas, pensou ele alegremente, tirando os sapatos com os pés e arrancando a própria camiseta. E isso o tornava um cara de sorte.

Kipling empurrou a mesa para o lado e a colocou no longo banco estofado. Ela arrancou as botas e o ajudou a tirar sua calça jeans e sua calcinha. No segundo em que ficou nua, Destiny levou as mãos de Kipling de volta aos seus seios, o que fez com que ele tivesse dificuldades em tirar o resto de suas roupas. Mas ele substituiu a boca pelos dedos e conseguiu se despir.

Ela acariciou o peito dele e sorriu para ele. Seus olhos pareciam um pouco marejados, e Kipling se perguntou qual seria o nível real de embriaguez dela. Aí ela sussurrou:

— Me beije.

E ele se perdeu.

As línguas deles se emaranharam. O banco era longo o suficiente para ele se esticar em cima dela. *Não vou fazer isso*, disse Kipling a si mesmo. Ainda não. Ele só queria ver como os dois encaixavam.

Ela recebeu o peso dele com boa vontade, se mexendo e enrolando os braços nele.

— Eu sabia que iria ser assim — murmurou ela contra os lábios dele. — O DNA sempre vence.

— DNA?

— Não importa. — Ela sorriu. — Esse negócio dos seios realmente funciona.

— Você gostou?

— Muito. Quem diria?

— E o resto? Do que mais você gosta? Como você quer que eu lhe dê prazer, Destiny? Minha boca? Minhas mãos? Assim?

Enquanto falava, ele a penetrou de leve. Só um pouquinho. Só a ponta.

Ela estava quente, molhada e apertada. Os olhos dela se arregalaram, e sua boca se abriu. Ele entendeu os sinais como um indicativo de prazer e entrou mais. Um pouquinho mais fundo, um pouquinho mais longe.

O que acabou sendo um erro, porque ele não transava com uma mulher há muitos e muitos meses. Esse fato se tornou bastante claro quando ele sentiu aquela pressão familiar aumentando na base de seu pênis. O pânico o enfureceu enquanto seu cérebro procurava por uma solução para um problema bem iminente.

Tinha durado dois segundos. É sério isso? O que é que ele devia fazer agora? Tirar e gozar na perna dela que nem um adolescente? Ou simplesmente meter tudo e gozar que nem um adolescente? De qualquer forma, ele iria ser humilhado.

Ele xingou.

— Eu juro que não costuma ser assim — disse ele. — Vou cuidar de você em um segundo, está bem? É só que...

Os quadris dele se movimentaram voluntariamente. Ele penetrou mais.

Três coisas aconteceram ao mesmo tempo. Destiny colocou as mãos nos ombros dele e disse:

— Kipling, eu sou...

Ele sentiu algo entre ele e o lugar molhado e fundo onde ele mais queria estar. Instintivamente, ele empurrou com mais força, e a barreira cedeu. E ele gozou.

Ele tirou o mais rápido que pôde, mas era tarde demais. O mal-estar cresceu quando ele olhou para baixo e viu o sangue em seu pênis. Peças de um quebra-cabeça muito surrealista se encaixaram. Ele descartou a solução óbvia e buscou por outra explicação.

Não podia ser. Não era possível. Ela tinha quase trinta anos. Ela era linda. Ela era...

— Você é virgem?

Capítulo 11

— Era — corrigiu Destiny automaticamente, dizendo a si mesma que, de algum jeito estranho e distorcido, as circunstâncias eram perfeitamente adequadas.

Por que ela não perderia a virgindade em um bar? Ela era filha de seus pais, afinal. Destiny não podia escapar de seu destino.

Ela deu risada de como a situação era ridícula e pensou que talvez estivesse um pouquinho mais bêbada do que achava.

Kipling se levantou cambaleando e ficou olhando para ela.

— Você é virgem? — repetiu ele. — Não. Não pode ser.

Ela se sentou e tentou descobrir como se sentia. Um pouquinho dolorida e, para ser sincera, decepcionada. Depois de todo esse tempo, de todos os planos e todas as esperanças de não ser como os pais, ela cedera. Tinha feito sexo com um cara em um bar. E apesar de os beijos terem sido bons e de ela realmente ter gostado do que sentiu quando ele tocou em seus seios, no final, não tinha sido tão interessante assim.

O sexo, como muitas coisas proibidas da vida, era puro sensacionalismo. Seus pais tinham terminado casamentos, abandonado os filhos e se esforçado ao máximo para destruir a si mesmos por isso? Três segundos de prazer com um pouco de dor de brinde? Destiny preferia comer um brownie.

E aquele papo de que a Terra tremia e todas essas besteiras sobre as quais as pessoas escreviam músicas? O momento intenso, que mudava vidas? Que decepção…

— Destiny.

A voz de Kipling era severa. Talvez um pouco apavorada.

— Estou bem.

— Você era virgem?

Ela confirmou com a cabeça e se levantou. O salão girou só um pouquinho, o que provavelmente era algo bom. Ela teria que…

Destiny olhou para baixo e percebeu que estava pelada. Total e completamente pelada. Em um bar. Que diabos ela estava pensando?

— Minhas roupas — disse ela.

Kipling lhe entregou sua calcinha, ainda embolada na calça jeans. Ela as separou e colocou a calcinha. Enquanto colocava a calça, Kipling pegou sua camiseta e seu sutiã e, depois, também começou a se vestir.

— Precisamos conversar sobre isso — afirmou ele.

— Não, não precisamos. Estou bem. Sou adulta. Eu fiz. Nós fizemos. — *Toda aquela espera*, pensou ela. — Eu queria saber como era e agora eu sei.

Kipling colocou a camiseta.

— Não é tão simples assim.

— É claro que é. Não se preocupe. Estou perfeitamente bem.

— Não está, não. Não pode estar.

Destiny colocou as botas e se certificou de que ainda tinha suas chaves, o celular e o cartão de crédito. Seu cartão de crédito.

— Eu não paguei pelos meus drinks.

— Eu cuido disso.

— Você não precisa pagar por eles.

Kipling a segurou pelos braços.

— Precisamos conversar sobre o que aconteceu.

Ela sentiu a primeira promessa latejante de uma baita dor de cabeça.

— Amanhã — disse ela. — Não estou me sentindo bem.

Kipling hesitou, como se fosse insistir, mas aí concordou com a cabeça.

— Amanhã. Sem falta.

Ela não tinha certeza se aquilo era uma promessa ou uma ameaça e, neste momento, não estava nem aí.

Kipling a levou até a porta da frente e, depois, trancou a porta. A caminhada até em casa foi cumprida em silêncio.

Quando pararam na varanda, Destiny se esforçou ao máximo para sorrir e parecer animada.

— Estou perfeitamente bem. Sou tão responsável pelo que aconteceu quanto você. Não tenho nenhum arrependimento. Você precisa deixar isso pra lá.

A expressão dele era ilegível.

— Amanhã conversamos.

— Vou ficar contando as horas.

Destiny entrou em casa e foi diretamente para o quarto. Segundos depois, ela estava de pijama e mais ou menos um minuto depois disso, já dormia profundamente. Seu último pensamento consciente foi *quanta bobagem. Não foi nada demais.*

Destiny acordou com a maior ressaca do mundo. Sua cabeça tinha dobrado de tamanho durante a noite, seu corpo doía e havia uma sensação irritante de que alguma coisa tinha dado muito errado. Não que ela conseguisse pensar direito.

Ao menos Starr ainda estava na casa da amiga e ia de carona até o acampamento. A única responsabilidade de Destiny era sobreviver às próximas horas. *Hidratação e aspirina*, pensou, enquanto ia até o banheiro. Com isso, logo se sentiria melhor.

A noite anterior era mais que um pouquinho vaga. Ela se lembrava de estar se sentindo meio perturbada e como ter cantado tinha ajudado. Também se lembrava de ter tomado Long Island Iced Teas demais.

Destiny ligou o chuveiro e escovou os dentes enquanto a água esquentava. Ela largou o pijama no chão e estava prestes a entrar no banho quando tudo veio como uma avalanche.

Os beijos. Os amassos. O sexo.

— Meu Deus! Eu fiz sexo com o Kipling!

Destiny ficou parada ali, com uma perna erguida para entrar na banheira. Lembranças retornaram em cores vívidas e detalhes em 3D. O corpo dele contra o dela. A maneira como ele a tinha tocado. Como tudo tinha sido ótimo e como, no final, ela não conseguia, de jeito nenhum, compreender por que tudo aquilo era tão valorizado.

Ela estava tanto envergonhada quanto resignada. Queria saber como era e agora sabia. Destiny supunha que tivesse vivido um rito de passagem. Para ser sincera, agora que fizera, o plano sensato fazia ainda mais sentido. Por que é que alguém iria querer fazer aquilo mais do que uma ou duas vezes na vida?

Ela entrou na água vaporosa e permitiu que o calor penetrasse em seus músculos. Era por um bem maior, disse a si mesma enquanto lavava o cabelo. Não havia mais mistérios. Ela era exatamente como a maioria das outras mulheres de sua idade. Ao menos, quando encontrasse o homem certo, não ia precisar ter a conversa constrangedora sobre o fato de ela ser virgem. Porque com certeza ela deixou Kipling chocado.

Destiny sorriu ao se lembrar dos olhos arregalados dele. Quase conseguia sentir pena dele. Ela era velha o suficiente para que ele não estivesse, de jeito nenhum, esperando por aquela surpresa em particular. Destiny se perguntou brevemente se aquilo tinha tornado a experiência diferente para ele, mas sabia que não havia nada que pudesse fazer com relação a isso.

Ela ainda não conseguia descobrir por que as pessoas faziam as coisas que faziam por sexo, pensou ela, enquanto se vestia. Não era algo tão especial, simples assim. Mas muitas coisas na vida também eram surpreendentes ou confusas. Essa era apenas mais uma delas.

Destiny pegou a mochila e mandou uma mensagem rápida de bom-dia para Starr antes de sair para ir ao Brew-haha. Ela não era muito fã de café, mas o dia de hoje pedia a maior caneca de café da história do universo, seguida por uns bons litros de água. Isso deveria colocá-la no caminho da melhora. Ah, e ela certamente não beberia novamente por semanas.

Destiny caminhou as poucas quadras até o café. Enquanto esperava o sinal abrir, avistou um homem no parque. Não havia nada de incomum com relação a ele. O que tornava a cena memorável eram as penas esquisitas que ele estava segurando e as listras pintadas em seu rosto. Além disso, ele parecia estar executando uma variação estranha de Tai Chi.

Destiny entrou no café e percebeu que todo mundo estava observando o homem no parque.

— O que está acontecendo? — perguntou ela.

Patience, a dona do café, meneou a cabeça.

— Pelo que concluímos, Ford está tentando executar um antigo ritual de fertilidade Máa-zib.

— Ah, certo. Para a aposta da gravidez.

Patience se dirigiu ao caixa.

— Você sabe da aposta?

— Sim. Homens são tão estranhos...

Patience riu.

— São mesmo. Por que ele simplesmente não engravida a mulher do jeito normal? Fazendo sexo? Ah, bem... Não é problema meu. O que você vai querer?

— Um café com leite grande para viagem — respondeu Destiny automaticamente, ao mesmo tempo em que parte de seu cérebro começou a trabalhar e a sacudir para frente e para trás.

Engravidar do jeito normal? Fazendo sexo? Como o sexo que ela tinha feito na noite anterior? Sexo sem proteção alguma?

Ela entregou o dinheiro e ficou acenando positivamente com a cabeça enquanto Patience falava, mas não conseguia fazer nada além de tentar manter em foco o mundo que girava sem parar. Ela sentiu um aperto no peito, seu corpo ficou gelado e o pânico começou a engoli-la por inteiro.

Grávida? Grávida? Não, não. Ela não podia estar. Eles só tinham feito uma vez, e ela era virgem. Não havia um *test-drive* ou algo assim? Ela nunca se interessou muito por biologia, mas certamente tinha lido algo sobre.

— Destiny?

Ela piscou e viu Patience segurando um copo para viagem.

— Desculpe. Tomei Long Island Iced Teas demais ontem à noite — respondeu ela, com uma risada nervosa. — Ainda estou zonza.

Patience acenou compreensivamente com a cabeça.

— Sei bem como é isso. — Os olhos dela se arregalaram. — Você foi ao The Man Cave? Cantou? Eu adoraria ouvir você cantar de novo!

— Na próxima vez — disse Destiny, sabendo que não iria haver uma próxima vez. Nem de cantoria, nem de bebidas e nem de sexo.

Quando ficasse inquieta, ela iria correr ou cortar uns troncos. Ela sabia cortar troncos, e isso seria bem mais seguro que os feitos da noite anterior. O pior que podia acontecer era ela dar uma machadada errada e cortar fora o próprio pé.

Destiny gritou:

— Tenha um bom dia!

E foi às pressas até a saída. Ela precisava tomar seu café e diminuir os batimentos cardíacos.

Grávida? Não era possível. De jeito nenhum.

Depois de ter garantido isso a si mesma, ela tomou um gole de seu café quente e foi caminhando até o escritório. O dia estava bonito e se ignorasse as lembranças que se acumulavam, ficaria bem. Mais que bem. Ela ficaria...

Ao virar a esquina, Destiny trombou em Kipling. Como ela se desequilibrou para o lado, ele a segurou pelos braços e a endireitou.

— Eu estava indo te ver — disse ele.

A minha ideia era evitar você. Não que ela tenha dito isso em voz alta. Em vez disso, Destiny conseguiu dizer um:

— Ah.

Que esperava ter soado amigável.

Eles ficaram se encarando.

As mãos dele ainda estavam nos braços dela, e ela podia sentir o calor da pele dele, bem como a pressão de cada dedo. Ele tinha boas mãos, pensou, inutilmente. Grandes e habilidosas. Passara aquelas mãos pelo corpo dela. Ele a tinha visto nua. Meu Deus, aquele homem a tinha visto nua.

Um gritinho nasceu dentro de Destiny, mas ela o conteve. *Calma*, disse a si mesma. Ela estava calma. Mais tarde, iria pesquisar "meditação" na internet e começar a praticar com certeza. Porque não importava o que acontecesse, ela não ia se transformar em seus pais emocionalmente intensos, que gritavam e atiravam pratos. Uma transa não tornava uma pessoa louca. Ela era mais forte que seu DNA, mais forte que seus hormônios, mais forte do que qualquer coisa que precisasse ser.

Kipling a puxou na direção de um banco. Ela pensou em fugir correndo, mas sabia que ele simplesmente a seguiria. Se eles ficassem correndo pela cidade, as pessoas iriam comentar, e ela realmente não queria que ninguém especulasse. Destiny se sentou.

Kipling se acomodou virado para ela. Seus olhos azuis estavam sombrios de preocupação e apreensão.

— Estou bem — disse Destiny, torcendo para encurtar a conversa com garantias. — Total e completamente bem.

— Não acredito em você.

Ele era bonito, pensou vagamente. Parecia cansado, como se não tivesse dormido muito na noite anterior. Tinha olheiras debaixo dos olhos. Mas, mesmo assim, havia algo nele. O formato de sua boca, quem sabe. Era bonita, e ela tinha curtido beijá-la. Aquelas mordidinhas no pescoço tinham feito a pele dela arrepiar. E quando ele colocou aquelas mãos grandes nos seios dela e lambido seus mamilos, ela tinha...

Pare!

Ela gritou o comando em sua cabeça. Ela era uma pessoa sensata e racional. Pessoas sensatas e racionais não pensavam na palavra *mamilo* às 8h15 da manhã. Nunca.

— Não sabia se eu devia ligar para você ou passar na sua casa — admitiu ele. — Você me assustou um bocado ontem à noite.

A ruiva tomou um gole de café. Certo, eles não iam ignorar o que tinha acontecido. Ela podia lidar com isso. Discutiriam o assunto e poriam uma pedra em cima.

— Ontem à noite — repetiu ela.

— Sim, ontem à noite. Precisamos conversar sobre isso.

É, ela tinha chegado a essa conclusão sozinha.

— Por causa do sexo.

Ele ficou olhando para ela.

— É mais que isso, Destiny. Você era virgem. Devia ter dito alguma coisa.

— Eu não sabia o que dizer — admitiu ela.

— Que tal: "Kipling, essa é a minha primeira vez"?

— Em retrospecto, isso faz sentido — admitiu, sem saber ao certo quando devia ter tocado no assunto. Qualquer frase com a palavra *virgem* iria tornar as coisas constrangedoras. — Eu bebi demais e não estava pensando. Tudo aconteceu tão rápido...

Ele ficou tenso.

— Quanto a isso... — começou ele, aí fez uma pausa.

Destiny esperou.

— Não tenho namorada há um bom tempo. Você sabe... Primeiro o acidente e depois, a recuperação. Fiquei no hospital e na clínica de reabilitação por meses. E então eu vim para cá.

Ela tomou um gole de café.

— Eu acho que sabia disso tudo.

Kipling esfregou as mãos no rosto.

— Estou falando do meu desempenho. Não costuma ser daquele jeito.

— Que parte?

Tinha *mesmo* acontecido rápido demais, pensou ela. Ou talvez fosse o fato de tudo ter sido muito confuso.

— O troço todo é meio que um borrão, para ser sincera. Eu não costumo beber muito, mas como cantei e tudo mais... Eu só queria me perder na música — continuou ela.

Ele abriu a boca e logo a fechou.

— O quê? Do que você está falando?

— Sei lá. Sinto muito por você ter passado tanto tempo no hospital depois de se acidentar.

Ele falou um palavrão e se levantou.

— Não é sobre isso que eu quero conversar.

— Foi você quem tocou no assunto.

Ela não tinha certeza, mas achava que talvez ele estivesse rangendo os dentes. Kipling falou outro palavrão e voltou a se sentar no banco.

— Com relação à nossa transa — começou ele. — Eu não sabia que você era virgem. Pela maneira como você tinha falado antes, eu achava que você tinha feito e não tinha sido muito bom.

— Ah. Não, eu não tinha feito. Por causa do plano. Eu estava me guardando para o casamento.

Várias emoções passaram pelo rosto dele. Destiny não conseguiu interpretá-las com precisão, mas podia dizer que ele não estava feliz.

— Só porque eu não queria fazer sexo com qualquer um — acrescentou ela rapidamente. — Você não precisa se sentir mal. Não era por motivos espirituais significativos. Era só porque eu via o que acontecia ao meu redor. Pessoas tomando péssimas decisões porque estavam fazendo sexo ou queriam fazer sexo.

— O sexo é a raiz de todo o mal — parafraseou ele.

— Exatamente! — Ela sorriu. — Então fazia sentido esperar. De certo modo, você me fez um favor. Agora, quando eu encontrar o cara certo, não vou precisar ter uma conversa constrangedora. Quero dizer, tenho 28 anos. Estava na hora.

Kipling ficou olhando para ela por um bom tempo.

— Você está mais calma do que eu esperava.

— Gosto da calmaria. Os altos e baixos nunca acabam bem. Melhor permanecer emocionalmente equilibrada. É mais fácil.

— Então você não está chateada?

— Não. É estranho, admito. Estou meio envergonhada. Você me viu nua.

— Você fica bem nua.

O elogio inesperado a fez ficar vermelha e sentir um pouquinho de orgulho ao mesmo tempo.

— Obrigada. Hum, você também.

— Sobre o que fizemos ontem à noite…

Destiny ergueu a mão para interrompê-lo.

— Estou bem, Kipling. Mas não quero mais conversar sobre isso. Aconteceu. Agora a gente segue em frente.

— Porque você ainda está procurando pelo sr. Sensato? Para ter um relacionamento não físico e criar uma família?

Quando ele colocou daquela forma, ela se sentiu ridícula, mas confirmou com a cabeça mesmo assim. Porque tinha pensado muito para chegar àquele plano e sabia que estava certa.

Ele pegou a mão livre dela.

— Destiny, a noite de ontem não correu como eu planejava. Não quero que você fique pensando que aquilo é tudo que existe. Sexualmente.

Ela libertou a mão da dele e se levantou.

— Eu sei. Está tudo bem. Obrigada pela preocupação. Não é nada demais. Prometo. Vamos continuar nossas vidas como se nada tivesse acontecido. Você vai ver. Só tire isso da sua cabeça.

Kipling deixou Destiny ir porque jurava por Deus que não sabia o que dizer a ela. Ela era imperturbável. Ele apostaria que a maioria das mulheres na situação dela estaria gritando ou chorando ou ameaçando-o com uma faca. A ruiva estava agindo como se não fosse nada demais.

Mas era. Tinha que ser. Hoje em dia, pouquíssimas mulheres chegavam à idade dela sem ter tido pelo menos um namorado sério. E com esse tipo de relacionamento vinha a intimidade. Mas aquela mulher não tinha passado por isso. Vinte e quatro horas atrás ainda era virgem. Agora não era, e isso era culpa dele.

Isso é que era problema para consertar, pensou. Como é que ele iria corrigir aquilo?

Kipling se mexeu para repousar os cotovelos nas coxas e apoiou a cabeça nas mãos. Talvez fosse melhor se ela *estivesse* ameaçando-o com uma faca. Ao menos isso ele conseguiria entender. Mas a aceitação total o deixava desconcertado.

A não ser que fosse apenas fachada. Mas ela parecia tão segura. Será que ela estava enganando a si mesma? Será que se ele continuasse nesse loop de pensamento e preocupação, iria se transformar em uma mulher?

E o que era quase tão terrível, ele a tinha deixado na mão. Agora era o tipo de cara babaca que tanto desprezava. E apesar de o problema poder ser solucionado, ele não sabia ao certo por onde começar. Ou o que dizer.

Kipling se levantou e olhou para o relógio. Ele tinha uma entrevista com a prefeita Marsha em alguns minutos para entrevistar outro candidato para ser seu imediato. *Trabalho agora, Destiny depois*, disse a si mesmo. Porque apesar de ela talvez ter aceitado o que tinha acontecido, ele ainda estava tentando assimilar tudo. E depois que chegasse a uma conclusão, ia consertar as coisas. Todas elas.

Kipling caminhou até a prefeitura e subiu as escadas até o escritório da prefeita. A assistente dela acenou para que ele entrasse.

— Bem na hora — disse a prefeita, cumprimentando-o com um sorriso caloroso e, depois, apontando para a cadeira perto de sua mesa. Ela estava usando um terninho roxo e pérolas. — Nossa candidata está preenchendo uma papelada neste exato momento. Tenho uma sensação boa com relação a ela.

— O currículo é impressionante — respondeu Kipling, pensando no arquivo que tinha analisado durante o fim de semana.

Cassidy Modene, 39 anos. Tinha crescido em Wyoming e trabalhado para a agência reguladora dos parques estaduais. Ela treinava cavalos e trabalhava com cães para missões de busca e salvamento.

— Ela tem mais qualificações do que estamos procurando.

A prefeita Marsha concordou com a cabeça.

— Você está pensando nos cavalos e nos cachorros.

— Estou.

— Parece haver um subsídio extra, então pensei que talvez pudéssemos expandir nossa declaração de missão.

Ele não sabia o que comentar primeiro. O fluxo contínuo de dinheiro ou os cachorros e cavalos. Em uma era de subsídios decrescentes para governos locais, a prefeita Marsha tinha dado início a um programa novo e caro. Será que havia um esconderijo secreto de dinheiro em algum lugar? Será que ela tinha benfeitores ricos? Ou será que era melhor não perguntar?

Quanto aos cachorros e cavalos, ele ficou interessado.

— Teríamos mais recursos — disse ele. — Não sei ao certo onde eles se encaixariam com o software que temos.

— Tenho certeza de que você pode conversar com a Destiny sobre o assunto — respondeu a prefeita Marsha, com confiança. — A empresa dela parece se orgulhar em oferecer soluções customizadas.

Kipling deu uma risadinha.

— Coleiras de rastreamento especiais nos cachorros?

— Algo assim. — O olhar dela se tornou especulativo. — Suponho que você não vá ter problemas em trabalhar com uma mulher.

Kipling começou a rir. Ontem, nesse mesmo horário, ele teria garantido à prefeita que era ótimo com mulheres. Agora, tinha bem menos certeza disso. Mas a velha senhora não iria querer saber dos problemas pessoais dele.

— Nem um pouco — prometeu ele, pensando que, desde que mantivesse as coisas profissionais, ele não tinha problema algum com mulheres.

— Foi o que pensei.

A assistente da prefeita bateu uma vez e então abriu a porta do escritório.

— Cassidy está pronta, se vocês também estiverem.

A prefeita Marsha se levantou.

— Mande-a entrar.

Kipling se levantou e seguiu a prefeita até a última candidata em potencial para o cargo de seu braço direito. Apesar de ter analisado o currículo dela, conhecê-la pessoalmente iria dizer a ele muito mais sobre se ela seria adequada ou não.

Cassidy Modene tinha mais ou menos um metro e setenta, com cabelos loiros curtos e espetados e olhos cor de mel. Ela estava usando um terninho azul-escuro e *pumps* azul-marinho. Acostumado a estudar seus adversários na primeira olhada, Kipling percebeu que ela era forte e atlética. O que não era uma surpresa, dada sua ocupação. Ela parecia capacitada.

Cassidy apertou as mãos dos dois. Ela tinha uma aliança dourada no anelar da mão esquerda. Quando o punho da manga subiu com o movimento, ele reparou em uma tatuagem de rosa na parte de dentro do pulso dela.

— Sra. Modene. Muito obrigada por ter vindo nos ver aqui em Fool's Gold — disse a prefeita Marsha, guiando-os até os sofás no canto.

— O prazer é todo meu. É uma cidadezinha agradável.

Todos se sentaram. Kipling respeitava a maneira como ela os tinha acomodado. Ele estava ao lado dela no sofá, com a Cassidy sentada na beirada de uma poltrona. Dois contra um? O chefe do Salvo se sentia bem com a experiência que tinha, mas contratações não faziam parte disso. Aprendera muito com cada uma das entrevistas das quais tinha participado e sabia que essa não seria exceção.

A prefeita esperta preparava o terreno com um papo aparentemente descontraído antes de migrar, sem esforço algum, para uma conversa mais densa. Frequentemente sem aviso prévio. Ela fizera um candidato aparentemente excelente admitir que estava mais interessado em passar um tempo nas montanhas do que fazendo o trabalho propriamente dito. Kipling se perguntou se Cassidy teria algum segredo similar para revelar.

— Você cresceu em Wyoming — disse a prefeita Marsha.

— Sim. Por isso estou acostumada com cidades pequenas. — Cassidy deu um sorriso. — Não sei bem o que eu faria em uma cidade grande. Gosto de estar ao ar livre.

— Reparei que você tem uma rosa no pulso. Algum significado emocional?

Os olhos de Cassidy escureceram.

— É em homenagem à minha mãe.

A prefeita Marsha não disse nada. Kipling achou que Cassidy ia continuar falando para preencher o silêncio, mas ela não o fez. *Ponto para a recruta*, pensou.

— Seu marido está disposto a se mudar? — perguntou a prefeita.

— Jeff está no último ano de vinte na Marinha. Ele me disse que quer que eu encontre um local bacana para ele para seu segundo ato. Achamos que Fool's Gold pode ser esse lugar.

A prefeita Marsha acenou compreensivamente com a cabeça.

— Bem, então, conte-nos sobre os seus cães de busca e resgate.

Capítulo 12

O CONHECIMENTO DE KIPLING QUANTO AO QUE acontecia no consultório de um ginecologista poderia facilmente caber em um cartão de sete por doze centímetros e ainda sobraria espaço para uma receita. Mas ele tinha marcado a consulta e agora estava no consultório da doutora Cecilia Galloway.

A médica devia ter perto de setenta anos, com cabelos grisalhos curtos e óculos. Ela era alta, ossuda e quando ergueu as sobrancelhas como que perguntando o que ele estava fazendo ali, Kipling não fazia ideia do que responder.

— Não estou aqui por minha causa — disse ele.

— Fico aliviada. A última vez que eu examinei um homem, estava na faculdade de Medicina. Apesar de ter certeza que nenhuma parte do corpo mudou, duvido que eu me lembre de como cuidar delas. — A dra. Galloway acenou encorajadoramente com a cabeça. — Em que posso ajudá-lo, sr. Gilmore?

— Kipling. E, hum, estou aqui para falar de uma amiga minha. Ela, hum...

Ele se perguntou quanto deveria revelar. Apesar de ele próprio ser parte do problema, Destiny tecnicamente não sabia que ele estava ali, e ele tinha a sensação de que ela não iria aprovar.

— Duvido que exista alguma coisa que você possa dizer que eu já não tenha ouvido uma dúzia de vezes antes — garantiu a dra. Galloway. — Só respire fundo e desembuche. Esse costuma ser o melhor jeito.

— Certo. Tenho uma amiga. E nós... — Não, aquilo não estava certo. — A questão da virgindade — começou ele, depois quis não ter dito aquilo. — Depois do sexo...

Ele limpou a garganta e recomeçou.

— Se é possível deflorar uma virgem, ela pode ser reparada?

A mulher sentada à sua frente piscou.

— Como é?

— Ela pode voltar a ser virgem?

Kipling tinha que tirar o chapéu para ela. A expressão da médica quase não mudou, apesar de ele achar que tinha visto os cantos de sua boca se curvarem para baixo, como se ela não aprovasse aquela conversa.

— Quantos anos você tem, sr. Gilmore?

— Trinta e dois.

— Talvez se você se envolvesse com mulheres de uma idade mais apropriada, isso não fosse um problema.

— O quê? Não. Merda. É isso que você está pensando? Não. Ela não é novinha. Tem quase… — Ele percebeu que não devia dar dados específicos sobre Destiny. — Ela não é adolescente, longe disso. Passou dessa fase há muitos anos. Não curto meninas novas.

Ele se levantou e foi até a janela. Então se virou para a médica de novo.

— Olha, não é o que você está pensando. Eu não sabia, tá? Ela disse que não se interessava por sexo, e eu achava que ela tinha transado com um bando de idiotas que nunca tinham provocado um orgasmo nela. Mas, no fim das contas, ela era virgem. E eu não transava com ninguém há meses. Tipo, quase um ano. Então foi rápido, e tinha essa barreira, e eu tentei parar porque meio que percebi o que era, mas era tarde demais, e aí acabou e…

Ele engoliu em seco.

— Você pode colocar de volta?

Os lábios da dra. Galloway com certeza estavam se movendo, mas não pareciam desaprovadores. Kipling diria que ela estava era tentando não rir.

— Entendo — disse ela, lentamente. — Fico feliz por saber que você não está de olho em meninas jovens.

— Não estou. Nunca. Isso é horrível.

— Sim, é mesmo. Então, com relação à sua amiga. Aquela barreira que você sentiu é o hímen e, apesar de ser possível reconstituí-lo, eu não recomendo. Pelo que você disse, ela não estava evitando o sexo por motivos religiosos. A família dela não vai desaprovar e castigá-la, vai?

— Não.

— Então deixe para lá. Você deu as costas para ela? Deixou a moça chorando?

Kipling se encolheu.

— Você realmente odeia os homens, hein?

— Nem um pouco. Só estou tentando descobrir que tipo de homem *você* é. Pelo que pude ver, até agora, é um bom homem. Então meu conselho é o seguinte: converse com ela. Descubra por que ela escolheu você. Por que naquela noite. E quanto ao orgasmo que ela não teve, resolva isso. Suponho que você saiba como. Se não souber, posso lhe entregar uns livretos.

Kipling ergueu as mãos.

— Eu sei como. Nada de livretos. Por favor.

A dra. Galloway sorriu.

— Vai dar tudo certo. Apesar de eu recomendar que, na próxima vez, você saiba um pouquinho mais sobre a sua parceira antes de fazer sexo com ela. Vocês...

O celular dela vibrou, capturando sua atenção.

— Desculpe. Preciso atender.

— Claro. Sem problemas. Obrigado pelo seu tempo.

Ele escapuliu enquanto podia e saiu do consultório sem se demorar mais. Depois que estava na calçada de volta, desejou que fosse bem mais tarde, porque precisava de uma bebida. Como isso não era possível, caminhou as poucas quadras até o escritório de Destiny.

Ela estava no computador, digitando atentamente. Por um segundo, Kipling se permitiu o prazer de ficar olhando para ela. Cabelos ruivos escuros e ondulados esparramados pelos ombros. Ela estava usando jeans e camiseta e botas de trilha. Nada sexy, nada glamouroso, mas só olhar para ela foi suficiente para fazê-lo pensar.

Não que eles fossem fazer aquilo em breve, lembrou a si mesmo. Havia algumas coisas que precisavam ser esclarecidas antes.

Destiny ergueu os olhos e o viu.

— Oi.

— E aí? Como está se sentindo? — perguntou ele.

Ela franziu a testa.

— Bem. Por quê? Pareço estar ficando doente?

— Não. Eu não estava me referindo a isso. Aquela noite...

Ela se recostou na cadeira e grunhiu.

— Isso de novo, não. Kipling, já conversamos sobre isso. Você precisa deixar pra lá.

Ele se sentou na cadeira de visitas e se inclinou na direção dela.

— Não deixo e não vou deixar. Destiny, perder a virgindade é algo importante. Não sei por que você escolheu aquele momento ou a mim, mas essa parte já foi. O que me preocupa agora é consertar as coisas.

Várias emoções passaram pelos olhos verdes dela.

— Não dá para ser desfeito, e eu não iria querer que fosse. Gosto de não ser mais virgem.

— Certo. É menos complicado quando você conhece o tranquilo sr. Certinho.

— Você não precisa falar desse jeito — grunhiu ela. — Como se achasse que eu sou idiota.

— Eu acho que você está subestimando o poder de uma conexão sexual, íntima.

Ela revirou os olhos.

— Certo. É poderosa, excitante e faz a vida valer a pena.

Aquelas palavras não combinavam com o tom entediado dela.

— Já ouvi tudo isso antes e não estou nem aí — concluiu ela.

— Isso porque você não teve um orgasmo.

— Não estou interessada. Correu tudo bem, Kipling. Mesmo. Deixe pra lá.

Isso não aconteceria, pensou ele, com firmeza.

— Eu não estava preparado e estraguei tudo — disse ele. — Eu te devo essa. Se, depois que rolar, você ainda achar que o sexo é perigoso e ruim, não toco mais no assunto. Prometo.

Ela suspirou pesadamente.

— Por que isso é tão importante para você? Não preciso de conserto.

— Não, você precisa de aprendizado. — Ele pensou por um segundo, então decidiu convencê-la de outra forma. — Você foi incrível no palco aquela noite. Seu canto, sua voz. Você tem uma paixão real quando se apresenta.

Ao invés de reagir com orgulho, a mulher se afundou ainda mais na cadeira.

— Eu sei. Foi horrível.

— Não, foi brilhante e intenso. Por que é que você não quer fazer aquilo todos os dias?

— É exaustivo e requer que eu esteja vulnerável. Existe algo de primitivo em cantar daquele jeito.

E nenhum jeito de proteger a si mesma, pensou Kipling. Baseado no pouco que sabia sobre o passado dela, aquele homem entendia que ela crescera se sentindo insegura. Como se seu mundo pudesse mudar ou desandar a qualquer momento.

— Você não é mais aquela criança — disse ele, delicadamente. — Poderia controlar o que acontece ao seu redor.

— Não o suficiente. Melhor evitar o risco.

— Uma vida não vivida é entediante. Sem cor. Qual o propósito? Você tem um dom, Destiny. Uma chance de viver um sonho.

Mais emoções brilharam em seus olhos.

Dessa vez, ele conseguiu enxergar a irritação sem problemas.

— Não fale para mim dos meus sonhos. Você não sabe nada sobre eles. Essa escolha é minha. Não quero ser como eles. Você não tem ideia de como era. Não tem ideia do que aconteceu. Era diferente com a vó Nell. A vida fazia sentido lá. Era tranquila. Vivíamos de acordo com o ritmo das estações. Com a natureza. É isso que eu quero.

— A natureza não é tranquila — afirmou Kipling. — É violenta e linda. Acima de tudo, é incontrolável. Você está negando quem é de tantas formas... Você tem uma natureza apaixonada. Se ignorar isso, você ignora quem você é. Você ainda tem uma chance.

— Kipling, eu... — Ela olhou para ele. — Ainda estamos falando de mim?

— É claro que sim. Sou o expert aqui. Viver o sonho — não existe nada melhor. Sei do que estou falando. Você ainda pode.

— E você não.

Seco, mas verdadeiro, pensou ele, ignorando a pontada de nostalgia pelo que tinha sido. Por quem ele *tinha sido*.

— Tive uma boa jornada e afirmo isso em todos os sentidos possíveis.

— Desculpe — respondeu Destiny, com delicadeza. — Entendo o que você está dizendo. Que eu deveria ser grata. Que ainda tenho uma chance. A questão é que eu não quero.

Ele não achava que ela estivesse dizendo a verdade. Não de propósito, mas porque tinha medo.

— Não sou um problema seu — disse ela. — Deixe pra lá. Só quero falar do trabalho agora.

Ele concordou com a cabeça porque não tinha um plano. Ainda não. Mas elaboraria um e, então, iria resolver o problema. Não porque tinha tirado a virgindade dela, mas porque era a coisa certa a se fazer. E talvez — só talvez — porque parte dele queria fazer isso. Muito.

Destiny se esforçou ao máximo para focar no trabalho. Ela tinha completado o mapeamento, e as informações tinham sido inseridas no programa de rastreamento. O próximo passo era começar as buscas práticas.

Ela tinha muito que fazer, mas volta e meia se pegava pensando em Kipling. Evitá-lo não era uma opção — eles estavam trabalhando juntos. Até agora, aquele homem tinha sido profissional. Mas sempre que eles estavam na mesma sala, ela podia sentir que estava sendo observada. Não de um jeito nojento e assustador, mas como se estivesse estudando o terreno. E isso a deixava nervosa.

Destiny queria dizer a si mesma que estava imaginando coisas, só que sabia que não estava. Ele era um homem que gostava de resolver as coisas e explicar que ela não tem um problema não ia ser suficiente para dissuadi-lo. A questão do sexo realmente o tinha abalado, apesar da ruiva não fazer a menor ideia do porquê. Eles fizeram; ela estava bem. Vamos seguir em frente. Mas não. Ele queria que ela tivesse um orgasmo.

Como se isso fosse mudar alguma coisa, pensou Destiny, enquanto entrava no escritório de Kipling. Fala sério, não podia ser tão bom assim!

Decidida a agir como a profissional que era, ela afastou todos os pensamentos pessoais quando viu a loira bonita, de trinta e alguns anos e cabelos espetados, sentada à mesa de frente para Kipling. Havia boatos de que o imediato que ele tinha contratado era uma mulher. Destiny estava ansiosa para conhecê-la.

A mulher ergueu os olhos e sorriu.

— Destiny Mills? — perguntou ela ao se levantar, estendendo a mão. — Sou Cassidy Modene. Já pesquisei bastante sobre o Soger e agora estou animada para trabalhar com ele.

— Bem-vinda a Fool's Gold — disse Destiny, apertando a mão dela. — Quando você começou a trabalhar?

— Hoje! — Cassidy sorriu. — Sou do tipo otimista, então eu já tinha colocado tudo que tenho na caminhonete. O fato de que eu não tinha muitas coisas para encaixotar ajuda. Ter um marido na Marinha me ensinou isso. A prefeita Marsha e o Kipling me ofereceram o emprego, eu aceitei e aqui estou. Meus cavalos vão chegar em algumas semanas. Meu marido, Jeff, deve vir até o final do ano.

— Ouvi dizer que o programa vai ser expandido para incluir cavalos e cães. Os técnicos lá no laboratório de informática estão superanimados pensando nas alterações que vão ter que fazer. Eles adoram um desafio.

— Estou com eles nessa.

As duas mulheres se sentaram à mesa de Cassidy. Destiny queria perguntar onde Kipling estava, mas disse a si mesma que não importava. Não era como se ela estivesse ansiosa para vê-lo nem nada assim. Ele era um colega de trabalho. Suas conversas sempre eram interessantes, e ela gostava do desafio verbal de lidar com ele. Nada mais.

Mesmo assim, ela se pegou perguntando:

— O Kipling ainda não chegou?

— Ele deu um pulo na prefeitura para uma reunião rápida com a prefeita. Vai voltar logo.

Destiny acenou compreensivamente com a cabeça, como se a informação não fosse lá muito interessante, então repassou o básico sobre o Soger com a Cassidy. Elas foram até o enorme mapa na parede.

— Existem muitos terrenos acidentados nesta área — disse Cassidy, contornando os limites da cidade com o dedo. — Meus cavalos vão ajudar. Eles podem ir mais longe e mais rápido do que qualquer pessoa a pé. Além de carregarem equipamentos.

Destiny concordou com a cabeça enquanto digitava em seu tablet.

— Você tem razão. Com mais recursos, as buscas não serão tão limitadas geograficamente. Se eles tiverem como montar acampamento, podem passar a noite lá e recomeçar descansados de manhã. Isso nos dá muitas vantagens. Além disso, é uma maneira mais fácil de levar pessoas feridas para os pontos de pouso de helicóptero.

— Por falar em helicópteros, conheci o Miles.

— Achei que você tivesse chegado na cidade anteontem.

— E cheguei. O cara é rápido. Nos conhecemos no The Man Cave. Ele é um sedutor. O fato de eu ser casada e alguns anos mais velha não pareceu incomodá-lo nem um pouco. — Cassidy riu. — Idiota. Eu o coloquei em seu devido lugar.

— Fez muito bem.

Cassidy voltou-se novamente para o mapa.

— Ele não faz meu tipo, isso é fato. Amei meu marido desde o segundo em que o vi. Mas preciso respeitar as habilidades do Miles em se jogar de cabeça.

— Ele é um conquistador inveterado.

— Como eu disse, não faz meu tipo. Me faça de boba uma vez e basta. Fora isso, a cidade parece ser divertida — acrescentou Cassidy. — Estou ansiosa para sair, explorar e conhecer pessoas.

— Todo mundo é bem simpático. Tem um grupo excelente de mulheres — disse Destiny. — Eu ficaria feliz em apresentar você, se quiser. Já fui almoçar com elas algumas vezes. É uma maneira divertida de conhecer pessoas novas e ficar sabendo das fofocas.

Cassidy sorriu.

— Adoro esses bafafás de cidades pequenas. É um defeito, mas consigo conviver com isso.

Antes que Destiny pudesse responder, seu celular tocou. O tirou do bolso da calça cargo e olhou para a tela. O código de área era local, mas o número era desconhecido.

— Alô?

— Destiny?

— Sim.

— Oi, sou Dakota Andersson, responsável pelo *End Zone*. Tenho certeza de que não é nada, mas Starr não veio para a colônia esta manhã, e ninguém ligou para avisar que ela ia ficar em casa por estar doente. Eu queria conversar com você e me certificar de que ela está bem.

Havia muitas informações naquelas poucas frases. O fato de que a organização do acampamento levava suas responsabilidades a sério. O fato de que eles se certificavam de que os jovens estavam onde deviam estar. E o fato de que Starr estava desaparecida.

Destiny gelou.

— Ela não está doente — disse ela, lentamente. — Não que eu saiba. Conversei com ela hoje de manhã. Ela disse que ia pegar carona com a Abby para a colônia. Deixou isso bem claro. Eu sei porque conheço a Abby e gosto dela. Conheci a mãe dela e tudo mais.

Do outro lado da linha, Dakota fez uma pausa.

— Ela não está aqui. Checamos duas vezes. Starr não veio à colônia.

O pânico era cortante. Afiado. Destiny nunca tinha sentido isso antes. Não desse jeito. Não com uma combinação de pavor e medo. Qualquer coisa podia ter acontecido. Algo ruim. Mas o quê? Onde sua irmã estava?

— Como podemos ajudar? — perguntou Dakota, obviamente esperando que Destiny assumisse o comando. Lidasse com a situação.

No fundo de sua mente, ela sabia que, com sua experiência profissional, ela provavelmente era a pessoa mais indicada para encontrar uma adolescente desaparecida. Mas para ser bem sincera, Destiny não sabia por onde começar. Ela se sentia quente e fria e sabia que estava a segundos de vomitar.

A porta do escritório se abriu, e Kipling entrou. Destiny correu até ele, segurando seu braço e apertando com força.

— Starr sumiu — disse ela, sua garganta fechada enquanto seu coração martelava o peito. — Ela não foi à colônia.

Kipling pegou o celular da mão dela e se identificou. Ele falou com calma, mas rapidamente. Quando desligou, entregou o celular de volta e segurou a mão de Destiny.

— Você tem meu número — disse ele a Cassidy. — Me ligue se tiver alguma notícia.

— Pode deixar.

Ele se virou para Destiny.

— Starr tem um celular, certo? Ligue para ela.

Com os dedos trêmulos, Destiny obedeceu.

— Caiu direto na caixa postal.

Kipling a empurrou pela porta, na direção de sua caminhonete.

— Aonde vamos? — perguntou Destiny. — Não sei por onde começar. Ela não está aqui há muito tempo. Achei que ela estivesse bem. E se algo terrível tiver acontecido? E se não conseguirmos encontrá-la?

— Nós vamos encontrá-la. Não passou tanto tempo assim. Ela não pode ter ido muito longe. Ligue para a mãe da amiga. Veja se ela levou Starr para o acampamento. Vamos dar um pulo em casa e, se ela não estiver lá, vamos subir a montanha e conversar com os amigos dela.

Certo. Um bom lugar para começar. Destiny entrou na caminhonete e colocou o cinto de segurança. Depois de abrir a lista de contatos, o que foi difícil com as mãos trêmulas, ela apertou o botão de ligar e esperou que a mãe de Abby, Liz, atendesse. Dois minutos depois, ela tinha uma resposta.

— Starr mentiu.

Aquelas palavras não eram reais. Ao menos não pareciam reais. Não podiam ser. Como ela podia ter feito aquilo? Mentido para Destiny sobre pegar carona para a colônia e desaparecido? Como sua irmã podia ter fugido?

Eles chegaram na casa de Destiny e correram lá para dentro. Starr não estava lá. Destiny seguiu Kipling de volta até o Jeep. Seus olhos queimavam à medida que o medo aumentava. Ela mal conseguia pensar, mal conseguia respirar.

— Eu não a conheço bem o bastante — disse ela, lutando contra as lágrimas. — Só passamos algumas semanas juntas. Eu devia ter me esforçado mais. Eu estava ocupada com o trabalho e outras coisas. Deixei minha irmã sozinha por tempo demais. Eu não estava lá por ela.

Kipling manteve os olhos na estrada enquanto subia a montanha.

— Há quanto tempo você conhece a sua irmã?

— Seis semanas.

— Não é tempo suficiente para estragar a menina. Destiny, isso não é culpa sua.

— Sou responsável por ela. Não há mais ninguém para culpar.

— Que tal todas as coisas que aconteceram antes de ela ir morar com você?

Ela pensou na ligação que o pai delas tinha feito, parabenizando-a por um aniversário na data errada. E no internato para o qual sua irmã não parecia muito animada para voltar. E em sua vontade de se envolver com a música, apesar de Destiny ter resistido o máximo que pôde.

— Você está dizendo que existem muitos culpados — sussurrou ela. — Está bem. Vou ter essa conversa quando nós a encontrarmos. Mas agora, neste momento, tudo que importa é trazê-la de volta.

Chegaram no acampamento em tempo recorde. Kipling mal tinha reduzido a velocidade quando Destiny saltou do carro e correu até o escritório principal.

Dakota Andersson estava esperando por ela com duas amigas da Starr. As duas meninas pareciam assustadas.

— Me desculpe — disse Abby, lágrimas enchiam seus olhos. — Ela disse que queria ir para Nashville. Ela vai de ônibus. Nós duas demos dinheiro para ela.

Dakota colocou a mão no ombro da jovem.

— Já liguei para a delegacia. Eles estão mandando uma patrulha para a rodoviária. Cidades pequenas têm algumas vantagens. Só saiu um ônibus agora de manhã. Acho que eles vão encontrá-la esperando na rodoviária.

Destiny sentiu o mundo girar sob seus pés.

— Nashville?

Starr fugiu. Era a esse nível que as coisas tinham chegado. Ela tinha acolhido a irmã, concordado em ser sua tutora, e, menos de dois meses depois, Starr preferia se arriscar nas ruas a morar com Destiny.

Como as coisas deram errado tão rápido?

Destiny não sabia se devia gritar, chorar ou começar a beber. Ela tinha bons motivos para fazer qualquer uma dessas coisas, ou várias outras.

A previsão de Dakota estava certa. Starr tinha sido encontrada em um banco na rodoviária. Perdeu o primeiro ônibus que ia para Los Angeles e, por isso, pegaria o ônibus para São Francisco. De lá, disse ao policial que a encontrara que planejava pegar um avião para Nashville.

Ela tinha quinhentos dólares em espécie, uma mala pequena e o violão. Destiny não conseguia superar o pensamento apavorante de uma menina inocente de quinze anos sozinha no mundo.

Kipling deixou as duas em casa e foi embora para que elas se entendessem. Ele tinha prometido passar lá mais tarde, para ver se estava tudo bem. Destiny queria ter implorado para que ele ficasse — ela não sabia que diabos deveria dizer ou fazer. Mas deixou Kipling ir embora e, agora, tinha que lidar com as consequências sozinha.

Ela e Starr estavam sentadas de frente uma para a outra na pequena sala de estar, e Destiny tentava pensar no que dizer. Supunha que a boa notícia era que nada terrível tinha acontecido. Talvez elas duas tivessem aprendido uma lição. Ela só não tinha certeza de qual era.

Destiny analisou a irmã. Starr ficava olhando para as próprias mãos ou para o chão. Seus cabelos ruivos caíam para frente, cobrindo seu rosto. Ou talvez criando uma barreira para o mundo, pensou Destiny.

A sala estava em silêncio. Em algum lugar, um relógio tiquetaqueava. Um carro passou. Fora isso, não havia nada. Nem mesmo o som da respiração delas duas.

A indecisão a envolveu. O que ela devia dizer? Como podia resolver as coisas? Destiny supunha que o problema maior era o fato de ela não saber que havia um problema — certamente não um que justificasse uma fuga.

Ela inspirou.

— Starr, eu...

Starr ergueu a cabeça bruscamente. Seus olhos verdes se estreitaram.

— É, eu menti. Supere de uma vez. Você teria feito o mesmo se fosse eu. O que é que eu devia fazer? Simplesmente esperar você se cansar de mim? Não vou voltar para o internato! Você não pode me obrigar!

Tanta raiva. Tanta energia. E tanta mágoa. Destiny sentiu seu coração vacilar ao perceber o quanto Starr estava sofrendo. E ela nunca tinha reparado.

— Você acha que eu não sei — continuou sua irmã, levantando-se, as mãos fechadas em punhos ao lado do corpo. — Eu sei. Não é difícil de perceber. Ninguém me quer. Nem você nem meu pai. — Lágrimas caíram de seus olhos. — Ele sequer sabe quando é o meu aniversário. Sou filha dele. Como ele pode não saber isso?

Destiny se levantou e foi até Starr. Ela tentou puxar a irmã em um abraço, mas a adolescente sacudiu os ombros para afastá-la.

— Não finja agora que se importa — ralhou ela.

Destiny deu um passo para trás.

— Eu me importo. Eu te acolhi. Te trouxe para cá. Achei que estivéssemos nos dando bem.

— Ah, claro. Está tudo ótimo. Você está contando os dias até as aulas começarem para poder se livrar de mim. Conversamos sobre o seu trabalho antes. Sobre como era melhor que eu voltasse para o internato. Porque você mal pode esperar para se ver livre de mim.

Apesar de isso não ser verdade, Destiny estava mesmo pensando que só ficaria com a Starr no verão.

— Meu trabalho — começou ela, logo percebendo que essa não era a questão. — Podemos conversar? — perguntou ela. — Apenas sentar e conversar?

Starr secou as lágrimas e se afundou novamente no sofá.

— Quando Dakota ligou da colônia e disse que você não tinha aparecido, fiquei morrendo de medo do que tinha acontecido com você.

— Não achei que eles fossem ligar — resmungou Starr.

— Para você ter o dia todo para fugir? E depois? Você não achou que eu ia surtar?

Starr deu de ombros.

— Starr, você precisa saber que eu me importo com você.

— Se importa? — perguntou a adolescente. — Se importa mesmo? Você pode realmente dizer que ficou animada quando recebeu aquela ligação do advogado? Porque você estava aqui de bobeira pensando que se tivesse uma irmãzinha que nunca conheceu, aí a sua vida seria perfeita?

— Eu fiquei surpresa, mas não hesitei. Eu quis que você viesse morar comigo.

— Tanto faz. Eu não acredito em você. Você não liga para nada, nunca. Parece um robô. Nunca fica brava, nunca fica feliz. É sempre a mesma, o tempo todo. Pessoas normais não agem assim.

Pessoas que nunca queriam lidar com o caos dos altos e baixos da vida agiam assim, pensou Destiny, irritada. Porque ela conhecia o preço de ter sentimentos demais. Só que, até agora, ela nunca tinha considerado que havia um preço para tentar não sentir nada. O preço era fazer Starr achar que não era bem-vinda.

— Sinto muito por você pensar que eu não me importo — disse Destiny, baixinho. — Eu me importo, sim. Muito.

A boca de Starr formou uma linha fina. A incredulidade radiava dela.

— É claro que se importa.

A irritação batalhava contra a preocupação dentro de Destiny e começou a vencer.

— Você vai ignorar a verdade porque não é o que você quer ouvir — ralhou ela. — Assim como ia fugir sem pensar nas consequências. Você tem quinze anos. Não está pronta para viver sozinha. A vida é complicada. Você não pode se esconder dos seus problemas. Eles vão segui-la aonde quer que você for.

— Você devia ter me deixado chegar a essa conclusão sozinha. Isso teria tornado as coisas fáceis para você, não é isso que importa?

— Isso não faz nenhum sentido.

— Sabe o que não faz sentido? — perguntou Starr, encarando Destiny. — Você. Você não faz sentido. Me diz para não fugir, mas faz isso todos os dias. Foge do seu talento, de quem você é. Eu ouvi você cantando, Destiny, e você é melhor que todas nós. Mas se recusa a seguir carreira. Sequer admite que tem um talento. Não dá para entender um troço desses! Eu quero compor músicas, cantar e ter a música em cada parte da minha vida. Você quer se esconder dela.

— Isso não tem a ver com a música — retrucou Destiny.

Ela podia sentir a dor da irmã, sua confusão, e não sabia o que fazer com relação àquilo. Kipling tinha razão. Starr tinha sido entregue a ela quase adulta. Independentemente do que estivesse acontecendo, Destiny era apenas parte do problema. Mas ela tinha que ser responsável pela solução.

— Tem a ver com nós — completou ela.

— Não existe nenhum *nós* — ralhou Starr.

— Eu gostaria que existisse. Você é minha irmã, e quero que a gente seja uma família.

— Até as aulas começarem. Aí você quer que eu volte para o internato. Bom, eu não vou voltar. Nunca. E você não pode me obrigar. Vou simplesmente fugir e morar nas ruas até ter idade suficiente para poder sacar o dinheiro do meu fundo fiduciário. Posso fazer isso também. Posso ir para um lugar onde você não vai conseguir me encontrar.

Não se ela saísse que nem saiu hoje, pensou Destiny, irritada. Starr tinha quinze anos e não sabia nem cuidar de si mesma, muito menos sobreviver nas ruas. E se ela *tivesse* entrado no ônibus e desaparecido? Mil coisas horríveis podiam ter acontecido com ela.

Imagens passaram pela cabeça de Destiny, cada uma mais terrível que a anterior. Starr podia ter sido espancada ou estuprada. Podia ter sido atormentada por algum maluco. Podia ter usado drogas, ficado doente. Podia ter sido machucada e sofrido. Podia ter morrido.

Lágrimas inesperadas encheram os olhos de Destiny. O medo retornou e, com ele, a determinação.

— Não — gritou ela. — Não! Você não vai fugir! Não vou perder você! Está me ouvindo? Custe o que custar, juro por Deus que nós vamos fazer isso dar certo. Não vou desistir de você e não vou desistir de nós. Você é minha irmã. Você é minha família. Nossos pais são um lixo, e isso significa que nós também somos. Mas e daí? Temos uma à outra.

Starr ficou olhando para ela. Suas bochechas ficaram vermelhas e, por um segundo, havia esperança em seus olhos. Mas ela logo se foi.

— Você só está dizendo isso para eu não fugir. Não está falando sério.

— *Eu te amo, criança. Desde o dia em que você nasceu. Eu estava lá. A sua mãe contou isso? Fui a primeira a pegar você no colo. E ainda estou amparando você e nunca vou largá-la.*

As lembranças retornaram. De ter dez anos de idade e estar parada na sala de estar humilde da vó Nell. Ela estava assustada e sozinha e não fazia ideia de a que lugar pertencia. Não era com os pais, que há muito tempo tinham seguido em frente com suas vidas. Nem em nenhum outro lugar.

Mas vó Nell a tinha acolhido. Podia ser que a velhinha nem quisesse uma criança perturbada de dez anos de idade empurrada para ela. Nem mesmo sua própria neta. Mas ela a tinha acolhido e sempre a fez se sentir especial. Tinha lhe dado aulas, amado e, quando chegou a hora, a mandou de volta para o mundo.

Mais lágrimas se formaram. Dcstiny as secou. Ela sabia o que tinha que fazer — sabia que tinha razão. Talvez nem sempre tivesse essa consciência, mas ela estava evitando a verdade. O que era errado da parte dela.

— Me desculpe — disse ela, lentamente. — Me desculpe mesmo, Starr. Quero que a gente seja uma família. Você tem razão. Eu supus que você fosse voltar para o internato em setembro, mas só porque achava que você gostava. Mas se não gosta, então vai ficar comigo.

Olhos verdes tão parecidos com os seus próprios se arregalaram.

— Mas e o seu trabalho? Você se muda, tipo, a cada três meses. Você disse que isso seria um problema.

— Eu sei. E é, mas vamos ter que dar um jeito, simples assim.

Destiny pensou em seu emprego e nas mudanças e como nunca se estabelecia em lugar nenhum. Talvez porque se estabelecer significava arriscar pertencer a algum lugar. Ela queria relacionamentos com suas próprias condições. Starr tinha acabado de lembrá-la de que isso não acontece com muita frequência.

Ela abriu a boca e chocou a si mesma ao dizer:

— Acho que vou ter que pedir demissão e encontrar outro emprego em um lugar onde eu não precise ficar me mudando. Vamos ter uma casa permanente. Uma casa. Com um quintal.

Assim como pessoas normais.

Destiny prendeu a respiração e esperou pelo pânico interno. Mas nada aconteceu. Houve um pouco de apreensão por causa do desconhecido, mas também uma sensação de que talvez estivesse na hora. Talvez o motivo pelo qual ela não tivesse conseguido encontrar o cara certo e começado uma família fosse nunca ter ficado tempo o suficiente em um mesmo lugar. Mas deixando de lado seus planos para o futuro, o que importava agora era sua irmã.

— Starr, eu te amo. Não acho que eu disse isso antes, mas é verdade. Você...

Havia mais coisas a dizer, mas Starr voou em cima de Destiny, lágrimas escorrendo por suas bochechas. Destiny mal teve tempo de se levantar e se preparar antes que sua irmã se atirasse nela e a abraçasse como se jamais fosse soltá-la.

Ela a abraçou de volta. Enquanto se abraçavam, Destiny percebeu que, apesar de não saber como iria resolver as coisas, os detalhes não importavam. Elas estavam juntas. Iriam sempre estar juntas. Starr precisava dela e, tão importante quanto, ela precisava de Starr.

Capítulo 13

KIPLING OBSERVOU DESTINY ATENTAMENTE. ELA ESTAVA diferente esta noite. Mais frágil. Ele não tinha percebido como simplesmente assumia que o controle e a confiança eram intrínsecos a ela. Eram parte de seu ser e, sem isso, parecia quase destruída.

A ruiva sentou-se no canto do sofá, pés descalços enfiados debaixo das pernas. Seus cabelos longos estavam soltos, sua pele era pálida.

Ela era linda mesmo quando estava apenas respirando, mas a necessidade de Kipling de ficar próximo dela tinha bem menos a ver com desejo sexual e bem mais com a vontade de protegê-la. Ele queria descobrir e exterminar os demônios que a atormentavam, quaisquer que fossem. Só que não era simples assim. Ela tinha sido destroçada por algo que ele não podia atacar ou derrotar. Tinha sido destruída por seu próprio coração.

Kipling atravessou os poucos passos que os separavam e tocou na mão dela. Destiny ergueu o braço para que seus dedos pudessem se entrelaçar e deu a ele um sorriso que não se refletia em seus olhos.

— Obrigada por ter passado aqui — disse ela, baixinho. — Desculpe não ser uma companhia melhor.

— Não estou aqui por diversão. Eu queria ver como você estava.

Ele tinha ligado algumas vezes e passou lá depois da janta. Starr já tinha ido para a cama. Destiny explicou que a adolescente tinha ficado nervosa demais com a fuga e não dormira muito nas duas últimas noites.

— Você deveria gritar comigo — disse Destiny. — Eu mereço.

— Não merece, não.

— Mereço, sim. Não fiz o suficiente quando a Starr chegou. Não fiz minha irmã se sentir bem-vinda ou segura. Achei que ela fosse feliz no internato. Eu queria que ela voltasse para lá porque seria mais fácil para mim.

Kipling se aproximou e se inclinou na direção dela.

— Ei, se martirizar não resolve nada.

— Eu a magoei. — Olhos verdes grandes, cheios de lágrimas. — Sou uma péssima irmã.

— Você a acolheu. Deu um lar a ela.

— Um lar temporário. — Ela engoliu em seco. — Isso não é bom o suficiente. Não sei por que eu não enxerguei isso desde o começo. Ela precisa de algo permanente.

O que era um problema, pensou, tendo em vista o seu trabalho.

— Você vai se demitir.

Ela o fitou.

— Como você sabia?

— É a coisa certa a se fazer. Você mesma disse. Starr precisa de algo permanente, então você vai arranjar isso. O que você vai fazer?

— Eu sinceramente não faço ideia. Ainda estou em choque com tudo isso. Não consigo acreditar que ela estava tão infeliz e eu não sabia. Acho que eu só via o que queria ver. Além disso, não é como se nos conhecêssemos há muito tempo. Estou ferrada.

— Então vá buscar ajuda.

A mulher deu um meio sorriso.

— Isso seria você resolvendo as coisas?

Kipling ergueu a mão livre.

— De jeito nenhum. Você está quilômetros acima da minha capacidade. Vá procurar ajuda de alguém que saiba o que está fazendo. Veja: quando um atleta lesiona alguma parte do corpo, precisa dar um jeito nisso. Cirurgia, fisioterapia, o que for preciso.

— Está falando de terapia familiar? Nunca pensei nisso. — Ela soltou uma risada curta. — Com nosso histórico, nós seríamos uma tese de mestrado. Um terapeuta... Boa ideia. Starr precisa de alguém em quem possa confiar e conversar. Sei que ela tem a mim, mas tenho certeza de que precisa conversar *sobre* mim com alguém. E eu preciso conseguir expressar meus sentimentos.

Kipling se manteve deliberadamente calado — deixando que Destiny concluísse as coisas por conta própria. Ele suspeitava que, para a maioria das mulheres que ele conhecia, a conversa sobre Starr seria resolvida com uma amiga. Mas Destiny mantinha o mundo à distância. Ele entendia alguns dos motivos. Outros, ele podia especular sobre. Era engraçado como, do lado de fora, ser rico e famoso parecia ser um sonho se tornando realidade. Mas para aqueles que o viviam, a situação era bem diferente.

Destiny inspirou.

— Obrigada por ouvir.

— Sempre às ordens.

— E por ajudado hoje cedo. Eu entrei em pânico. Não entendo. Sou eu que entendo os critérios de busca. Sou a especialista. Mas quando precisei assumir o comando, falhei.

— Você não estava lidando com um exercício ou uma sessão prática. Era a sua família.

Ela meneou a cabeça.

— Vó Nell ficaria tão decepcionada comigo...

Kipling se levantou e a levantou junto, então, a puxou para junto de si. Ela se aconchegou com facilidade no abraço dele. Enrolou os braços em torno dela e sentiu o seu cheiro.

— Ela diria a você que amar alguém nunca é errado — disse. — Diria que desistir é o único erro imperdoável. Só que diria tudo isso com um sotaque fofo do sul.

Destiny riu, depois começou a chorar. Kipling continuou a abraçá-la, acariciando suas costas e murmurando baixinho que tudo ficaria bem. E, por motivos que ele não questionou, ela acreditou nele.

Destiny e Cassidy chegaram ao Jo's Bar para almoçar. Destiny estava ansiosa para passar um tempo com as amigas. Estava emocionalmente exausta e ansiava pelo apoio que sabia que encontraria na mesa. As últimas 48 horas tinham sido uma maratona emocional. Starr tinha fugido e voltado para casa. Elas tinham concordado em ser uma família, e Destiny tinha entregado seu aviso prévio.

Havia dezenas de outras decisões para serem tomadas. Será que elas iriam ficar em Fool's Gold? O que Destiny iria fazer com sua vida? A lista era longa. Mas, pela próxima hora ou algo assim, tudo que ela queria era passar um tempo com pessoas de quem gostava e rir um pouco. Nachos seriam bons, também.

Ela tentou se lembrar da última vez em que tinha se sentido assim com relação a um grupo de mulheres em sua vida. Talvez na faculdade, pensou. Que triste. Tudo que sua relutância em se relacionar com as pessoas em volta lhe proporcionara era uma existência desolada e solitária. Sem apoio, sem amor, sem sensação de pertencimento. No que é que ela estava pensando?

— Então esses almoços são regulares? — perguntou Cassidy, quando elas entraram no bar.

— Mais ou menos. As pessoas mandam mensagens e aparece quem puder. — Destiny viu que algumas de suas amigas já estavam acomodadas em uma mesa grande. — Lá estão elas.

Madeline e Felicia acenaram para que elas fossem até lá. Destiny apresentou Cassidy e se sentou ao lado de Madeline.

— Como você está? — perguntou Madeline. — Estamos ficando loucas lá no Paper Moon. Chegou uma nova remessa de vestidos de noiva. As pessoas provavelmente acham que eles vêm deitadinhos em caminhões enormes e recheados de lenços, lindos e maravilhosos. A verdade é que são enfiados em caixas impossivelmente pequenas e precisam ser pendurados e passados a vapor. Por horas. — Madeline girou os ombros. — Tudo dói. Preciso de carboidratos.

Destiny se aproximou e deu um abraço na amiga.

— Obrigada.

— Pelo quê?

— Por ser normal. Eu precisava de normalidade hoje.

Um lembrete de que a vida continuava e que cada crise era diferente. Algumas pequenas, outras enormes, mas todas extenuantes.

— Será que passar vestidos ajudaria você a se sentir melhor? Porque tenho muito disso para oferecer.

— Estou às ordens — afirmou Destiny.

Larissa se juntou a elas, acompanhada por Patience, do Brew-haha. Jo anotou as bebidas, falou do especial do dia de nachos e as deixou para conversarem.

Felicia se inclinou na direção de Cassidy.

— Ouvi dizer que você tem cavalos e cachorros treinados que vai trazer para a cidade.

Os olhos de Patience se arregalaram.

— Treinados em que sentido? Tipo, para entretenimento? Porque eu e a Lillie poderíamos totalmente nos envolver com isso. Adoro os festivais, mas não temos animais performáticos o suficiente.

Ela suspirou.

— Temos a Priscilla — disse Felicia. — Embora eu ache que, na verdade, ela não faz nada fora do comum.

— Ela é uma elefanta — explicou Madeline. — Acho que ganha só por aparecer.

Cassidy piscou algumas vezes, como se estivesse tendo dificuldades em acompanhar a conversa.

— Certo — disse ela, lentamente. — Não são animais de circo. Meus cavalos e meus cachorros são animais de trabalho. Eles ajudam na busca e salvamento de pessoas.

— Heróis do Salvo. — Patience acenou compreensivamente com a cabeça. — Adoro isso — complementou, suspirando.

Felicia se virou para ela.

— Você está diferente hoje. Já suspirou várias vezes. Isso é um sinal. — As sobrancelhas dela se uniram. — Embora minha afirmação não faça muito sentido; um suspiro é simplesmente uma resposta voluntária ou involuntária a...

— Estou grávida.

A mesa ficou em silêncio por uns instantes antes de explodir em riso e felicitações.

Patience sorriu.

— Eu sei — disse ela. — Também estou surpresa. Bem, não exatamente surpresa. Estávamos tentando. Mas, por um tempo, tivemos dúvidas se queríamos mais filhos. Acho que o Justice estava pensando que eu não queria mais um. Mas eu quero, e ele também, e agora estamos grávidos.

Destiny também deu os parabéns, apesar de refletir sobre sua própria situação. Alguns dias atrás, ela teria ouvido a notícia e tido a certeza de que nunca conheceria o bebê de Patience. Que, quando ele ou ela nascesse, ela já teria partido. Mas tudo mudou. Não com relação ao bebê da Patience, quanto ao futuro. Ela estava se acomodando. O que significava que, em algum momento, teria amigos de longa data. Amigos que iriam se casar, engravidar e ter filhos, e ela estaria lá para ser parte disso tudo.

Destiny ia fazer a coisa certa por sua família. Porque queria fazer. E isso passava uma sensação boa.

Jo trouxe várias garrafas de champanhe e um copo de água com gás decorado com uma rodela de limão. Todo mundo no restaurante brindou à boa notícia de Patience.

Mais tarde, quando terminaram de almoçar, Cassidy voltou para o escritório que dividia com Kipling enquanto Destiny saía do bar com Felicia. As duas foram caminhando na direção do parque.

— Estou me sentindo especialmente intuitiva hoje — disse Felicia. — Então vou te fazer uma pergunta. Está tudo bem? Você parecia mais quieta do que de costume hoje no almoço.

— Estou bem. Só estou lidando com uns problemas familiares.

Felicia apontou para um dos bancos de frente para o lago.

— Quer conversar sobre isso?

Destiny começou a dizer que não, mas se pegou confirmando com a cabeça. Quando elas se sentaram, fez uma pausa, sem saber ao certo como começar.

— Você sabe sobre a minha família — disse, depois de alguns segundos. — Quem são meus pais.

— Sim. São cantores de country. Eu gosto. Essas canções contam uma história. Aprendi muito sobre a vida com a música country. Tanto seu pai quanto sua mãe têm uma musicalidade excelente.

— Ah, obrigada. — Um elogio meio esquisito, mas Destiny sabia que as intenções de Felicia eram boas. — Starr é minha meia-irmã. Por parte de pai. Dois meses atrás, o advogado do meu pai entrou em contato comigo.

Destiny contou a ela sobre ter acolhido Starr e como as coisas não tinham corrido bem. Concluiu com a fuga da adolescente e em como, agora, elas tinham se comprometido a serem uma família.

— Já tive uma experiência com um filho fujão — contou Felicia. — Apesar de Carter estar só fingindo. Mesmo assim, nunca fiquei com tanto medo na minha vida. Não quero essa experiência de novo.

— Nem eu.

— Eu fiz uma pesquisa sobre comportamento adolescente em uma tentativa de lidar com situações futuras, mas não parece haver nenhuma corrente de pensamento. E muitas das teorias são contraditórias. — Felicia meneou a cabeça. — É por isso que eu prefiro as ciências exatas e da saúde. Quero que um fato seja um fato. Inabalável. As pessoas não são como a gravidade.

Destiny concordou com a cabeça, pensando que aquela não era uma analogia que teria usado, mas que, no fim das contas, era verdade.

— Carter tinha treze anos quando veio morar com a gente. Ele era supernormal e centrado. Eu respeitava e admirava isso. Ele me ensinou muito sobre as pessoas e a vida. Observar o cérebro da Ellie se desenvolver com cada nova experiência me ensinou ainda mais sobre o que significa ser humano. O que eu posso dizer a você é que amar a criança que faz parte da sua vida nunca é errado. Que você vai cometer erros. Não tem como evitar. Somos humanos. Mas a maneira como você lida com os erros faz toda a diferença.

— Estou entendendo. Eu não estava presente o suficiente para Starr. Achava que mandá-la de volta para o internato era a coisa certa, sendo que, na verdade, era só a coisa mais fácil para mim. — Destiny hesitou, pensando em sua conversa com Kipling. — Estou pensando em procurar um terapeuta familiar.

— Nós fizemos isso — contou Felicia.

— Mesmo?

Sua amiga deu de ombros.

— Eu tenho sentimentos contraditórios com relação à psicologia. Existem muitas variáveis. Mas o Gideon já tinha passado por muita coisa, eu não tinha experiência alguma em uma família tradicional e o Carter tinha perdido a mãe um ano antes. Precisávamos de ajuda. A terapia nos uniu. Uma terceira pessoa que se preocupa, mas não tem interesse especial algum, nos ajudou a estabelecer regras na casa e processos que nos ajudaram a criar um laço forte. Posso passar o nome dela, se você quiser.

— Eu adoraria. Obrigada.

Felicia sorriu para ela.

— Starr é uma menina adorável. Acho que será muito satisfatório ter uma relação mais próxima com ela.

— Também acho.

Mais tarde, quando Destiny voltou ao escritório, ela percebeu que estava se sentindo mais leve. Como se o peso de tudo aquilo que carregava tivesse, de alguma forma, sido eliminado. Supunha que, de certa forma, era isso mesmo. Os amigos a estavam ajudando a carregar o fardo. Amigos que ofereceriam conselhos e estariam lá quando ela precisasse deles.

Algo que ela nunca teve antes. E por escolha própria. Que estupidez, pensou. Olhe só o que estava perdendo.

Nick entregou uma garrafa d'água para Kipling, depois voltou para trás do bar. Kipling deu uma olhada em volta, analisando os resultados de seu trabalho manual, e teve que admitir que tinha mesmo feito um belo trabalho. O The Man Cave era tudo que tinha imaginado. Desde a escolha da decoração até o cardápio escrito com giz, tudo era masculino. Apesar de as mulheres sempre serem bem-vindas, aquele era um lugar onde um homem podia ir com os amigos, pedir uma cerveja e um hambúrguer e assistir ao jogo em paz.

Ele olhou para os outros homens sentados ao redor da mesa. Ele e seus sócios tinham concordado em fazer reuniões quinzenais nos primeiros dois meses do bar. Depois, assim que as coisas estivessem fluindo com tranquilidade, eles mudariam para reuniões mensais.

Até agora, não tinha surgido nada inesperado para discutir. O público era regular, as reclamações eram mínimas. Nick estava fazendo um bom trabalho gerenciando tudo. Kipling deu uma olhada no relógio e concluiu que poderia ir embora dali a uma hora. O que era ótimo, porque ele queria ver Destiny.

As coisas entre ela e a Starr pareciam ter se acalmado. Ela conseguira o nome de uma terapeuta que queria consultar, e as primeiras sessões aconteceram. O que significava que ela não estaria mais tão exaurida com a irmã. Isso se encaixava perfeitamente nos planos de Kipling. Porque ele ainda a devia um orgasmo.

O problema era como chegar lá. Não a parte logística. Ele tinha plena confiança de que, quando a hora chegasse, conseguiria levá-la às alturas. O problema dele tinha mais a ver com como começar, por assim dizer. Ele não podia simplesmente marcar um dia para aparecer por lá e dar conta do serviço.

Sam Ridge entrou no The Man Cave e foi até a mesa. Todos o cumprimentaram. Ele se sentou, e Nick levou um refrigerante para ele.

— Você é o soldado que faltava — disse Gideon. — Vamos começar essa reunião.

Kipling se recostou na cadeira e esperou pelos elogios. O negócio estava indo bem, o karaokê todas as noites era um sucesso e tudo tinha sido ideia dele. Ele tinha enxergado um problema e o tinha resolvido. Às vezes era bom estar em sua pele.

— Temos um problema — disse Sam.

Sam era um *kicker* aposentado da NFL e trabalhava em uma empresa local de RP. Naquele grupo, ele era o mestre das finanças, então era ele quem cuidava dessa parte no bar.

— E o que é? — perguntou Ford Hendrix.

— O faturamento está baixo.

— Impossível — disse Kipling. — Temos movimento todas as noites.

— Menos do que tínhamos antes. — Sam abriu o tablet e o virou para mostrar para os outros. — Tivemos uma boa semana de inauguração, mas, desde então, os negócios começaram a cair.

— Não somos mais novidade — ponderou Kipling. — Mas ainda vejo um bom número de pessoas aqui.

Josh Golden, ex-ciclista campeão e vencedor do Tour de France, meneou a cabeça.

— Não estamos fazendo nada de errado. É a Jo.

Os outros homens concordaram com a cabeça.

— Quem é Jo?

— Jo Trellis, do Jo's Bar — respondeu Sam.

— Aquele bar de mulheres? Nem pensar. — Kipling mostrou o bar ao redor. — Não temos nada em comum. Aquele lugar é voltado para mulheres. Foi por isso que conversamos sobre abrir o The Man Cave. Para ter um lugar para ver esportes. Onde não tivéssemos que lidar com compras e paredes cor-de-rosa.

— A cor lá é malva — corrigiu Ford, dando de ombros em seguida. — É diferente de rosa.

— Tanto faz. — Kipling analisou seus sócios. — Vocês estão falando sério?

— É um negócio importante — explicou Gideon. — Nós devíamos ter conversado com a Jo antes de abrir. Sem o apoio dela, estamos ferrados.

— Como assim? — perguntou Kipling. — Há espaço no mercado para nós e para ela.

— Tecnicamente — respondeu Josh. — Mas não é tão simples assim. Todos nós somos casados, e se as nossas esposas quiserem que a gente apoie o Jo's Bar em vez do The Man Cave, é isso que nós vamos fazer.

— Mas todos vocês são sócios deste negócio. Vocês discutiram isso com as suas esposas, não discutiram? Elas concordaram?

Os homens trocaram olhares.

— Na teoria — disse Ford. — Mas agora que abrimos, Jo não está feliz. O bar dela é uma parte importante da vida das nossas mulheres. Ela é amiga delas. Sempre está lá quando elas conversam sobre as coisas.

Kipling se sentia como se tivesse entrado em um universo alternativo.

— Não entendo. Todos vocês reclamavam que não tinha nenhum lugar nesta cidade onde os homens pudessem ir com os amigos. Reunimos nossas ideias e criamos o The Man Cave. Somos sócios igualitários. Investimos dinheiro. E agora vocês estão me dizendo que estão com medo porque a Jo não está feliz?

Sam confirmou com a cabeça.

— Isso resume bem.

— Como isso é possível? Você costumava jogar futebol americano!

— O que isso tem a ver?

Na manhã seguinte, Kipling ainda estava furioso com seus sócios. Eles tinham um problema, e ele o resolvera. Agora eles estavam choramingando que nem menininhas. Fala sério, eles estavam provando que havia mesmo uma necessidade de um lugar onde os homens pudessem ir e ser homens. Que bando de maricas!

Ele resmungou durante todo o trajeto até a estrada Mother Bear, onde ele, Cassidy e Destiny iriam fazer sua primeira busca prática.

Para sua sorte, ele estava sozinho no carro. Cassidy tinha ido antes para "se perder" na floresta. O plano era que ela caminhasse por mais ou menos um quilômetro e esperasse. Ele e Destiny iriam calibrar o equipamento e procurá-la. Se eles não a encontrassem até onze e meia, a mulher voltaria.

Ele parou no pequeno estacionamento perto da campina e viu que Destiny já estava lá. Quando ele a avistou parada ao lado do carro, estudando um mapa, sentiu a tensão se esvair de seu corpo.

Destiny se virou quando Kipling se aproximou para estacionar e, quando ele saiu da caminhonete, sorriu. Aquilo deu início a um clima quente totalmente novo, mas ele ignorou. Ao menos por enquanto.

— Oi — disse, quando ele se aproximou. — Pronto para nosso primeiro teste prático?

Ela parecia bem, pensou Kipling. Mais relaxada do que estava na última vez em que a vira.

— Mais pronto, impossível. Como você está?

— Melhor. Eu e Starr ainda estamos trabalhando no nosso relacionamento, mas está correndo bem. — Ela inclinou a cabeça para o lado. — Obrigada por me ajudar. Não sei bem como eu teria me virado sem você.

— Fico feliz por ter conseguido ajudar.

Ficaram se olhando por um segundo.

Não havia nenhum carro na estrada próxima. Os únicos sons vinham dos passarinhos e da brisa suave sussurrando nas árvores. Ele sabia que estava nas montanhas, mas estar ali hoje não o incomodava. Não tinha neve. Além disso, ter Destiny por perto parecia fazê-lo se sentir melhor com relação a tudo.

O olhar dele se fixou na boca da ruiva. Seus lábios eram cheios e não tinham nada de maquiagem ou gloss. Ele podia contar as sardas clarinhas em seu nariz. Quando inspirou, Kipling sentiu o aroma de sabonete com notas do cheiro dela, sem prestar atenção em mais nada.

Ele não tinha nenhum plano além de encontrar Cassidy, então não estava esperando dar um passo adiante e colocar os braços em torno de Destiny. Mas, ao fazer isso, gostou da maneira como ela roçava no corpo dele. Gostou do calor do corpo dela e da sensação das costas e dos quadris em suas mãos. Ela era forte, mas macia, daquele jeito que as mulheres são.

Ele foi devagar, querendo dar tempo para a reação dela; para se afastar, se precisasse. Porque Destiny não tinha tanta experiência quanto ele pensava, e aquele homem estava decidido a tornar as coisas boas para ela. Mas também sentia uma necessidade ardente de beijá-la.

Destiny permitiu que a sensação de segurança a envolvesse. Havia alguma coisa na proximidade com Kipling que colocava as coisas no lugar certo. Talvez fosse a determinação dele de consertar tudo. Uma característica que podia ser irritante, mas, estranhamente, não era. Gostava da maneira como ele assumia o controle. Como se soubesse o que fazer em seguida. Porque, na metade do tempo, a própria Destiny apenas fingia que sabia.

O olhar dele era intenso, quase predador. Mas ele não se aproximou para tentar tocá-la, além do abraço. Engraçado: o simples fato de ser abraçada por ele fazia seu estômago flutuar. Pequenos formigamentos passeavam pelo corpo dela e faziam com que fosse difícil respirar.

Destiny colocou as mãos nos braços de Kipling. Lentamente, ela as ergueu até os ombros largos do homem. Ela podia sentir os músculos se movendo sob sua pele.

Tudo com relação àquele momento era bom. Era certo. E quando ele finalmente abaixou a cabeça para pressionar a boca na dela, ela chegou mais perto; aqueles milímetros que faltavam para consolidar tudo.

Os lábios dele eram quentes e firmes, mas ao mesmo tempo suaves. Destiny gostava da maneira como eles se encaixavam. A maneira como ele se movia para frente e para trás, sem intensificar o beijo. Ela gostava de como suas coxas encostavam nas dele, como seus seios tocavam levemente o peito dele. Ela se sentia *valiosa*. Uma palavra ridícula, mas era isso mesmo.

Destiny passou os dedos pelas mechas frias e sedosas dos cabelos dele. Kipling alisou suas costas inteiras, parando bem nos quadris. E ainda mantinha o beijo contido.

A pressão suave a provocou quando ele passou de sua boca para o maxilar, descendo até o pescoço. Quando chegou lá, ele mordeu delicadamente. A pele de Destiny ficou toda arrepiada, e ela tremeu de leve. Seus seios começaram a ansiar pelas mãos dele, e se lembrou de como tinha gostado de quando ele os tinha tocado antes. Naquela noite.

Eles tinham ficado nus, pensou, enquanto ele migrava para a pele sensível bem atrás de sua orelha. Destiny sentiu as mordidinhas de novo, seguidas por uma lambida rápida. A respiração dela acelerou um pouquinho e mais lembranças inundaram sua mente.

A aparência dele. A sensação dele em cima dela. Tudo tinha sido muito, muito bom. Quando ele tinha chupado seus mamilos — foi a melhor parte.

O calor e a pressão pareceram crescer dentro dela. Havia desejos inesperados. Seus seios incharam, e ela sentiu um peso inesperado no meio das coxas. Não era exatamente uma dor, mas uma inquietação que não tinha nada a ver com necessidade de cantar e tudo a ver com o homem que a estava abraçando.

— Kipling — sussurrou ela.

Antes que ela pudesse dizer o que queria — o que não era fácil, visto que ela não fazia ideia —, ele a beijou de novo.

No segundo em que sentiu os lábios dele nos seus, ela os abriu. Ela queria, não, ela *precisava* dele dentro dela. Precisava da dança de língua contra língua.

Ele não a decepcionou. Mergulhou na boca dela como se precisasse do contato tanto quanto ela. Ela retribuiu cada movimento, ansiando por mais. Na mesma hora, ela se inclinou na direção dele, querendo que seus corpos se tocassem em todos os lugares. Ela projetou os quadris para frente e sentiu uma protuberância dura inesperada contra sua barriga.

Por um segundo, Destiny ficou confusa, mas logo entendeu. Ele estava excitado.

Aquilo era obra sua! Tinha provocado uma ereção em Kipling. A euforia se misturou à paixão e deu a ela a satisfação do poder feminino. Sem saber ao certo o que fazer, o beijou intensamente. Ao mesmo tempo, girou os quadris, pressionando a barriga com força no corpo dele.

As mãos daquele homem desceram até seus quadris e a seguraram no lugar. Os dedos se afundaram na pele, e ela ouviu um gemido baixo. Destiny não sabia ao certo se tinha vindo dele ou dela e sabia que não importava. A ânsia, o calor, a tensão se tornaram claras em uma única palavra: *desejo*.

Ela queria Kipling. Ela o queria do mesmo jeito que no bar. Não importava que o final tivesse sido estranho e, bem, decepcionante. Ela queria fazer de novo. Muito. O que não fazia sentido.

Por um segundo, ela pensou que eles iriam tirar as roupas bem ali, na grama. O sol seria quente em seus corpos nus. Eles podiam se demorar um pouco mais e...

Kipling se afastou.

— Para alguém que era virgem até pouco tempo atrás, você realmente manda ver.

A respiração dele era pesada, e seus olhos pareciam um pouco vidrados. Destiny estava chocada demais para reparar em qualquer outra coisa. Porque, enquanto ela observava, ele estava se afastando.

— Acabou? Acabou a sessão de beijos deliciosos e toques excitantes?

Ele deu um de seus sorrisos provocantes.

— Estamos aqui para trabalhar. Cassidy vai ficar se perguntando por que não estamos procurando por ela.

— Ah.

Certo. Eles tinham trabalho a fazer. Estavam em uma estrada bem movimentada. O que havia de errado com ela? Eles não podiam ficar nus ali e fazer *aquilo* na beira da estrada. O que ela estava pensando?

Destiny tinha a sensação ruim de que o problema tinha muito a ver com *não* pensar.

— Você tem razão — disse, virando-se para pegar o equipamento. Só que ao invés de começar a andar, ela pareceu cambalear de leve. Como se suas pernas não estivessem funcionando direito. E agora que estava prestando atenção, ela se sentia ruborizada e desorientada. Será que estava ficando gripada?

Destiny se virou para encarar Kipling.

— É você — acusou ela. — Você fez isso comigo.

— Fiz o quê?

— Não sei. Alguma coisa. Não estou bem.

— Está bem o bastante para mim.

A expressão dele era irritantemente presunçosa.

Por que isso? Ele não estava...

Ela congelou.

— Você conserta as coisas. Você acha que tem algo errado comigo. — Mais peças se encaixaram. — Você quer que eu tenha um orgasmo. Está tentando me fazer mudar de ideia quanto ao sexo. Quer que eu goste.

A última frase foi mais uma acusação do que uma afirmação.

— Você está me manipulando. — Ela endireitou os ombros. — Não vai rolar. Sou mais forte do que minha necessidade biológica.

Ele não pareceu nem um pouco desencorajado pelo discurso dela. Na verdade, seu sorriso aumentou.

— Sério?

— Com toda certeza.

— Não vai rolar com você?

— Nem um pouquinho.

— Ótimo. Venha jantar comigo na sexta-feira. Na minha casa. — Quando Destiny ia falar, ele ergueu a mão. — Nenhuma peça de roupa será removida. Você tem a minha palavra.

Que decepcionante.

Destiny não sabia de onde aquele pensamento tinha vindo, mas o ignorou.

— Tudo bem. Vou à sua casa, e você vai ver. Agora que sei o que você está querendo aprontar, vou ser forte. Como uma rocha. Não tenho absolutamente nenhum interesse por sexo. Nem com você nem com ninguém.

Kipling foi até a caçamba da caminhonete e abriu a porta. Ele entregou uma mochila a Destiny.

— Célebres últimas palavras — disse ele. — Agora vamos encontrar a Cassidy.

Capítulo 14

— TENTE ASSIM — DISSE DESTINY, TOCANDO o acorde em seu próprio violão. — O ritmo é no contratempo, então é mais difícil de acompanhar. Perguntei para o pai uma vez por que ele tinha composto desse jeito e ele não tinha uma explicação. Acho que estava bêbado.

Starr deu uma risadinha.

— Ele costumava beber bastante. Li algumas coisas na internet sobre como ele era.

— Nem tudo que você leu sobre o pai é verdade — alertou Destiny. — Há muitas histórias por aí que as pessoas inventaram. Suponho que seja porque vende revistas ou faz com que quem conta a história finja ser próximo de alguém como Jimmy Don Mills. Teve umas duas biografias não autorizadas escritas sobre ele. Uma delas é bastante precisa, se você quiser ler.

— Eu gostaria, sim.

Starr tentou o acorde novamente, dessa vez cantando a letra junto.

— Muito bem — murmurou Destiny.

Ela estava torcendo para que o foco na música impedisse que a irmã percebesse como aquela conversa era horrível. Nenhuma adolescente deveria ter que ler uma biografia para saber sobre o pai. Não quando o homem ainda estava vivo e podia tranquilamente passar um tempo com ela. Mas esse não era o jeito de Jimmy Don. Ele ficaria na Europa por mais alguns meses e, depois disso, ia para a Ásia. Lugares onde podia ser adorado por fãs enlouquecidos.

Em sua cabeça, Destiny entendia que ele precisava se sentir relevante. E, até onde sabia, o dinheiro era uma questão importante. Seu pai costumava ter um estilo de vida luxuoso. E sempre fora generoso — ela tinha o fundo fiduciário para comprovar isso — e, às vezes, essa generosidade era mais forte do que ele próprio.

— *E à noite, me lembro das minhas promessas de brim. E penso em você* — cantou Destiny, juntando-se à irmã no final da música. — Ótimo. Você tem praticado.

Starr sorriu.

— E tenho aprendido muito na colônia. As aulas ajudam. Estou aprendendo a tocar teclado.

— Quando o acampamento acabar, podemos arrumar um professor para você na cidade — sugeriu Destiny. — Fico feliz em te ensinar o que eu sei, mas nunca estudei música.

Starr largou o violão e meneou a cabeça.

— Não entendo isso. Você é muito boa. Foi indicada para um Grammy quando tinha, tipo, oito anos. Podia ter tido uma carreira dos sonhos. Por que não quis ser como os seus pais?

Duas semanas atrás, Destiny havia ignorado a pergunta ou ao menos tentado mudar de assunto. Agora, ela sabia que a melhor maneira de criar laços com sua irmã era através de conversas sinceras e atenciosas. Não que ela fosse uma especialista, mas duas sessões de terapia familiar já tinham lhe ensinado muita coisa.

— Viver na estrada não é algo de que eu iria gostar — começou ela. — Você não consegue conhecer muito dos lugares onde vai tocar. Você se apresenta, passa a noite na estrada, então se prepara para o dia seguinte. Se tiver sorte, tem algumas poucas horas para dar uma volta na cidade.

— Como você ia para a escola?

— Quando estava na estrada com meus pais, eu não ia. Ou eles levavam um tutor junto. Às vezes, me deixavam sozinha em casa, e aí eu ia para a escola.

Starr tocou algumas notas no violão.

— Mas você nunca criou laços, né? Vivendo desse jeito, devia ser difícil fazer amigos.

— Era, sim.

— Você acha que é por isso que você vive se mudando? Porque não sabe como viver em um lugar só?

Uma pergunta inesperada e perspicaz, pensou Destiny.

— Não sei — admitiu ela. — Talvez eu estivesse revivendo o que já conhecia.

Starr olhou para ela e desviou o olhar logo em seguida.

— Você se sente solitária?

— Às vezes. Quando me sinto, toco uma música ou componho alguma coisa. Aqui é diferente — admitiu ela. — Tenho amigos de um jeito que nunca tive antes. As pessoas te acolhem.

— Sim, também achei. — Starr sorriu. — Como lá na colônia. Sou só mais uma no grupo. É legal fazer parte de algo maior.

— É, sim. Vamos ter que pensar em onde vamos morar. Tenho minha casa em Austin, mas é alugada e pequena demais para nós. Eu não tenho uma casa fixa de verdade há muito tempo. Eu estava falando sério. Já entreguei meu aviso prévio na empresa. Vamos comprar uma casa ou algo assim.

Starr olhou para ela.

— Você realmente vai pedir demissão?

— É claro! Você precisa de estabilidade. O Ensino Médio é um período muito importante.

— Você não fez o Ensino Médio.

— Eu sei, e às vezes acho que teria sido bom para mim. Um rito de passagem, por assim dizer. — Ela deu de ombros. — Não temos que decidir imediatamente. Você pode pensar no assunto.

— E se eu quiser ficar aqui, em Fool's Gold? — Starr mordeu o lábio inferior e, então, voltou a falar atropeladamente. — Nós duas temos amigos aqui, certo? E as escolas são muito boas. Gostamos da cidade, e você está namorando com o Kipling, então poderia dar certo.

O tom de voz dela era esperançoso, seus olhos estavam enormes. Destiny inspirou. Ela nunca tinha ficado em nenhum outro lugar antes e mesmo depois de perceber que precisaria ter uma casa permanente para Starr, tudo tinha sido mais teórico do que real.

Havia pontos positivos em ficar ali, pensou ela. Como Starr dissera, elas tinham amigos. Uma comunidade. Destiny gostava do que sabia sobre a cidade. Era grande o suficiente para ter coisas para fazer, mas não tão grande a ponto de elas não se sentirem acolhidas. Elas podiam encontrar uma casa bonitinha — quem sabe uma das mais antigas em um bairro já estabelecido. Elas a reformariam juntas. Não que Destiny entendesse de reformas, mas elas podiam aprender juntas.

Quanto ao Kipling, não estavam namorando. Eram amigos. E tinham transado. E ela ia jantar na casa dele. Mas isso não era namorar, era? Porque ele não fazia parte do seu plano sensato. Ele certamente não estava interessado em um casamento sem sexo e, para ser sincera, com ele por perto, ela também não iria querer isso. Então como eles poderiam unir suas mentes com todos aqueles hormônios atrapalhando o caminho?

Não que ele estivesse pedindo nem nada assim. Eles eram amigos. Não era amor, nada disso.

— Destiny?

— Desculpe. — Ela sacudiu a cabeça em uma tentativa de limpar a mente. — Pode ser Fool's Gold — disse ela à irmã. — Fico feliz em permanecer aqui, se é isso que você quer.

— Mesmo? — Starr largou o violão e se atirou nos braços de Destiny. Elas se abraçaram, e Starr voltou para seu lugar e sorriu. — Isso é tão legal! Porque eu estava pensando em montar uma banda.

— O quê?

— Uma banda de meninas. Meninos só atrapalham tudo. Vamos tocar e compor, vai ser ótimo!

Destiny lutou contra o início de uma dor de cabeça.

— Não sei o que dizer — admitiu ela.

Starr riu.

— Você vai se acostumar com a ideia. Enquanto isso, preciso começar a compor músicas e não sei como. Como você faz?

Destiny ainda estava pensando no comentário sobre a *banda de meninas* e foi difícil trocar de foco. Ela decidiu que seria provavelmente melhor deixar suas preocupações — ou, melhor dizendo, seu pavor — com relação à Starr fazer parte de uma banda para discutir na sessão de terapia familiar e disse à irmã:

— Espere aqui.

Ela foi até o quarto e pegou o caderninho surrado em sua mesa de cabeceira, então voltou à sala.

— É assim que eu faço — contou ela a Starr ao se sentar ao lado dela. — Sou das antigas. Se você quiser tentar trabalhar diretamente no teclado, existem vários programas que podem ajudar. Eu escrevo as letras primeiro, depois encontro a melodia. Às vezes, elas vêm juntas, mas isso não é frequente.

Ela folheou o caderno até encontrar sua música preferida, em elaboração.

— É nisso aqui que estou trabalhando. Está perto, mas ainda não é bem isso.

Starr se debruçou por cima do ombro de Destiny.

— "Não podemos nem confiar e não sabemos como viver" — leu ela, pegando o violão e tocando alguns acordes. — No que você estava pensando?

— Não sei. — Destiny dedilhou a música com ela e virou a página. — Aqui está a melodia que eu tenho tocado com essa letra. Você consegue ler a cifra?

Starr olhou para os acordes e os tocou no violão. Destiny fechou os olhos e ouviu. Após alguns segundos, ela percebeu o que estava faltando.

— Que tal isso? — perguntou, trocando um dos acordes e virando novamente a página para ver a letra. — *Do outro lado da sala, a distância não é segredo. Eu te vejo através da dor, você me vê através do medo.*

Starr acenou compreensivamente com a cabeça e começou a cantar junto.

— *O tempo que passamos juntos, tudo o que podia ser infinito. Você poderia ser meu melhor arrependimento, eu poderia ser a sua paz de espírito.*

Starr parou de tocar.

— Você escreveu isso para ser uma balada romântica? Porque, de certa forma, é meio que sobre nós.

Destiny olhou para a página.

— Não tinha percebido isso antes, mas você tem razão.

Starr corou, então olhou para o caderno.

— E se você mudar o final para isto aqui?

Duas horas depois, elas terminaram a música. Destiny pediu uma pizza e se sentou ao lado de Starr enquanto elas esperavam pelo entregador. Ela acoplou o microfone externo no tablet para gravar a versão final. Quando terminaram, Destiny riu.

— Temos um hit.

— Você acha? Não fiz muita coisa. A música é sua.

— É nossa — corrigiu Destiny. — Foi boa a sua colaboração. Devíamos fazer isso de novo.

— Eu iria adorar.

Kipling tirou a carne da geladeira e colocou no balcão. Destiny iria chegar a qualquer minuto, e ele queria deixar os bifes mais ou menos uma hora descongelando antes de colocá-los na grelha.

Ele tinha os ingredientes para fazer uma salada. Ela disse que iria levar um prato feito com batatas, além de uma sobremesa.

Kipling ainda não tinha certeza de como a noite se desenrolaria. Apesar de ele planejar seduzi-la, prometera não tirar nenhuma peça de roupa. Ele sorriu enquanto ia até a sala de estar. Não que mantê-la vestida fosse atrapalhar seu planejamento. Apesar de sua vergonha pelo desempenho que teve com ela na primeira vez, Kipling tinha seus talentos.

Mas esta noite não se resumia a isso. Porque a verdade era que ele gostava de estar com Destiny. Apenas conversando. Ou rindo. Ela era interessante e engraçada e, quando estava por perto, o mundo era um lugar melhor.

A campainha tocou bem na hora. Ele abriu a porta da frente e encontrou Destiny segurando duas travessas de vidro, ambas cobertas; uma tigela e uma retangular. Mas Kipling estava bem mais interessado na mulher que segurava as travessas do que em seu conteúdo.

— Oi — disse ela, seu sorriso um pouquinho hesitante.

— Oi, entre.

Ele se afastou para deixá-la entrar e pegou a tigela grande.

— O que você trouxe?

— Salada de batatas assadas e torta de biscoito, chocolate e marshmallow. Você sabia que existe um livro de receitas de Fool's Gold? Encontrei no Morgan's Books esses dias e já testei algumas receitas. São bem boas.

Ela estava nervosa. Kipling percebeu pela velocidade de suas palavras e pela maneira como ela ficava olhando para ele e desviando o olhar. Ele gostava do fato de ela não estar muito na defensiva. Aquilo equilibrava as coisas. Porque olhar para ela o tinha deixado quase sem palavras.

Ela tinha trocado a calça jeans e a camiseta de costume por um vestido de alcinha. Ele era ajustado na cintura e se alargava acima dos joelhos. O verde claro ficava bonito na pele dela.

Seus cabelos estavam soltos e ondulados, e ela tinha passado um pouquinho de maquiagem. Todos bons sinais, segundo Kipling. Apesar de não ser dito explicitamente, Destiny estava agindo como se aquilo fosse um encontro.

Eles foram até a cozinha. A ruiva largou a travessa que estava segurando. Ele colocou a salada na geladeira e se virou para fitá-la. Destiny tinha colocado a sobremesa no balcão.

Ele se aproximou, segurou as mãos dela, então se abaixou e deu um beijo leve em seus lábios.

— Você está linda — murmurou ele contra a boca dela.

— Obrigada.

— A noite vai ser divertida.

— Espero que sim.

Kipling deu um sorriso para ela.

— Confie em mim.

Ela o encarou.

— Eu confio. Confio em você, Kipling.

O ex-atleta tinha se envolvido com muitas mulheres ao longo dos anos. Quando era novo, se aproveitava de todos os convites que lhe fizessem. À medida que foi amadurecendo, passou a se interessar mais por qualidade do que quantidade, mas sempre houve mulheres disponíveis.

Foi seduzido, enfeitiçado e arrebatado por diferentes mulheres, mas não conseguia se lembrar de nenhuma que o tivesse atingido com tanta força com meia dúzia de palavras.

Ele queria dizer a Destiny que ela estava certa em confiar nele. Que a protegeria, que estaria lá para cuidar das coisas. Mas eles apenas iriam jantar, não se casar. Era aquela cidade, disse Kipling a si mesmo. Ou a aparência dela naquele vestido. Ou a maneira como seus olhos ficavam enormes quando o olhavam.

— Pode ser limonada? — perguntou ele.

— Limonada?

Ele conteve um sorriso.

— Você esperava outra coisa?

Vinho era bem mais tradicional. Mas ele não queria que ela ficasse se preocupando com o desenrolar da noite. Não servir nada alcoólico passava uma ideia de relaxamento sem culpa.

Kipling se afastou e serviu um copo para cada um, então a levou até o quintal.

A churrasqueira ficava bem no fundo. Havia duas espreguiçadeiras perto da porta dos fundos. Ela se acomodou em uma, e ele, na outra. Eles brindaram com suas limonadas.

— E Starr, como vai? — perguntou ele.

— Melhor. Já fomos a algumas sessões de terapia. — Ela sorriu. — Não é como eu pensava.

— Você não fica deitada em um divã, falando sobre os seus sentimentos?

Ela riu.

— Não. Ficamos sentadas retinhas e falamos sobre problemas, aí a terapeuta dá algumas sugestões bem práticas de como resolvê-los. Starr vai ter tarefas para cumprir toda semana e receberá uma mesada. Fizemos uma lista de regras da casa e castigos.

Havia certa incerteza na voz dela.

— Isso é bom?

— É estranho, mas acho que é bom, sim. Responsabilidades normais de adolescentes. Starr tem fibra. Nós duas sabemos o que é esperado e quais são as consequências se ela quebrar alguma regra. Então não preciso me preocupar em ser a bruxa má. Já negociamos tudo previamente, então ela faz parte do processo de tomada de decisões.

Kipling pensou em como as coisas eram quando ele era novo. Como seu pai surtava sem motivo aparente e as consequências eram frequentemente destrutivas.

— Meus pais podiam ter usado um sistema assim — continuou ela. — Não havia nenhuma regra. O que eu podia e não podia fazer mudava de um dia para o outro. Vários dos meus amigos tinham inveja, mas não era tão divertido quanto parecia.

— Você nunca sabia se estava tudo bem — disse ele.

— Isso mesmo. Não quero isso para Starr. Quero que se sinta segura. — Destiny se virou para ele. — Você saiu de casa bem cedo, né? Para esquiar?

— Aham. Fui morar com meu técnico e com a família dele, e havia muitas regras. Quebrá-las não era uma opção.

— Como o quê?

— Tudo, desde manter minhas tarefas da escola em dia, até fazer exercícios, e o que eu comi, e se eu estava dormindo o suficiente. Eu tinha que estar em plena forma para competir. — Ele piscou. — Meu corpo é um templo.

Destiny riu.

— É claro que é. — A boca dela se contraiu. — Eu ia fazer uma piada sobre virgens vestais, mas provavelmente não é uma boa ideia.

— Só se você quiser conversar sobre o assunto.

— Virgens vestais? Não muito.

— A sua virgindade.

Ela tomou um gole de limonada.

— Não é o meu assunto favorito.

Nem o dele, mas havia coisas que precisavam ser ditas.

— Desculpe ter machucado você.

Ela se virou para ele.

— Você não me machucou. Digo, machucou um pouquinho, mas não foi nada demais. A dor. — Ela suspirou. — Agora que estou aprendendo como ser uma unidade familiar, vejo que você estava certo. Quando disse que eu devia ter contado. Eu não estava pensando direito, então isso foi parte do problema. E a outra parte foi... — Ela hesitou. — Eu não estava exatamente constrangida. Mas sabia que ser virgem na minha idade me tornava diferente. É claro que muitas coisas me tornam diferente.

Destiny desviou o olhar, como se antecipasse uma reação ruim por parte dele.

— Por que você se preocuparia com isso? Você é linda, talentosa, atenciosa. Por que acharia que não se encaixa?

— Eu não tive uma infância muito normal. Não me relaciono bem com os outros.

Várias coisas ocorreram a Kipling ao mesmo tempo. Primeiro, ela tinha ignorado totalmente os elogios. Porque não acreditava neles, será? Será que a menininha brilhava menos que seus pais famosos? Segundo, achava que ela tinha se relacionado bastante bem com outras pessoas. Especialmente com ele. E gostaria de se envolver ainda mais com aquela mulher. Mas não era sobre isso que eles estavam falando.

— Você quer se relacionar com os outros? — perguntou ele. — A sua regra de abstinência sexual é bastante extrema.

— Eu sei. É por causa das coisas que eu via. As pessoas tomam decisões muito ruins por causa do sexo. Fazem coisas não racionais ou erradas. Prevenir parecia ser a melhor solução.

— Mas para cada pessoa que age assim, existem milhares de outras que conseguem ter uma vida sexual ativa e agir com responsabilidade. É como dizer que viu uma criança fazendo pirraça no supermercado e, como não gostou daquilo, não vai ter filhos.

— Por que homens se dão tão bem com a lógica? — perguntou ela, sorrindo para ele.

— Você tem que usar suas melhores cartas, não é?

— Eu ainda acho que o sexo é a raiz de todo o mal.

— Você sabe que isso não é verdade — retrucou ele, delicadamente. — As pessoas têm comportamentos ruins. O sexo é apenas um meio de executar isso.

— Esse é você tentando me seduzir?

Kipling deu uma risadinha.

— Não. Quando eu for seduzir você, você não terá dúvidas.

— Meu plano é resistir.

Kipling se forçou a não reagir quando cada parte de seu corpo queria comemorar a vitória. Porque resistir não era nada parecido com negar. Destiny não tinha pedido a ele para *não* seduzi-la. Ou seja, ela queria isso. Ao menos um pouquinho.

— Você é uma mulher complicada — concluiu ele.

— Isso é bom ou ruim?

— É excelente.

A noite passou rápido. Starr passaria a noite na casa da Abby, então Destiny não precisava se importar com o horário. Mesmo assim, ela ficou surpresa ao perceber que, quando eles terminaram de jantar e de comer a sobremesa, já tinha passado das 23h. Ela chegara às seis. Como cinco horas passaram tão rápido?

Era fácil conversar com o Kipling, mas isso era demais. Eles não deveriam ter ficado sem assunto? Aparentemente, não, pensou, enquanto, relutantemente, colocava o guardanapo na mesa.

— Está tarde. Melhor eu ir.

Ela o observou enquanto falava, torcendo para que Kipling a convidasse para ficar. Ou que lhe desse aquela olhada predatória e provocante e a puxasse para seus braços. Ao invés disso, ele olhou para o relógio e concordou com a cabeça.

— Eu te acompanho.

— Hum, obrigada.

A decepção foi tão intensa que a surpreendeu.

Que belo plano de sedução, hein, pensou, enquanto se levantava e levava seu prato até a cozinha. É claro que ele tinha prometido que nada iria acontecer esta noite e estava falando a verdade. Ele era um homem de palavra. Isso era bom. Só que ela não conseguia evitar um desejo de que ele não seguisse as regras à risca.

— Não se preocupe com a cozinha — disse ele. — Eu limpo tudo quando voltar.

Ele a levou até a porta da frente. Destiny o seguiu com relutância. Eles saíram.

O sol tinha se posto algumas horas antes, mas a noite ainda não tinha esfriado. O calor irradiava das ruas e calçadas, provocando aquele clima típico de verão. O ar tinha cheiro de grama cortada e flores desabrochando. A maioria das casas estava às escuras. Destiny conseguia ouvir os grilos e sua própria respiração, mas pouco mais que isso.

Kipling caminhava ao seu lado. Perto o suficiente para indicar que eles estavam, obviamente, juntos, mas não o bastante para se tocarem. Destiny quis se aproximar dele, para que seus braços se tocassem. O que era confuso. O que tinha acontecido com seu plano sensato com um homem sensato e um relacionamento que seria uma união sensata de mentes? Em algo assim, não havia necessidade de encostar os braços. Mas, mesmo assim, era o que queria.

E beijá-lo, pensou Destiny, saudosamente. Uns beijos seriam ótimos. De língua. E talvez uns amassos. Porque sentia falta da sensação das mãos dele em seus seios. E de sua boca. Ela gostaria de sentir aquilo de novo.

— As estrelas estão lindas — comentou, em uma tentativa de afastar os pensamentos erráticos. — Gosto do fato de que é possível vê-las aqui.

— Eu também. Sinto falta das estrelas quando estou em uma cidade grande.

Porque ele certamente as via quando estava nas montanhas.

Engraçado como ela nunca pensava na vida antiga de Kipling. Ele mancava de leve e tinha algumas cicatrizes, mas, fora isso, poderia ser qualquer pessoa.

— Você sente falta? — perguntou ela, sem pensar. — De esquiar?

— Todos os dias.

Ela o fitou.

— Porque não foi uma escolha sua.

— Em parte, e também porque não posso voltar atrás. Eu provavelmente poderia descer uma montanha esquiando se precisasse, mas não seria legal. Eu teria que ir devagar, sem me arriscar.

Ele tinha perdido parte de quem era. Destiny nunca tinha considerado isso. Não apenas a fama e a glória, mas a essência que lhe dava identidade. Era como se ela não pudesse mais cantar ou curtir a música.

— Sinto muito.

Ele ergueu um ombro e o abaixou em seguida.

— Eu me viro.

— Mais que isso. Você criou uma vida totalmente nova para si mesmo. Isso é impressionante.

Eles tinham chegado à casa dela. Kipling a acompanhou até a varanda e se virou para ela.

— Não me transforme em um herói. Sou apenas um homem me virando na vida. Existem heróis de verdade por aí. Preste atenção neles.

Palavras que a fizeram admirá-lo ainda mais, pensou Destiny, aproximando-se um passo dele e antecipando o beijo de boa-noite. Ela torcia para que fosse demorado. Que Kipling a provocasse antes de roçar a língua na dela. Que houvesse...

O ex-atleta se aproximou e deu um beijo leve em sua bochecha.

— Obrigado pela noite ótima.

A ruiva ficou encarando Kipling.

— Hum, claro. Eu também me diverti.

Ela esperou.

Ele sorriu.

E, então, foi embora.

Destiny foi rolando a tela do computador em uma tentativa de não arremessá-lo para o outro lado da sala. Além disso, descontar suas emoções pessoais em uma máquina indefesa e inocente nunca era uma boa ideia. Especialmente um computador caro como o dela. Mas ela queria arremessar alguma coisa.

Ela não tinha ganhado nem um beijo de Kipling. Não houve línguas nem corpos se esfregando. O que aconteceu com o plano de seduzi-la? Será que tinha mudado de ideia, decidido que talvez ela não valesse o sacrifício? Por que ele estava agindo daquele jeito? Destiny queria bater o pé. E, quem sabe, fazer bico.

Em vez disso, respirou fundo duas vezes e voltou sua atenção novamente para a tela à sua frente. As informações do treinamento de busca estavam ali. Ela podia ajustar a frequência das atualizações de minuto a minuto ou de hora em hora. Ela e Kipling tinham encontrado Cassidy em quarenta minutos. Não era uma quebra de recorde, mas, mesmo assim, era um bom teste. Na próxima vez, eles tornariam a busca mais difícil, e Cassidy seria um dos resgatadores. A terceira ou a quarta simulação incluiria voluntários.

O planejamento estava dentro do prazo, e o treinamento de Destiny terminaria em umas quatro ou cinco semanas. Normalmente, ela já estaria discutindo com a empresa sobre sua nova tarefa. Mas não dessa vez. Dessa vez, ela e Starr ficariam em Fool's Gold, e Destiny não fazia a menor ideia do que fazer da vida.

Destiny era formada em Ciências da Computação, mas não estava animada para procurar outro emprego na área. Não era aficionada em tecnologia. O que Destiny gostava em seu trabalho era a parte de ajudar as pessoas. Mas ela não tinha um monte de habilidades transferíveis.

Ela sabia que era uma mulher de sorte. Dinheiro não era problema. Graças ao seu fundo fiduciário, ela poderia viver muito bem sem trabalhar. Em sua maior parte porque, com exceção de ter bancado sua faculdade, nunca tinha tocado em um centavo daquele dinheiro.

No entanto, ela não se sentiria confortável ficando o tempo todo sentada sem fazer nada. E viver com luxo enquanto se cria uma adolescente não parecia possível. Ela queria comprar uma casa para as duas e, para fazer uma hipoteca, precisava de um emprego.

Mesmo assim, tinha o tempo ao seu lado. Havia uma agência de empregos local. Ela poderia ir lá e fazer um daqueles testes que dizem em que você é bom. Ela duvidava que brincar de compor músicas e cantar no karaokê trouxesse muitas oportunidades de trabalho.

Destiny voltou sua atenção para o monitor e continuou estudando os resultados de seu primeiro teste de resgate. Ela queria terminar o relatório antes de ir para casa. Estava quase no fim quando Cassidy entrou em seu escritório e se sentou na cadeira de visitas.

— Este é o lugar mais esquisito do mundo — afirmou a loira.

— Em um bom ou em um mau sentido?

— Bom, em sua maior parte. Acabei de fazer um treino na CDS.

Destiny franziu a testa.

— Onde fica isso?

— A escola de seguranças.

— Ah, certo. Já ouvi falar. Como foi o treino? Uma das minhas amigas acha o máximo o que eles fazem lá.

— Foi insano. A instrutora é a Consuelo Hendrix. Ela é baixinha, mas durona. É só a minha segunda aula, mas, depois da última, eu tinha dores em músculos que nem sabia que existiam.

— E você adorou — disse Destiny.

Cassidy sorriu.

— Você sabe que sim? De qualquer forma, me inscrevi para duas aulas por semana. Quando eu fui lá hoje, o marido dela, Kent, estava participando, mas havia alguma coisa na maneira como ele a observava. Foi bem estranho.

— Ele não é um assassino em série — garantiu Destiny. — Está no meio de uma aposta com o irmão.

— Que aposta? De que ele consegue sobreviver a uma das aulas dela?

— Não é tão simples. Os homens estão em uma competição para ver quem engravida a esposa primeiro. Não acho que Consuelo e Isabel saibam disso. Meu palpite é que o Kent estava de olho nela para ver se não está grávida.

Cassidy piscou.

— O que ela achava que podia fazer? Estava dando aula. Uma pessoa tão em forma quanto ela não deveria ter problemas em continuar com sua rotina de costume. A não ser que haja algum problema. E ele sequer sabe se ela já está grávida.

— Eu sei. Só estou contando o que ouvi.

Cassidy se recostou na cadeira e resmungou.

— A cidadezinha mais esquisita do mundo.

Antes que Destiny pudesse responder, seu celular tocou. Olhou para a tela e viu quem estava ligando.

— Oi, Starr — cumprimentou ela. — Você chegou em casa antes de mim.

— Não fiquei para a aula prática. Hum, sei que você costuma trabalhar até as cinco, mas, hum, chegou uma visita aqui em casa.

O primeiro pensamento de Destiny quanto à pessoa em questão foi o Kipling. Ou talvez esse fosse apenas seu desejo. Porque ela gostaria muito de passar a noite com ele. Só que o tom de voz de sua irmã era mais cauteloso do que a presença de Kipling exigia, e ela teria simplesmente dito o nome dele.

— Quem?

Starr pigarreou.

— Sua mãe.

Capítulo 15

Lacey Mills estava na casa dos quarenta e muitos anos, mas tinha cara de 35 e se vestia de um jeito que Kipling pensava ser apropriado para a rainha do baile nos anos 1960. Com seus cabelos volumosos, o vestido justo e os saltos altos, ela botava Dolly Parton no chinelo. Os cabelos de Lacey eram ruivos, ao invés de loiros, mas ainda eram longos. Bem volumosos, com muitos cachos. Como era aquele ditado mesmo? Quanto maior o cabelo, mais perto de Deus? Kipling concluiu que Lacey e o Todo-Poderoso eram amigos íntimos.

Ele tinha dado um pulo no escritório da Destiny com a falsa pretensão de perguntar sobre o programa, mas, na verdade, ele queria vê-la e avaliar a reação dela quanto ao encontro deles. Ou melhor, quanto ao seu desfecho. Porque ele tinha bastante certeza de que ela esperava um pouquinho de ação. O que era exatamente o que ele queria. Melhor que ela criasse expectativas do que ele forçar a barra. Desse jeito, quando ele tomasse uma atitude, ela seria receptiva.

Mas em vez de ir saltitante cumprimentá-lo, ela estava de olhos arregalados e pálida enquanto desligava o celular. O aviso de que a mãe dela tinha chegado inesperadamente atiçou tanto a curiosidade de Kipling quanto seu instinto protetor. Ele se ofereceu para jantar com elas, e Destiny aceitou na hora.

Agora, lá estava ele, preparando coquetéis na pequena cozinha da casa de Destiny enquanto Starr observava ao seu lado, obviamente sem ter certeza se deveria se juntar às outras mulheres na sala ou não.

— Ela é superfamosa — sussurrou Starr. — E bonita. Quero dizer, tipo, ela é bonita na TV e tudo mais, mas eu não tinha certeza de como ela seria pessoalmente. Ela é tão bonita quanto na TV. Mas baixinha. Achei que fosse mais alta. E é interessante o fato de que tanto ela quanto meu pai são ruivos. Isso não é comum.

Lacey era alguns centímetros mais baixa que a filha. Elas tinham os mesmos belos olhos verdes e cabelos ruivos, apesar de Kipling suspeitar que as luzes douradas de Lacey fossem feitas no salão.

— Você viu a maquiagem dela? — perguntou Starr, com a voz ainda baixinha. — Fico me perguntando se ela me ensinaria a me maquiar.

— Tenho certeza de que ela ficaria feliz em te mostrar algumas coisas — disse Kipling, enquanto colocava vermute doce e seco na coqueteleira junto com o gim e o gelo.

Lacey tinha sido bem clara em seu pedido.

— Um Martini com gim, dois tipos de vermute e gelado. Preciso que seja gelado.

Ela tinha sorrido para ele. Um sorriso experiente e sedutor que ele tinha certeza que tinha feito homens mais fortes que ele caírem de quatro. Mas ele era imune. É claro que Lacey era linda e, apesar da grande decepção de Starr quanto à sua altura, sua atenção estava focada em outro lugar.

— As bebidas estão no freezer — avisou Destiny.

— Eu me viro.

Agora ele estava misturando o coquetel e se perguntava em que Destiny estaria pensando. Pelo que tinha lhe dito, ela tinha um relacionamento complicado com os pais.

— Preciso de azeitonas — disse ele à Starr. — Provavelmente estão na geladeira.

Ela deu uma olhada na geladeira e encontrou um pote de azeitonas com recheio de pimentão. Kipling serviu os Martinis, acrescentou uma azeitona e colocou refrigerante em um copo com gelo para Starr, Destiny e ele mesmo. Ele não tinha certeza se beber com a mãe da Destiny por perto era uma boa ideia, e a própria Destiny tinha pedido refrigerante.

— Eu também ganho uma azeitona? — perguntou Starr, com um sorriso breve.

— Você quer uma?

Ela franziu o nariz.

— Não.

Starr encontrou uma bandeja, e Kipling colocou todas as bebidas nela e a levou até a sala de estar. Lacey pegou seu Martini, fechou os olhos e tomou um gole.

— Perfeito — elogiou ela. — E gelado. Você é muito esperto!

— Sempre fui bom com Martinis.

Kipling entregou os refrigerantes de Destiny e Starr antes de se acomodar na ponta do sofá.

— Tenho certeza de que você é bom em muitas coisas — disse Lacey.

Ele ignorou qualquer insinuação que pudesse haver naquele comentário. Tinha a impressão de que flertar era quase tão automático quanto respirar para a cantora de country.

— Você veio de carro?

— Para a cidade? — perguntou Lacey. — Céus, é claro que não! Vim com meu jatinho até o aeroporto. — Ela se virou para a filha. — Preciso dizer que gostei muito desta cidade. É tão bonita! E tem tantos festivais!

— Como você sabe dos festivais, mãe? — perguntou Destiny.

— Li sobre eles no avião. Gosto de ter informações sobre o lugar onde você está morando. — Ela sorriu para Kipling. — Minha menininha se muda o tempo todo. Um trabalho aqui, um trabalho ali... Alguns lugares são bacanas, mas outros...

Lacey deu de ombros e se voltou para Starr.

— Agora, que coisa mais linda você é! Sinto muito pela sua mãe. Você está morando com a Destiny agora?

Starr engoliu em seco.

— Hum, sim, senhora.

— Ela é inabalável. Ouça o que ela diz, está me ouvindo? Destiny sempre foi uma rocha.

— Sim, senhora.

Uma rocha? Kipling pensou em Destiny cantando no palco do The Man Cave. E em como ela extravasava todas as suas emoções através da música. Ela era calma por fora, mas, por debaixo da fachada, havia muita intensidade. Ele se perguntou quanto daquela natureza inabalável tinha sido aprendida com o fato de que ela tinha que ser o adulto na família. Até agora, Lacey tinha sido muito agradável, mas ela não lhe pareceu ser o tipo de pessoa que se importa muito com o ponto de vista das outras pessoas.

Lacey voltou sua atenção para ele.

— Kipling, você me parece familiar. Por que será?

— Eu fui esquiador olímpico.

Ela ergueu as sobrancelhas.

— Isso mesmo! Nos jogos de Sóchi! Força G. — Ela sorriu. — Você ganhou as medalhas de ouro e depois teve um acidente. Parece estar vivendo bem. Que bom. — Lacey se voltou para a filha. — Você arranjou alguém famoso. Isso me deixa tão feliz! As pessoas respeitam homens que viveram perigosamente no passado. Agora que já pusemos o papo em dia, sei que vocês querem saber sobre meu novo álbum. Vai ser lançado no outono. Minha gravadora queria que eu gravasse meus maiores hits, mas eu disse que não. Eu quero regravar algumas músicas antigas maravilhosas. Nós discutimos, mas eu venci.

— Tenho certeza de que você sempre vence — disse Kipling.

Lacey piscou os olhos.

— Ora, sim, é verdade.

— Ela não é como eu esperava — sussurrou Starr mais tarde aquela noite.

Destiny estava sentada na cama da irmã.

— Nunca é. Minha mãe é mais parecida com um tornado do que com uma pessoa. É melhor prestar atenção em para onde ela está indo e sair do caminho.

Starr riu.

— Ela é legal, mas dá um pouco de medo.

— Concordo.

Starr ergueu os joelhos até o peito e envolveu as pernas com os braços.

— Quanto tempo ela vai ficar?

— Uns dois dias. Ela geralmente me visita quando estou cumprindo alguma tarefa.

Muitas vezes, sem avisar. Destiny tinha aprendido a esperar pelas visitas, mas não se planejar para elas. Lacey tinha sua própria agenda e suas próprias regras. Ela se acomodara no quarto de Destiny sem se dar ao trabalho de perguntar se podia, mas provavelmente prepararia café da manhã para todos no dia seguinte.

— Você pode conversar com ela sobre a carreira musical, se quiser — disse Destiny. — Ela adora falar sobre o passado e sobre como as coisas mudaram na indústria da música. Você vai aprender muito com ela.

— Você não vai ficar brava?

— Não. Nem um pouco.

Starr manteria sua mãe ocupada, e isso era algo bom. Porque se ficasse sozinha por tempo demais, Lacey bolava uns planos malucos. Como na vez em que tentou convencer Destiny a sair em turnê com ela.

— Ah, e fale sobre composição. Ela é boa e adora compor com outras pessoas.

O queixo de Starr caiu.

— Mesmo? Você acha que ela faria isso comigo?

— Sim.

— Por que você não compõe com ela?

— Brigamos muito quando fazemos isso.

E todas as sessões de composição acabavam com Lacey dizendo a Destiny que ela tinha desperdiçado sua vida e seu talento. Que ela nunca se sentiria plenamente satisfeita se não honrasse seus dons. E esse não era um assunto sobre o qual Destiny queria conversar. Nunca.

Era engraçado ouvir Kipling dizer quase a mesma coisa, só que tinha sido mais fácil ouvir dele. Talvez por causa do que ele tinha passado. E porque confiava nele. Ele não podia fazer o que mais amava por causa do acidente. Destiny sabia que era difícil, mas o ex-esquiador tinha aceitado o inevitável e seguido em frente com sua vida.

Ela tinha tentado fazer a mesma coisa. Ao menos a parte de seguir em frente com a vida.

— Lacey quer que eu seja como ela — prosseguiu. — Acho que é uma coisa de mãe. Mas nunca vai acontecer.

Starr acenou compreensivamente com a cabeça, então repousou o queixo nos joelhos.

— Minha mãe costumava dizer que eu era exatamente como ela. Só que eu nunca quis ser daquele jeito. Você sabe, as drogas e tudo mais. Não quero isso.

— Você fica preocupada com isso? — perguntou Destiny.

— Não sei. Às vezes. Não quero usar drogas e fazer com que elas sejam a única coisa que importa. Quero cantar e compor. Quero ter orgulho de mim mesma.

Destiny se moveu para poder puxar Starr para perto de si.

— Espero que você já tenha. Você é uma pessoa ótima, e tenho orgulho de ter você como irmã.

— Obrigada. Eu também te amo.

Starr disse mais alguma coisa, mas Destiny só concordou com a cabeça. Ela precisou de um segundo para assimilar aquelas palavras. Porque elas faziam com que tudo valesse a pena. Elas eram irmãs do coração e isso nunca iria mudar.

Destiny estava ciente da estupidez de evitar o inevitável, então, dois dias depois, deixou Starr na casa de Abby à noite, deu um pulo no Angelo's para pegar algo para comer e voltou para casa para passar uma noite sozinha com a mãe.

Lacey estava sentada com as pernas cruzadas no chão da sala, com várias sacolas de compras espalhadas em torno dela. Seu cabelo estava solto, sua blusa era ornamentada e sua calça jeans, justa. Lacey sempre compreendeu a importância de ser original.

— Não deixei passar nenhuma loja — informou, enquanto analisava as camisetas de Fool's Gold, os chaveiros e as canecas, além de pilhas de roupas, sapatos e livros.

Ela riu e pegou seu Martini.

— Gosto de dar um apoio à economia local. Há uma loja de roupas chamada Paper Moon com umas peças supermodernas. Gastei uma fortuna lá. O resto foi só por diversão. — Ela inspirou o aroma da comida que Destiny tinha levado. — O cheiro está ótimo. O que foi que você trouxe para nós?

— Lasanha e pão de alho. E salada para podermos fingir que somos pessoas saudáveis.

— Você é minha filha mais velha preferida, sabia?

Lacey se levantou com elegância, sem derramar nenhuma gota de Martini. Ela foi até Destiny e a abraçou com força, então a soltou e foi até a cozinha.

— Quando Starr vai chegar?

— Ela vai passar a noite na casa de uma amiga. Somos só nós duas hoje.

Lacey Mills riu.

— Minha maneira preferida de passar a noite. Você é tão gentil comigo, querida. Estou morrendo de fome e precisando muito de uma noite das meninas.

Destiny colocou a sacola com a comida no balcão e lavou as mãos antes de pôr a mesa.

— Quer um? — ofereceu sua mãe, tirando uma jarra de Martini da geladeira.

— Não, obrigada.

Enquanto Lacey a estivesse visitando, Destiny só tomaria água. Porque ela sabia que a mãe bebe por duas pessoas. Ou talvez por vinte. Ela achava que tinha as mesmas preocupações de Starr. Havia partes da personalidade de sua mãe com as quais ela não queria se envolver, apesar de Destiny saber que ela tinha tanta culpa quanto a mãe ao usar o álcool como muleta. Aquela noite no The Man Cave, ela tinha precisado dos copos de Long Island Iced Tea para conseguir cantar. Algo que provavelmente deveria discutir com sua terapeuta.

Sua mãe lhe diria que cantar para uma plateia estava em seu sangue. Não que ela ficasse nervosa, disse a si mesma enquanto colocava os pratos e os talheres na mesa e pegava a comida. Tinha mais a ver com permitir-se fazê-lo.

Lacey se sentou, e Destiny lhe entregou a lasanha. Ela inspirou fundo.

— O cheiro está delicioso. Você se lembra de quando eu costumava fazer macarrão com queijo? De caixa, é claro. Esse era o máximo que eu sabia cozinhar. Eu não era uma mãe tradicional.

— Você não seria Lacey Mills se fosse.

— E eu quero ser Lacey Mills.

— Minha mãe, a superstar — resmungou Destiny, pensando em como tanto seu pai quanto sua mãe a tinham surpreendido e frustrado quando ela era pequena. Ela supunha que ambos ainda a surpreendiam e frustravam.

Por outro lado, ela tinha seguido um rumo completamente diferente, basicamente dando as costas para o estilo de vida deles. Ambos tinham deixado claro que queriam que ela seguisse a carreira da família, e a ruiva não o fizera.

— Você está decepcionada comigo? — perguntou Destiny antes que pudesse se conter. Porque Lacey seria totalmente sincera.

— O quê? Não! Não seja boba. Você é minha filha, Destiny. Eu te amo.

— Eu também te amo, mãe. Mas não foi isso que eu perguntei. Não sou como você.

Lacey largou o garfo.

— Se você está falando da música, então eu teria gostado que você fosse mais como eu. Podíamos ter saído em turnê juntas. Teríamos nos divertido tanto... É uma vida solitária, então seria legal ter uma amiga por perto. Mas, querida, você tem que fazer o que é melhor para você.

Ela pegou seu Martini e tomou um gole.

— A culpa é nossa. Agora eu entendo isso. Quando você era pequena, nós arrastávamos você para cima e para baixo. Algumas crianças teriam adorado o caos, mas você não. Você sempre gostou da rotina. De se acomodar. Quando minha mãe disse que ia ficar com você, bem, eu chorei por uma semana. Mas sabia que era a coisa certa a se fazer.

Os olhos verdes de Lacey se encheram de lágrimas.

— Eu sentia a sua falta, mas fiz o que era melhor para você. Espero que você saiba disso.

— Eu sei.

— E agora você acolheu a Starr. Tudo se resume a cuidar da família.

— Você se importa com o fato de ela ser filha do pai com outra pessoa?

— O quê? Não! — Lacey comeu um pedaço de lasanha. — Jimmy Don não nasceu para ficar com uma mulher só. Nós éramos jovens, e aí você veio. Uma época mágica. Mas nosso casamento nunca teria durado mesmo. Somos parecidos demais. Os apaixonados devem completar um ao outro. Complementar um ao outro.

— Você está apaixonada? — perguntou Destiny.

— No momento, não. Mas espero ficar novamente. — Lacey suspirou. — É a melhor sensação do mundo. Encontrar a pessoa certa. Apesar de eu nunca ter acreditado no "para sempre", como você sabe.

Destiny remexeu sua comida.

— Você não quer isso, mãe? Alguém que possa confiar que estará sempre lá?

— Talvez. Mas eu teria que abrir mão de todos os outros. E são tantos... — Lacey sorriu, mas seu sorriso logo desapareceu. — Não quero que você se preocupe quanto a como eu me sinto com relação a você. Você é uma alegria para mim. Espero que você encontre essa alegria com a sua irmã. Você adotou a Starr?

— Sou a tutora legal dela.

— Talvez eu devesse adotar. Não existem vários órfãos perdidos por aí?

E ali estava, pensou Destiny, lutando contra a irritação. A mudança que a deixaria louca. Seria seguida por palavras rudes, uma briga e pela sensação de estar presa em um loop perpétuo de conflito emocional. Isso era realmente desgastante...

— Vou precisar de dois — ponderou Lacey. — Para eles poderem fazer companhia um para o outro.

— Estamos falando de crianças, não de filhotes de cachorro — disse Destiny, calmamente.

— Os mesmos princípios se aplicam.

— Você não pode estar falando sério.

— São diferentes, suponho — concordou Lacey. — Não dá para prender crianças na gaiola quando elas estão irritantes. — Lacey sorriu. — Apesar de eu achar que ficaria extremamente adorável com dois bebês aos meus pés.

— Você está sempre procurando por distrações, mãe. O que há de tão errado em você para estar sempre querendo ser outra pessoa?

Lacey congelou, a taça parou no meio do caminho até a boca. Ela se levantou de repente e correu para a sala de estar.

Segundos depois, ela voltou, o celular na mão.

— Repita o que você disse — ordenou ela. — O que você acabou de dizer.

— Que você se distrai com planos ridículos que nunca...

— Não, não foi isso. Preciso da frase exata. Ou melhor, você precisa. Existe uma música nessa energia, Destiny. Me diga o que você disse que eu lhe mando o MP3 por e-mail para você.

Destiny considerou bater a cabeça na mesa, mas concluiu que não havia porquê. Sua mãe nunca iria mudar.

— O que há de tão errado em você para estar sempre querendo ser outra pessoa?

Lacey digitou no celular.

— Pronto, anotado. Caramba, você tem talento! Eu sempre soube. — Ela pegou seu Martini. — Você deveria conversar com o Richard.

— Acho que não.

Destiny não tinha nada a dizer para o empresário de sua mãe.

— Ele tem contatos.

— Todos nós temos contatos.

— Ah, você sabe o que quero dizer! Você quer falar de mim tentando ser outra pessoa? Vamos falar sobre você renegando quem você é. Não estou decepcionada com você, Destiny, mas estou preocupada. Um dia você vai acordar e perceber que está evitando a verdade sobre quem você é. Quanto antes isso acontecer, mais cedo você vai honrar o seu talento e mais feliz você vai ser. O que aquele seu rapaz diz de tudo isso?

Ela só podia estar falando do Kipling. Destiny pensou em contar que ele não era "o rapaz dela", só que Lacey não acreditaria, e nem mesmo ela própria sabia se isso era verdade ou mentira. Eles eram amigos, mas tinham transado e quando ele estava por perto...

— Você está caidinha — provocou sua mãe. — Está com um brilho nos olhos. Não é bom estar apaixonada?

— Não estou apaixonada. Gosto dele. Ele é um homem bom e posso contar com ele.

— Como é o sexo? — Lacey ergueu uma mão. — Deixe para lá. Sou sua mãe. É uma pergunta constrangedora, e eu retiro o que disse. Se a minha mãe tivesse me perguntado sobre Jimmy Don, eu teria caído morta na hora. Só para você saber, eu também gostei dele. É um pedaço de mau caminho.

Lacey se recostou na cadeira e riu.

— Vocês dois certamente teriam filhos bonitos. — Os olhos dela se arregalaram. — É isso, Destiny! É disso que eu preciso. De netos. Aí vou ter toda a diversão e nenhum trabalho. Dê um jeito nisso logo! Ouviu?

— Sim, senhora.

Aquelas palavras saíram automaticamente, mas o cérebro de Destiny tinha pulado três assuntos e feito uma curva acentuada à esquerda. Filhos. Filhos provinham do sexo. Ela tinha feito sexo com Kipling, e eles não tinham usado nenhuma proteção.

Nenhuma dessas coisas devia preocupá-la, pois tinha sido sua primeira vez e certamente seu corpo a protegeria ou algo assim. Só que já tinham se passado três semanas, e ela ainda não tinha menstruado. Talvez a matemática não fosse seu forte, mas até mesmo ela podia somar uma noite de sexo com três semanas de atraso e concluir que ela podia muito bem estar grávida.

Kipling ergueu os olhos dos papéis que estava analisando.

— Você podia ter pedido o dinheiro para mim, Shelby. Eu teria dado.

Shelby cobriu o rosto com as mãos.

— Não faça eu me sentir culpada por pedir. Eu queria fazer isso sozinha. Queria me virar. — Ela abaixou as mãos e olhou para ele. — Estou falando sério, Kipling. Você não pode ditar como vivo a minha vida.

Apesar de entender o ponto de vista, Kipling não conseguia superar o fato de que ela era da família. É claro que ele teria dado dinheiro para a irmã entrar de sócia na padaria. Mas ela não tinha pedido. Em vez disso, tinha ido ao banco pedir um empréstimo.

— Se eles não tivessem precisado de alguém para assinar o contrato, você teria me contado sobre isso? — perguntou.

Shelby hesitou tempo suficiente para que ele tivesse sua resposta.

— Só quero o melhor para você — disse ele, enquanto pegava a caneta e rabiscava seu nome.

— Kip, não fique bravo. Me desculpe. Eu sou grata por tudo que fez por mim. É só que, às vezes, eu quero fazer as minhas próprias coisas, sem ter que pedir para você. Consegue entender isso?

— Claro.

Ele entregou a papelada a ela.

Ela pegou, mas não foi embora.

— Você está chateado.

— Não sou o vilão. Não fiz nada de errado. Quero ajudar você de todos os jeitos que puder. Se para isso eu precisar ser consignatário do seu empréstimo, então está feito. Vá comprar sua parte na padaria.

— Você ainda me ama?

Um pouquinho da mágoa e da dor de Kipling se esvaíram.

— Shelby, você é minha irmã. Eu sempre vou amar você, não importa o que aconteça. Eu assinei a papelada, não assinei?

Porque ações sempre eram mais importantes que palavras.

— Eu também te amo. Obrigada por fazer isso.

Ele acenou compreensivamente com a cabeça, e ela foi embora.

Kipling se acomodou novamente à sua mesa, mas parecia não conseguir se interessar pela planilha em seu computador. Ele entendia em partes o que sua irmã dissera, mas ainda achava que ela devia ter lhe procurado, em vez de ter ido ao banco. Também achava que ela estava tomando uma decisão precipitada ao comprar parte da panificadora tão pouco tempo depois de ter se mudado para Fool's Gold — e isso ele já havia lhe dito. Esse provavelmente era o motivo pelo qual ela tinha ido ao banco, afinal.

Ele fechou a planilha e abriu os e-mails. Havia um de Gideon, dizendo que ele estava encarando muita resistência das mulheres quanto ao The Man Cave. Outra coisa na qual Kipling não queria pensar. Ele salvou o e-mail, se levantou e caminhou de um lado para o outro sem parar no escritório.

Havia coisas demais rolando, pensou. Problemas que ele não podia consertar. A questão do The Man Cave e do Jo's Bar o deixava frustrado. Havia uma necessidade. Ele suprira essa necessidade. E agora era quem estava errado.

Será que os homens da cidade não podiam enfrentar suas esposas e namoradas? Havia bastante demanda para os dois negócios. Os turistas teriam opções de lugar para ir. Por que isso era tão ruim assim?

Quanto à Shelby — não havia muito o que fazer com relação a isso. Ele tinha feito seu melhor e, agora, ela tinha que tomar suas próprias decisões. E viver com as consequências. Porque se ele tivesse razão e tudo fosse...

A porta de seu escritório se abriu, e Destiny entrou. Kipling relaxou imediatamente. Ela não era apenas uma bela distração de todas as coisas que ele não podia controlar. Tê-la por perto também colocava seus pés no chão. Algo que não podia explicar, mas aceitava numa boa.

— Oi — começou, pausando logo em seguida.

Ela estava chateada. Podia ver em seus olhos. Emoções se agitavam neles. Estava corada e tensa. Kipling foi até ela.

— Qual o problema? Como posso ajudar?

Resolver o problema dela certamente ajudaria eles dois a se sentirem melhor.

Ela o encarou e riu. Só que a risada era mais angustiada do que feliz.

— Você já fez o suficiente — disse ela. — Sabia que meu corpo não se importa com o fato de que eu era virgem? Acabei de pesquisar na internet. Coisa que eu devia ter feito antes. Mas pensei que eu tinha um passe livre. Só um. Ou talvez algum tipo de proteção do meu hímen ou algo assim. Mas não. Não tem nada.

A ruiva não estava o assustando, mas certamente não era ela mesma. As emoções que Kipling suspeitava estarem trancafiadas nela há tanto tempo tinham finalmente vindo à tona, mas não era aquela alegria toda que estava esperando.

— Destiny — disse, calmamente. — Recupere o fôlego e me conte o que aconteceu.

— Não tem nada de errado com a minha respiração. — Ela expirou para demonstrar. — Viu? Esta sou eu respirando. Quanto ao que está acontecendo, nada de novo. Nada que já não estivesse acontecendo há semanas. Estou grávida. Me guardei esses anos todos porque eu não tinha certeza. Porque queria tomar uma decisão racional. Eu não ia me transformar nos meus pais, que, aliás, *esperaram* até o casamento para fazer sexo e engravidarem, afinal. Minha mãe me contou hoje de manhã. Quem diria?

Grávida? Destiny ia ter um filho? Um filho dele? Kipling assimilou a novidade. Mentalmente, ele a ruminou em sua cabeça, sem ter certeza de como se sentia com relação àquilo. Ele gostava de crianças. Queria ter filhos um dia. Podia garantir que sempre estaria lá para consertar as coisas por uma criança. É, ele podia fazer isso. Um filho. Ele sentiu que começou a sorrir. Um mini Força G.

— Não entendo — reclamou Destiny, sua voz ficando um pouquinho mais alta. — Devia existir um mecanismo de proteção para uma única vez. Como uma amostra grátis. Mas não. Virgens não têm benefícios adicionais. Em vez disso, existem consequências. É aí que o bicho pega.

Eu acredito em consequências. Sou superfã. Vivo minha vida de modo a evitar um dia ter que me preocupar com elas. Mas lá estávamos nós, em um banco no bar, transando, e agora estou grávida.

— Você está bem?

— Não!

Aquela palavra saiu como um gritinho agudo.

Destiny inspirou pesadamente.

— Não — repetiu ela, em um tom mais ameno. — Não estou bem. Estou começando a me entender com a Starr. Sequer temos um lugar permanente para morar. Decidimos ficar em Fool's Gold, mas não é como se eu tivesse um emprego à vista. Ou mesmo um plano. O que é que vou fazer com a minha vida? E agora ainda tem um bebê a caminho?

Ela foi até a janela e se virou para Kipling.

— Isso é tudo culpa sua! Antes de conhecer você, eu era uma pessoa calma e racional. Agora estou *grávida*! E tenho sentimentos! Que nem aquele dia, depois do jantar na sua casa? Eu queria que você me beijasse, mas você não me beijou, e eu fiquei chateada. De onde surgiu isso? Passei a vida inteira sem a necessidade de ser beijada. As coisas eram bem mais calmas quando não havia beijos, sério.

Ele se apoiou na mesa e conteve um sorriso. Ah, sim, essa era a Destiny que ele suspeitava há muito tempo que estivesse escondida dentro dela. A mulher intensa que cantava com o corpo e a alma.

— Não me olhe desse jeito! — ralhou ela.

— De que jeito?

— Sei lá! Com surpresa e orgulho. Não sou um cachorrinho!

— Eu nunca disse que você era.

Destiny bateu o pé no chão.

— Quero jogar alguma coisa em você! Você sabe o que isso significa? Eu virei meus pais mesmo. Me esforcei tanto para não ser como eles e cá estou, querendo jogar um prato na sua cabeça.

Kipling foi até ela, segurou-a pelos braços, puxou-a para perto de si e pressionou a boca contra a dela. Quando se afastou, ele olhou bem nos olhos verdes dela e soube exatamente como resolver o problema.

— Case comigo.

Capítulo 16

DESTINY SE SENTOU EM SUA CAMA. O intervalo no qual saiu do escritório de Kipling e caminhou, ou mesmo correu, até sua casa era meio que um borrão. Lembrava que ele a tinha pedido em casamento. Tinha bastante certeza de ter recusado o pedido, começado a chorar e ido embora correndo. Mas talvez o fato de que ela não conseguia se lembrar direito significasse que ela tinha agradecido pela oferta generosa e, então, ido embora tranquilamente.

Ou não. E memórias eram altamente superestimadas.

Destiny pegou o violão. Seus dedos encontraram os acordes. Ela não estava procurando por uma música, mas tocar a ajudava a relaxar.

Pelo lado positivo, Lacey tinha ido embora aquela manhã. A visita-relâmpago tinha acabado com uma promessa de sua mãe de retornar em dois meses para ver como as coisas estavam indo com Starr. Destiny tinha a sensação de que assim que as pessoas ficassem sabendo que ela estava grávida, Lacey apareceria regularmente em Fool's Gold.

Ela tinha que admitir que isso não era necessariamente uma coisa ruim. Ter um filho era assustador. Saber que sua mãe estaria por perto era bom.

Destiny continuou tocando, pensando que, agora que estava grávida, tomar vinho estava fora de cogitação. O que significava que ela teria que se contentar com um copo de leite e alguns cookies depois. Laticínios eram bons para ela, não eram? E se ela tivesse cookies de aveia, sua dieta incluiria frutas e cereais.

Deixando a parte da alimentação de lado, ela tinha uma vida e um direcionamento. Talvez fosse uma vida estranha, mas, afinal, era a vida dela. Uma vida que era basicamente digna de chacota. Ela não estava ridiculamente velha para uma gravidez não planejada? Não devia ter sabido disso? Todos aqueles anos fugindo da genética e de sua família a tinham metido em uma situação que até mesmo sua mãe tinha conseguido evitar. Solteira, grávida e com quase trinta anos.

Ela ficou de olho no relógio e, quando chegou a hora, largou o violão e foi até a sala para esperar Starr.

Alguns minutos depois, a adolescente entrou apressadamente em casa. Assim que viu Destiny, desandou a falar.

— Vai ter um musical. Eles estão organizando um musical para a última semana do verão, e eu quero me candidatar aos papéis principais. Você acha que eu consigo?

— Claro que sim! Você tem uma voz linda.

— Estou morrendo de medo — admitiu Starr, dando risada, enquanto largava a mochila no chão ao lado do sofá. — E se eu surtar?

— Você vai saber as músicas — disse Destiny. — Quer que eu converse com o Kipling? Talvez ele possa abrir o The Man Cave numa tarde de sábado para que você e as suas amigas possam praticar com o microfone e alguns familiares na plateia. Menos pressão do que uma audição, e em um ambiente seguro.

— É uma ótima ideia! Obrigada! Eu ia perguntar que música você acha que eu devo cantar. Eles nos deram uma lista para escolher.

— Podemos dar uma olhada nela hoje à noite.

— Seria ótimo! — Starr franziu o nariz. — O que aconteceu? Você está com a cara amarrotada.

— Como?

— A sua cara está toda amassada. Alguma coisa aconteceu.

Destiny concluiu que as coisas estavam realmente ruins quando não se conseguia enganar nem uma adolescente de quinze anos.

— Sente-se. Precisamos conversar.

A alegria de Starr se esvaiu, e sua boca formou uma linha reta. Ela se afundou no sofá.

— É algo ruim?

— Não. Não estou doente, você não está doente. Vamos ficar em Fool's Gold. É outra coisa.

Destiny se acomodou ao lado da irmã. Como raios iria contar tudo? Ia parecer uma idiota. Coisa que realmente era, de certa forma.

Ela tentou sorrir, mas teve a sensação de que acabou fazendo uma careta assustadora. Mesmo assim, Starr ficou onde estava e não surtou nem nada assim.

Destiny abriu a boca e a fechou logo em seguida. Era melhor fazer aquilo de um jeito simples, decidiu, soltando de uma vez.

— Estou grávida. Kipling é o pai.

— Ah, nossa. — Starr ficou olhando para ela. — Eu sabia que vocês dois estavam, tipo, ficando, mas não sabia... Caramba. Então, você vai ter o bebê?

— Sim. — Ela nem tinha considerado não tê-lo. — Vou. Então acho que você vai ser tia.

Starr sorriu.

— Verdade! Que legal! Posso ajudar. Não entendo nada de bebês, mas posso aprender.

Destiny também não entendia nada de bebês, mas não achava que dizer isso em voz alta ajudaria qualquer uma delas a se sentir melhor.

— Kipling me pediu em casamento.

Starr pegou as mãos de Destiny.

— Pediu? Que máximo! Quando vocês vão casar? Porque é isso que as pessoas fazem, certo? Casam e têm filhos? Isso faz delas uma família.

Destiny ia dizer que não, que eles não iam se casar. Que muitas pessoas não se casavam. Aí se lembrou que Jimmy Don nunca tinha se casado com a mãe de Starr. Jimmy Don era o tipo de pai que não tinha se casado com a mãe dela e nem a acolhido quando ela precisava de um lugar para ficar. Ele não tinha nem se lembrado do aniversário dela.

Destiny apertou as mãos da irmã.

— Não, isso não faz das pessoas uma família — sussurrou ela. — É o amor que cria uma família, e não o casamento.

— Mas o casamento ajuda.

Olhe só, que reviravolta inesperada, pensou Destiny, desoladamente. Kipling não era seu ideal de escolha sensata. Havia química demais entre eles. É claro que ele era gentil, atencioso e sempre estaria lá para apoiá-la. Ela gostava do fato de que ele não tinha um ego enorme, mesmo tendo a carreira que teve. Ele era praticamente uma pessoa comum.

Mas a questão do sexo a preocupava. Emoções fortes só traziam dor de cabeça. Ela não o amava, e ele não a amava, então isso já era algo bom, supôs.

Mas será que a amizade dele era suficiente para sustentar um casamento? Sendo mais direta, será que o pedido de casamento dele tinha sido uma reação automática à notícia ou será que ele estava falando realmente sério?

Porque, até ter olhado no rosto da irmã, nunca tinha ocorrido a Destiny dizer que sim. E agora, talvez ela não tivesse escolha.

Kipling tinha decidido não pressionar Destiny. Ele sabia que ela o estava evitando, mas o tempo e a geografia estavam do seu lado. Sem contar o fato de que eles tinham que trabalhar juntos. Descobrir que ela estava grávida era algo que ele levaria um tempo para assimilar. Ele mesmo ainda estava lidando com a novidade. Mas não se casarem não era uma opção. Destiny teria um filho dele, e ele estava decidido a fazer parte da vida da criança.

Mas a ruiva ainda estava se recompondo, então ele não a procurou. Eles tinham uma segunda busca marcada, e ela não tinha como escapar. Então, colocou seus equipamentos na caminhonete, foi até o local da busca e esperou.

A mulher chegou minutos depois dele. Quando desceu do carro, estava usando seu traje de costume: jeans, camiseta e botas de trilha. Seu cabelo estava preso em um rabo de cavalo simples. Não estava usando maquiagem.

Aquela era sua Destiny, pensou, com um sorriso. Verdadeira. As olheiras debaixo de seus olhos eram uma prova de que ela não estava dormindo direito. Kipling supunha que descobrir que estava grávida tinha bagunçado muitas coisas na vida dela.

— Oi — cumprimentou ela, cautelosamente quando o viu. Sua expressão era puro cansaço.

— Não.

Ela piscou.

— "Não", o quê?

— Não, não vou falar dos nossos assuntos pessoais no trabalho.

— Ah. — Ela relaxou visivelmente. — Certo. Ótimo. Está pronto?

Ele ergueu o tablet com o software de rastreamento instalado.

— Estou.

As regras eram parecidas com as da primeira busca. Cassidy tinha se afastado mais ou menos um quilômetro e meio da estrada principal, tomado um rumo diferente e começado a andar em círculos amplos. Um padrão clássico de quem se perdia.

Se esse teste corresse bem, poderiam expandir as sessões práticas. Voluntários bancariam a pessoa desaparecida, Kipling e Cassidy fariam a busca, e Destiny passaria a fazer apenas observação. Depois de cada ensaio, ela repassaria sua análise.

— Por onde quer começar? — perguntou Destiny.

Ele sabia que ela estava falando do teste deles, e não da gravidez. Ele apontou para a trilha.

— Vamos pegar a trilha mais óbvia primeiro.

Cada um deles estava equipado com dispositivos de rastreamento por GPS que alimentariam o software com informações em tempo real. Destiny adicionou as informações que eles tinham, incluindo o horário aproximado do início da caminhada de Cassidy e o fato de que ela estava sendo classificada como novata em trilhas. Para os seus objetivos atuais, ela era isso mesmo.

Kipling observou Destiny trabalhar. Ela foi rápida e eficiente quando disse a ele que podiam seguir em frente. Ele gesticulou para que ela guiasse o caminho.

Nos primeiros minutos, eles não conversaram. Kipling caminhava com facilidade, as lesões não estavam incomodando hoje.

Ele e Destiny seguiram a trilha por quatrocentos metros antes de uma bifurcação. Ele apontou para a esquerda. Não havia como saber qual caminho Cassidy tinha escolhido, mas isso era parte da diversão.

Os arbustos eram densos, o ar estava doce com o aroma das flores e havia uma brisa suave. Já estava quente e ficaria ainda mais à medida que o dia progredisse.

Era engraçado como, um ano atrás, ele estava deitado em uma cama de hospital na Nova Zelândia, medicado e lesionado, conversando com a prefeita Marsha sobre assumir um trabalho em um lugar do qual nunca tinha ouvido falar, e, agora, ali estava ele. Muita coisa tinha mudado. Ele tinha largado o esqui de vez e, apesar de ter alguns dias de arrependimento, na maior parte do tempo, conseguia lidar com o que tinha acontecido. Foi uma escolha? Não. Mas conseguira seguir em frente. É claro que ainda queria lutar contra a montanha, mas nunca faria isso. Ele podia aceitar essa condição e viver feliz ou podia viver amargurado. A escolha era dele.

De alguma forma, nos últimos meses, ele tinha começado a pender para a primeira opção. Talvez fosse o tempo cicatrizando ou talvez fosse a presença de Destiny. Tê-la por perto fazia Kipling se sentir melhor com relação a tudo.

Não era amor. Kipling não estava disposto a reduzir o que eles tinham a palavras vazias. Em vez disso, ele queria estar com ela. Cuidar dela. Ele sabia que ela sentia a mesma coisa. Destiny acreditava em ações. Veja seu progresso com Starr. Eles não precisavam de amor. Tinham um ao outro e respeito mútuo. E, o que era ainda mais importante, teriam um filho juntos.

— Nós formaríamos um belo par.

Destiny se virou para encará-lo, quase tropeçando ao se virar. Ele se aproximou para ajudá-la a se equilibrar.

— Isso faz parte da sua política de não tocar no assunto? — perguntou ela.

— Mudei de ideia.

— Você não precisa se casar comigo — disse ela.

— Eu quero.

— Por quê?

— Porque vamos ter um filho. Nós dois somos tradicionais o suficiente para querer uma família. Nós podemos fazer isso acontecer.

Ele não fazia ideia do que Destiny estava pensando. Ela não desviou o olhar e não disse que não.

— Tenho a Starr.

— Eu sei. Ela faz parte do pacote. Nosso casamento daria a ela uma sensação de estabilidade. Você não precisa fazer tudo sozinha. Pode ter meu apoio, Destiny.

A boca dela se contorceu.

— Você não vai tentar me convencer de que me ama?

— Não. Vou dizer a você que temos muito em comum. Entendo por que você mantém suas paixões escondidas e não tenho problemas com isso. Mas quando você precisar extravasar e arremessar alguns pratos, sou bom em desviar.

— Eu nunca jogaria um prato.

— Você disse que queria.

— Não é a mesma coisa que jogar. — Ela inspirou. — Você vai querer sexo, não vai?

Ele se esforçou ao máximo para não sorrir.

— Vou, sim.

— Muito?

— Depende da sua definição de "muito".

Ela acenou compreensivamente com a cabeça, como se estivesse esperando aquela resposta.

— Não vou gostar, mas você pode fazer quando quiser. Não vou negar.

Dessa vez, ele sorriu.

— Obrigado.

Ela não fazia ideia de onde estava se metendo, pensou, bem-humorado. Dando a ele acesso ilimitado. Depois que se casassem, Kipling mostraria porque o sexo era algo tão bem falado. Baseado no que tinha visto até então, Destiny estava escondendo mais paixão do que sabia ter. Quando libertada, seria incontrolável. E ele mal podia esperar para se meter nesse caminho.

— Se você ainda quiser se casar comigo — disse ela, com um suspiro —, então eu aceito. Pelo bebê e pela Starr.

— Ótimo! Quanto antes, melhor, provavelmente. Quer no final desta semana?

Ela concordou com a cabeça.

— Então é melhor a gente voltar a procurar a Cassidy.

Ele apontou para a trilha.

— Estou bem atrás de você.

Destiny não esperava que um casamento pudesse ser organizado com menos de 48 horas de antecedência, mas, no fim das contas, era. O fato de que não havia convidados ajudava. Também ajudou tudo ser feito no gabinete da prefeita Marsha, apenas com a noiva, o noivo, Shelby e Starr presentes. Bailey, a assistente da prefeita, e Shelby foram as testemunhas. Antes que Destiny pudesse recuperar o fôlego, ela estava casada.

Quando a prefeita Marsha sorriu e disse:

— Pode beijar a noiva.

Destiny percebeu que não sentia nada. Ela estava totalmente dormente — tanto emocional quanto fisicamente. Mal notou os lábios de Kipling. Depois, enquanto todo mundo lhe dava os parabéns, ela tinha bastante certeza de que tinha sorrido e dito as coisas certas, mas tudo acontecera bem longe dela.

As duas horas seguintes passaram como um borrão. Shelby ia passar a noite com a Starr enquanto Destiny e Kipling iam passar uma breve lua de mel no Ronan's Lodge. Destiny se certificou de fazer uma malinha e de dar um abraço em sua irmã. Eles cumpriram o curto trajeto até a pousada de carro e fizeram o check-in. Depois disso, Destiny se viu parada no meio de uma bela suíte, perguntando-se que diabos ela estava pensando. Com relação a tudo.

A sala de estar da suíte era bem-iluminada e com uma bela decoração. Uma combinação feliz de sofisticação e conforto. Atrás da porta aberta, ela podia ver o quarto. Tecnicamente, tudo que conseguia ver era a cama, mas isso era o suficiente. Porque ela sabia o que vinha em seguida.

O preço por seu único lapso moral brilhava em sua mão esquerda. Uma aliança de ouro simples. Com a qual Kipling a tinha surpreendido durante a cerimônia. Porque ela nem tinha pensado em alianças. Ou em qualquer outra coisa. Para falar a verdade, desde que aceitou o pedido de casamento dele, ela não tinha pensado muito.

Kipling a encarou e se aproximou, pegando sua mão esquerda.

— Quero te dar outra aliança — disse ele. — Mas vou precisar da sua ajuda para escolher. Concluí que esse seria um bom começo. O clássico sempre funciona.

— Esta aqui está ótima. Não preciso de outra.

Ele sorriu.

— Não se trata do que você precisa, Destiny. Trata-se do que é certo.

Nada estava certo, pensou ela. Tudo bem, ela estava casada, grávida e tinha sua irmã, então estava no caminho certo para ter a família perfeita que sempre quis. Mas tudo parecia estranhamente distante. Como se estivesse vivendo a própria vida através de uma vidraça grossa. Ou debaixo d'água. Ou de outro planeta. Ela podia ver o que estava acontecendo, ouvir, até tocar. Mas não era real.

Sua atenção se voltou para aquela cama grande e em como ela se encaixava em seu futuro. Meu Deus, eles teriam que fazer aquilo, não é?

— Se fizermos aquele negócio de sexo agora, podemos deixar isso para lá pelos próximos dois dias? — perguntou ela, sem olhar direito para Kipling.

— Seria melhor para você?

— Sim. Aí não vou ficar me preocupando com "será que vai ser agora?".

A boca dele se contorceu.

— Claro. Vamos resolver isso de uma vez.

O que parecia fácil demais, pensou ela.

— E aí ficaremos bem por uns dois dias?

Ele assentiu com a cabeça.

— Prometo que não vou pedir por sexo enquanto estivermos no hotel. Se você quiser, fique à vontade para me falar, e aí podemos fazer — ele soltou a mão dela e fez aspas no ar — esse "lance de sexo".

— Muito engraçado. — Como se ela fosse procurar por *aquilo*. — Certo, me dê uns minutos e, depois, pode entrar.

Ela pegou a mala e entrou no quarto. Depois de fechar a porta, Destiny deu a volta na cama sem olhar para Kipling e entrou no banheiro.

Depois que estava ali dentro, ela não sabia ao certo como se preparar. Ela escovou os dentes e colocou uma camisola simples de algodão. A única que tinha. Ela era do tipo que preferia dormir de calcinha e camiseta.

Destiny ficou debatendo consigo mesma se devia permanecer de lingerie, então concluiu que continuar de calcinha não ia adiantar de nada. A enfiou debaixo das outras roupas e voltou para o quarto. Depois de dobrar as cobertas, se esticou em um lado da cama e repousou a cabeça no travesseiro.

— Pode entrar — anunciou.

A porta se abriu. Kipling entrou e fez uma pausa para olhar para ela com uma sobrancelha erguida.

— Pronta para fazer o sacrifício derradeiro?

Destiny não conseguiu decifrar direito o tom de voz dele. Humor, talvez. Apesar de não conseguir entender por que ele achava aquilo engraçado.

A ruiva confirmou com a cabeça.

— Sim.

Ele foi até a cama. Tirou os sapatos e as meias, mas permaneceu com o restante das roupas. O que era bacana da parte dele. Vê-lo pelado seria chocante.

Os olhos azuis escuros dele se fixaram no rosto dela. Reparou que ele precisava cortar o cabelo, mas que tinha feito a barba recentemente. Provavelmente para o casamento, pensou ela. Ele era o tipo de homem que faria a barba para o próprio casamento.

Kipling se deitou do outro lado da cama e se moveu até o meio. Depois de passar a mão pelo centro do enorme colchão, ele esperou até que a mulher se aproximasse um pouquinho.

Destiny pensou que talvez ele fosse dizer alguma coisa ou, quem sabe, simplesmente montar em cima dela e fazer o que tinha que ser feito. Em vez disso, ele passou os dedos com delicadeza pela bochecha dela antes de beijá-la carinhosamente.

A sensação dos lábios dele nos seus era tanto familiar quanto excitante. Ela sabia disso com relação ao beijo — gostava daquilo, para falar a verdade. Então foi fácil fechar os olhos e relaxar. A boca dele se movia na dela. Para frente e para trás. Ele colocou uma mão em sua cintura, o que a distraiu momentaneamente, mas como ele não se mexeu mais, Destiny pôde se focar no beijo de novo.

O quarto estava silencioso, a cama era confortável. Eles estavam sozinhos e ninguém os incomodaria. Não que ela estivesse ansiosa pelo que estava por vir, mas não conseguia evitar pensar em ter as mãos dele em seus seios. Essa era a parte da qual gostava.

A língua dele raspou no lábio inferior dela. Ela abriu a boca para deixá-lo entrar e suspirou quando sentiu a primeira faísca trêmula se acender em sua barriga. Ela enrolou os braços em torno dele, repousando as mãos em suas costas. Ele era largo e forte, pensou, despreocupadamente. Masculino. Sempre a manteria a salvo.

Suas línguas dançavam e provocavam, tocando, se recolhendo, se projetando. Os seios de Destiny começaram a ansiar pelo toque, e ela sentiu seus mamilos enrijecerem debaixo do tecido da camisola.

Kipling se mexeu de leve, movendo-se para salpicar beijos no maxilar de Destiny, descendo pelo pescoço. Encostou os lábios na clavícula dela e mergulhou ainda mais fundo até o decote de sua camisola, mas não passou do limite do tecido. A mão que estava na cintura dela permaneceu exatamente onde estava. Voltou sua atenção para a boca de Destiny e a beijou novamente.

Destiny se aproximou dele enquanto deslizava os dedos para cima e para baixo em suas costas. O beijo ficou mais intenso. Com cada movimento da língua dele, ela se sentia derretendo. Ao mesmo tempo, uma tensão peculiar emanava de várias partes do seu corpo. Seus seios, que ansiavam por serem tocados cada vez mais, e entre suas coxas. Havia uma tensão esquisita. Quase pulsante.

Imagens preencheram sua mente. De como ele a tocara antes. Dele pulsando dentro dela. Ela queria aquilo de novo, pensou Destiny, avoadamente. Tinha dito que faria aquele negócio de sexo, então por que ele estava demorando tanto?

Kipling se afastou uma segunda vez e traçou um caminho de beijos pelo pescoço dela. Dessa vez, ele ultrapassou o limite da camisola. Ele ficou pairando sobre os seios dela por um instante. Por dois. A expectativa a preencheu, fazendo-a agarrar os ombros dele e puxá-lo para baixo.

Ele finalmente abaixou a cabeça e colocou o mamilo direito dela na boca.

Destiny expirou bruscamente quando sentiu o calor úmido da língua dele envolvê-la por cima do algodão fino. A língua dele roçou em sua pele sensível e eriçada.

Terminações nervosas dançavam de alegria e enviavam ondas de calor que desciam por sua barriga.

Ela ainda estava de camisola, mas o tecido fino não atrapalhava em nada. Sentia o toque da língua dele e pulsava de prazer quando ele chupava, e com o ar frio que pairava no tecido úmido quando ele mudou para o outro seio.

Destiny não sabia ao certo quanto tempo Kipling se demorou nos seios dela. Primeiro um, depois, o outro. Quando sua boca estava em um seio, a mão estava no outro. Ela aprendeu que havia uma diferença entre o que ele podia fazer com a língua e com os dedos, mas ambos eram muito, muito bons.

Em algum momento, ela se deitou de barriga para cima, apesar de não conseguir dizer quando isso aconteceu. Tinha subido as mãos das costas dele até seus ombros e sua cabeça. Ela deslizou os dedos pelo cabelo dele, e quando ele chupava um mamilo com força, ela gemia e enterrava as unhas em seus ombros.

O quarto ficou subitamente muito quente. Destiny se mexeu inquietamente, sentindo a necessidade de mais. Ela mexeu as pernas em meio aos lençóis, apertou uma coxa na outra, mas nada ajudou. Músculos relaxados se tensionaram, apesar da ruiva não saber direito o porquê.

Kipling se mexeu na cama. Destiny abriu os olhos e viu que ele estava tirando a camisa branca de manga longa. Ela o observou sedenta, querendo ver seu peito. Ele jogou a camisa longe e, sem pensar, ela colocou as mãos em seus músculos esculpidos.

A pele dele era quente e macia. Ela viu que os mamilos dele estavam levemente eriçados.

— A sensação é a mesma? — perguntou ela, enquanto acariciava um deles.

Ele sorriu.

— Não sei como é para você, mas eu gosto.

A anatomia é interessante, pensou ela. Parecidos, mas diferentes.

Ele se aproximou e a beijou enquanto puxava sua camisola. Ela a ergueu até a cintura e, então, Kipling a tirou.

Engraçado como, até uns minutos atrás, pensar em ficar nua teria deixado Destiny nervosa. Agora ela só conseguia pensar que, agora, Kipling iria tocá-la sem a barreira do tecido e como isso seria bom. Ela se afundou no colchão novamente e enrolou os braços em torno dele. Ele sorriu e a beijou.

Os olhos de Destiny se fecharam enquanto ela se perdia naquela boca. A mão dele retornou aos seios dela. Ela suspirou quando ele segurou um deles. Aquilo era tão bom, pensou ela. Ela poderia...

A mão dele estava se movendo. Descendo por sua caixa torácica e passando pela barriga antes de parar na coxa. Porque ele ia tocá-la *lá*.

Destiny não tinha certeza de como se sentia com relação àquilo. Ela ainda estava meio tensa e quente, mas também estava nervosa. Mas o beijo era bom e, como ele não se moveu mais, ela relaxou. Porque, até agora, tudo que ele fizera tinha sido bom. Nada de fazer o mundo tremer, como todo mundo dizia, mas gostoso mesmo assim. Se aquilo era sexo e era importante para ele, ela certamente podia considerar fazer uma vez por mês ou algo assim.

Ele subiu a mão pela coxa dela, voltando à barriga e descendo de volta. Tão devagar e com tanta facilidade que ela quase não percebeu. Na segunda vez, ele subiu até seus seios, onde acariciou seus mamilos. A inquietação retornou, e ela se mexeu.

Quando ele desceu a mão novamente, de alguma forma, as pernas de Destiny se abriram de leve, e ele repousou os dedos em suas partes íntimas. Sem forçar e nem tocar, apenas meio que repousando.

Ele interrompeu o beijo.

— Quero que você me avise se não gostar de alguma coisa que eu esteja fazendo — disse ele, suavemente. — Se doer ou for desconfortável.

Ela abriu os olhos e o encontrou observando-a. Seu olhar azul-escuro era intenso.

— Se você quiser que eu vá mais rápido ou mais devagar, seria bom me dizer também.

— Por que eu faria isso? — perguntou ela.

Ele sorriu.

— Vai chegar um ponto em que você vai querer me dar instruções.

— Duvido muito.

O sorriso dele se alargou.

— Confie em mim.

— Está bem.

Ele moveu a mão em cima dela, fazendo um pouco de pressão. O calor parecia irradiar onde quer que ele tocasse. Um calor estranho que fez com que ela projetasse o corpo na direção dele.

— O que você sabe sobre anatomia? — perguntou ele. — Sobre esta região em particular?

— O que todo mundo sabe.

Ele deu um beijo suave nela.

— Feche os olhos.

Aquela noite no bar tinha sido diferente. Ele a tinha penetrado, mas não a tocou. Não desse jeito. Não com dedos que pareciam encontrar cada terminação nervosa que ela tinha, fazendo-as formigarem.

Ele enfiou um dedo, e ela, instintivamente, projetou os quadris na direção dele. Ela gostava da sensação de preenchimento. Do movimento de entra e sai que a fazia ficar um pouco tensa. Destiny abriu ainda mais as pernas. Ele movia os dedos dentro dela, penetrando mais para cima, mais para dentro e...

O bom ficou ótimo quando ele encontrou algum amontoado de nervos ou algo assim. Ela prendeu a respiração enquanto ele movia o dedo para frente e para trás tocando em um tecido interno sensível.

— Ponto G — murmurou ele.

— Achei que isso fosse um mito.

Ele moveu o dedo novamente.

— Me diga se é ou não.

Ela diria, se conseguisse respirar, pensou Destiny, erguendo os quadris para dar mais acesso a ele.

Kipling tirou o dedo, e ela quase choramingou. Mas antes que Destiny pudesse reclamar, ele colocou três dedos bem no meio dela e os moveu em um círculo pequeno.

— Clitóris.

A ruiva teria dito alguma coisa, só que não conseguia falar. Nada do que eles tinham feito até agora a tinha preparado para as ondas de calor e desejo que se espalhavam por seu corpo.

Estou entregue, pensou Destiny, afundando-se na sensação dele fazendo círculo após círculo, sem mudar o ritmo, mas fazendo a tensão crescer dentro dela.

Ela queria choramingar. Queria implorar. Cada parte dela só se preocupava com aquele ponto. Com o que Kipling estava fazendo com seu corpo.

A respiração dela acelerou enquanto ele a tocava repetidamente. Ele aumentou o ritmo. O corpo de Destiny ficou tenso, buscando algo que ela não podia ver, não podia tocar, não podia...

Ela explodiu, despedaçou-se em um zilhão de pedacinhos, transformando-se na essência de quem sempre fora. Pode ser que ela tenha arfado, ou gritado ou permanecido totalmente em silêncio. Ela não tinha como saber. Só conseguia se perder nas ondas poderosas de prazer que a reduziram a pó antes de permitir que ela se recompusesse em uma versão transformada de si mesma.

Quando conseguia pensar de novo, quando conseguia respirar e falar, ela abriu os olhos e encontrou Kipling observando-a. Um canto de sua boca estava erguido.

— *Isso* seria um orgasmo.

Capítulo 17

A CASA ERA BONITA. DOIS PAVIMENTOS, COM um porão parcialmente finalizado. Quatro quartos no andar de cima, muitas janelas para deixar a luz entrar e um quintal grande. Destiny sabia que devia estar analisando o espaço de depósito e o tamanho da cozinha. Será que o layout funcionava para ela e será que a casa precisaria ser pintada? Havia considerações a fazer quando alguém comprava uma casa pela primeira vez. Mas ela jurava por Deus que simplesmente não conseguia pensar direito. Não com seu corpo ainda tremendo e formigando após o sexo.

As pessoas deviam ser mais claras sobre esse lance de sexo.

Kipling voltou para a cozinha e sorriu para ela.

— O quintal é bom. Grande o suficiente para montar um balanço e para um cachorro correr. Tem uma árvore frondosa, com galhos fortes e grandes. O que você acha de uma casa na árvore?

Ele tinha uma boca tão bonita, pensou, observando-o enquanto falava. E a maneira como se movia. Volta e meia havia uma leve hesitação. Por causa do acidente. Kipling também tinha cicatrizes. Nas pernas e nos quadris. Uma se estendia até as costas.

Destiny sabia disso agora. Sabia de outras coisas também. Como o cheiro da pele dele e como seu olhar ficava mais profundo quando ele a penetrava. Ela sabia que ele gostava quando ela gemia ao gozar. Conhecia o som da voz dele quando a excitava.

Kipling foi até ela e a puxou para si.

— Cansada? — perguntou ele.

— Um pouquinho.

Nenhum dos dois tinha dormido. Passaram a noite fazendo amor. Depois do primeiro orgasmo dela, Destiny ficou estupefata. Deslumbrada. A descrição que for, pensou, ainda maravilhada com o evento. Depois daquilo, ele a penetrara, e ela gozou de novo.

Saíram para jantar e, quando voltaram para o quarto, fizeram amor repetidamente. Ele sentia dores em todos os lugares, mas valia a pena. Cada passo a lembrava do que eles fizeram. De como ele a preencheu de prazer.

Kipling passou a mão pelo cabelo dela e se abaixou para ir de encontro aos seus lábios. Ela se ancorou nele, abrindo a boca imediatamente. Quando sua língua roçou na dela, ela já estava abrindo os botões da blusa. Depois de aberta, ela abriu o sutiã, pegou as mãos dele e as colocou em seus seios.

O beijo ficou sedento, e Kipling se afastou.

— Aguente aí, vou checar a porta da frente.

Porque eles estavam sozinhos na casa vazia. A corretora tinha simplesmente entregado um punhado de chaves das várias casas que estavam vazias e à venda. Aparentemente, os boatos de que eles estavam procurando uma casa para comprar se espalharam rapidamente.

Kipling saiu correndo da cozinha. Destiny aproveitou o tempo da melhor maneira possível. Tirou a calça jeans e os sapatos. Quando Kipling voltou, ela estava nua.

Ele a fitou e meneou a cabeça.

— Você vai matar nós dois.

Ela sorriu.

— Duvido muito.

Kipling se aproximou e a segurou pela cintura, então a sentou no balcão embutido. Ela abriu o zíper de sua calça e o libertou.

Ele já estava duro. Destiny abriu as coxas, e ele foi com tudo. Ela enrolou as pernas nos quadris dele e o puxou para si.

Precisaram de apenas um ou dois movimentos para encontrar o ritmo certo. Quando Kipling grudou a boca na dela novamente, também estava segurando seus seios. Destiny deslizou as mãos pelo peito e pelas costas dele, então se aproximou ainda mais, fazendo-o penetrá-la ainda mais fundo.

Ele a preenchia completamente. Terminações nervosas já estavam berrando pelo atrito quente. No primeiro minuto, ela estava respirando pesadamente. No segundo, estava perto do clímax. No terceiro, abriu os olhos e viu que ele a estava observando.

Vai e vem. Ele se movia com força e rapidez, levando-a cada vez mais perto.

— Isso — suspirou ele, com o olhar fixo no dela.

Ele conseguia ver quando ela estava perto. Perceberam isso na noite anterior. À medida que ela se contraía rumo ao êxtase, ele foi ainda mais fundo. E aquilo bastou.

Ela sentiu os primeiros tremores internos, o sinal do clímax próximo. O orgasmo se espalhou por ela, dominando-a. Ela tremeu e gemeu, o tempo todo olhando nos olhos dele. Deixando que ele visse tudo.

Kipling não diminuiu o ritmo, nem uma vez. Ela sentiu o corpo dele tremer enquanto se segurava até ela parar de gozar. Quando Destiny se aquietou, ele apertou a bunda dela e deu uma última investida. Ela observou seu rosto se contorcer enquanto ele gozava dentro dela.

Permaneceram daquele jeito — conectados e unidos — até suas respirações se acalmarem. Beijaram-se lentamente, preguiçosamente, permitindo que seus corpos retornassem a um estado mais tranquilo. Kipling saiu de dentro dela e a ajudou a se vestir.

Depois de fechar o sutiã dela, o homem segurou seus seios por trás. O desejo se espalhou pelo corpo de Destiny. *Nunca me cansarei dele*, pensou, sem saber ao certo se aquilo era bom ou ruim. Alguma coisa nos corpos de ambos criava uma dinâmica irresistível.

Ela colocou a camiseta e se virou para ele.

— Estou me transformando nos meus pais — murmurou, aconchegando-se no abraço dele.

— Ainda não vi você jogar nenhum prato, então acho que não.

Ela riu.

— Tenho certeza que jogar pratos será o próximo passo. Mas esse negócio de sexo. Eu não fazia ideia.

Ele segurou o queixo dela.

— Não costuma ser assim — admitiu ele. — Geralmente, é menos intenso. E menos frequente. Mesmo no começo. — Ele sorriu. — Isso é inesperado para mim também.

Por um segundo, ela se perguntou se seria mais que aquilo. Se sua reação a ele seria tanto de seu cérebro quanto de seu corpo. Porque quando ela pensava em todas as coisas boas em um homem, Kipling preenchia todos os requisitos. Mas ele também a assustava. Era um cara ótimo e fazia seu sangue ferver. Meio que uma combinação irresistível. E isso era exatamente o que ela estava tentando evitar.

Ele colocou o braço em torno dela e a virou para que ela analisasse a cozinha.

— Quer falar sobre este lugar? — perguntou ele.

Ela riu.

— Gostei do balcão embutido.

— É conveniente. — Kipling deu um beijo na cabeça dela. — Certo, vamos ser adultos com relação a isso. Estamos procurando uma casa. Esta aqui funciona para nós? — Ele apontou para a área vazia além da ilha central da cozinha. — Tem espaço para uma mesa e cadeiras ali. O cercadinho pode ficar ali.

Cercadinho? Kipling continuou falando, mas Destiny não conseguia mais ouvir. Ela pressionou a barriga com a mão e permitiu que a realidade tomasse conta. Ela estava grávida. Sim, ela sabia disso antes, mas não era real. Provavelmente ainda não. Mas lá estava ela, casada, procurando por uma casa com seu novo marido. Porque eles teriam um filho juntos. Além disso, ela era responsável por sua irmã adolescente.

Era peso demais para qualquer um. Ela podia ter desandado com o fardo, mas isso não aconteceria, porque ela não estava sozinha. Tinha Kipling ao seu lado.

Destiny hesitou antes de entrar no Jo's Bar. Apesar de geralmente ficar animada para o almoço semanal com as meninas, ela estava um tanto apreensiva. Tinha a sensação de que anunciar seu casamento recente e bastante inesperado ia mudar o foco da conversa.

De qualquer forma, não havia jeito de evitar o ocorrido. Engravidara e, agora, estava casada. Não era exatamente o que tinha planejado, mas Destiny estava lidando bem com tudo. Sendo responsável e adulta, se ignorasse o fato de ter feito sexo ardente em uma casa vazia. Felizmente, ela era boa em ignorar o óbvio, como qualquer outra pessoa.

Destiny respirou fundo, então abriu a porta e sorriu quando viu várias de suas amigas sentadas à mesa.

Shelby e Dellina acenaram para que ela fosse até lá. Madeline se virou e sorriu, apontando para uma cadeira vazia ao seu lado. Cassidy também estava lá. Havia algumas cadeiras ainda vagas, o que indicava que elas estavam esperando bastante gente.

— Estou tentando convencer todo mundo a vir comigo assistir ao novo filme do Jonny Blaze na sexta à noite — admitiu Madeline, quando Destiny se sentou. — Digam que vão! Vai ser ótimo!

Shelby franziu o nariz.

— Filmes violentos não são a minha praia.

— Não é violência de verdade — ponderou Madeline. — É caricaturesco. As mortes são bem metódicas e, aí, bola pra frente.

— Você é estranha — disse Cassidy, animadamente. — Gosto disso.

Madeline sorriu.

— Obrigada. Está gostando de Fool's Gold?

— É uma cidade ótima. Todo mundo é muito amigável. — Cassidy franziu o nariz. — Talvez amigável demais. — Voltou-se para Destiny. — Tive que dispensar o seu amigo Miles algumas vezes. "Oi, sou casada e não estou interessada em ninguém além do meu marido viril".

— Sinto muito — murmurou Destiny, dando uma olhada para Shelby. Sua cunhada tinha ficado branca.

Ela se levantou.

— Já volto. Não me esperem para fazer o pedido.

Destiny a seguiu até a porta.

— É o Miles?

— Sim. Preciso conversar com ele sobre uma promessa não cumprida.

Destiny não estava muito animada para saber do que isso se tratava.

— Quer que eu vá com você?

— Não. Posso brigar com ele sozinha.

Larissa e a supergrávida Taryn entraram e se juntaram a elas. Destiny hesitou, mas Shelby se virou e acenou para que ela voltasse para a mesa. A ruiva foi até lá ao lado de Taryn, imaginando se ficaria tão desconfortável quanto aquilo parecia quando chegasse sua vez de estar nos últimos meses.

De costas, Taryn parecia magra e esguia, mas de lado e de frente, ela estava enorme. Só a barriga — o rosto, os ombros e as pernas, não. Outras mulheres que Destiny conhecia tinham ficado maiores por completo. Parecia um equilíbrio maior, mas demandaria maior perda de peso após a gravidez.

Ela supunha que o médico lhe diria qual a quantidade saudável de peso a se ganhar. Por falar nisso, ela precisava encontrar um obstetra e marcar uma consulta.

Cassidy puxou uma cadeira para Taryn.

— Como você está se sentindo?

— Enorme. É horrível. Biologia é um saco.

Cassidy passou a mão no braço dela.

— Essa é a minha garota. Sempre guardando seus sentimentos para si mesma para não chatear os outros à sua volta.

— Vá se danar!

Cassidy riu.

Jo apareceu e tirou os pedidos de bebidas.

— Você fica me provocando, isso é cruel — disse Taryn, olhando para os especiais do dia anotados na parede. O primeiro era margarita de frutas vermelhas. — Juro que quando esta criança nascer, vou ficar bêbada por três dias seguidos.

— Não vai, não — respondeu Cassidy, alegremente. — Você vai estar amamentando.

Taryn a encarou.

— Não me provoque. Você acha que é toda magrinha e durona, mas eu podia acabar com você.

A zombaria de Cassidy aumentou.

— Como se eu fosse brigar com uma grávida.

Taryn suspirou.

— Está bem. Quatro meses depois que esta criança nascer, vou ficar muito, muito bêbada. Até lá, me dê uma porcaria de um chá gelado de ervas. Não é tão nojento assim.

Jo olhou para ela.

— Adorei a propaganda. Eu estava pensando em fazer uns comerciais para a TV. Devia contratar você como minha porta-voz.

— Muito engraçado — resmungou Taryn. — E me desculpe. Estou enorme. Não consigo dormir. Meus pés estão inchados, e nenhum dos meus sapatos bons serve. Me matem.

Todas riram e continuaram fazendo seus pedidos de bebidas. Destiny deu uma olhada para Taryn, depois se virou para Jo.

— Ela me convenceu sobre o chá. Vou experimentar.

— Você vai adorar — garantiu Jo, virando-se novamente para Taryn. — Tenho uma nova salada no cardápio. Fresca, orgânica, só com ingredientes locais. Rica em proteínas e com quinoa.

Taryn emitiu um ruído sufocado. Jo riu e foi embora.

— É o jeito dela de expressar o seu amor — disse Madeline. — A Jo cuida das pessoas, e nós a amamos por isso.

— Eu sei — concordou Taryn, com um suspiro.

— A salada me parece deliciosa — comentou Larissa. — Acho que vou pedir uma.

— Claro que vai — resmungou Taryn.

— Estou com ela.

Destiny teve a impressão de que ela disse aquilo só para provocar Taryn. As duas pareciam ter se tornado amigas bastante rápido. Não uma amizade superficial, mas um relacionamento que parecia sólido.

A conversa fluía em torno dela. Papos sobre os festivais iminentes, o tempo ótimo, coisas malucas que os turistas tinham feito. O de sempre. Jo voltou com as bebidas, tirou o pedido de almoço de cada uma e foi embora. Destiny sabia que estava ficando sem tempo.

Sem saber ao certo o que dizer exatamente, colocou a mão esquerda na mesa. A luz reluzia em sua aliança dourada. Ela ficou olhando para o anel, buscando pelas palavras certas. No fim das contas, ela concluiu que iria simplesmente desembuchar. Simplesmente dizer...

— Meu Deus, é de verdade? — perguntou Madeline. — Destiny Mills, você está usando uma aliança de casamento?

A mesa toda ficou em silêncio, e todas se viraram para ela. Ou, mais precisamente, para sua mão.

Destiny se sentiu corar.

— Eu, hum...

Taryn cutucou a aliança.

— Me parece de verdade.

Destiny limpou a garganta.

— Eu e o Kipling nos casamos anteontem. Sei que foi rápido, mas temos motivos. Um motivo: estou grávida.

Todas ficaram olhando para ela. Olhos arregalados, alguns queixos caídos.

— Isso foi rápido — disse Taryn, encolhendo-se em seguida. — Desculpe. Não era para sair que nem um julgamento.

— Que bom para você! — encorajou Cassidy. — O Kipling é um cara ótimo! Quando foi que aconteceu? E onde?

— Sim, precisamos de detalhes! — acrescentou Larissa.

— Parabéns! — Madeline deu um abraço em Destiny. — Ele é um sonho, e vocês dois ficam muito fofos juntos. E um bebê! Isso é maravilhoso. A Starr já sabe? Ficou animada?

— Ela diz que sim — contou Destiny. — Fica falando sobre ser parte de uma família de verdade. Além disso, está superempolgada para ter um sobrinho ou uma sobrinha.

— Eu entendo isso — disse Larissa. — Se fosse só eu na minha família, eu teria fugido. Meus pais são fantásticos, mas complexos. — Ela sorriu para Destiny. — Vocês têm sorte de terem se encontrado tão rápido. Eu estava apaixonada pelo Jack há um tempão e nem percebi. Minha mãe que teve que me dizer. Foi meio humilhante.

— Eu e o Jeff soubemos desde o primeiro dia — contou Cassidy, dando uma piscadinha. — Ele disse "oi e eu disse "oi", e aí trocamos olhares. No final da primeira semana, eu já tinha ido morar com ele, e quando chegamos na marca dos seis meses, estávamos casados. — Ela suspirou. — Eu gosto de verdade das boas histórias de amor.

Taryn fungou.

— Eu também. Malditos hormônios, estão me transformando em uma menina.

Madeline se inclinou na direção dela.

— Taryn, querida, você *é* uma menina. Você sabia disso, não sabia? Porque se não soubesse, alguém precisa ter uma conversinha com o Angel.

— Muito engraçado.

Jo chegou com o almoço de todo mundo.

— Parabéns! — disse ela. — Fiquei sabendo da boa nova. Aquele cara é rápido. Abre um bar na cidade depois de ter passado só alguns meses aqui e leva junto metade da minha clientela. Algumas semanas depois, está casado e com um bebê a caminho. Nasceu com a bunda virada para a lua. — Ela meneou a cabeça. — Desculpe. Isso não soou bem. Estou realmente feliz por você. O almoço é por minha conta.

Destiny olhou para ela.

— Obrigada.

Ela saiu. Madeline tocou no braço de Destiny.

— Não se preocupe com a Jo. Ela está bem.

Destiny acenou compreensivamente com a cabeça, pensando que a Jo parecia mais chateada com a questão do The Man Cave do que entusiasmada com o casamento. Taryn provou sua salada saudável e declarou que estava comível. Cassidy pressionou por detalhes do casamento, e a conversa migrou para outros assuntos. Destiny relaxou ao perceber que não tinha motivo algum para se preocupar. Amigos não julgavam. Eram receptivos e apoiavam.

Ela podia estar grávida e lidando com um monte de mudanças, mas não estava sozinha. Tinha Kipling, Starr e essas mulheres para ajudá-la. Depois de todos aqueles anos praticamente sozinha, tinha que admitir que era bom ter laços.

No sábado, Kipling estacionou o carro na entrada da casa alugada de Destiny. Concordaram que ele iria se mudar para lá até eles fecharem o negócio da casa que tinham comprado. A casa dele não era muito maior, e Destiny já estava acomodada ali. Não fazia sentido fazê-la se mudar duas vezes.

O processo de juntar os pertences deles levaria alguns dias. Ele estava levando algumas coisas hoje e iria se mudar oficialmente com os móveis no fim de semana seguinte.

Ele levou as caixas até a casa.

— Starr, sou eu — gritou ele.

A adolescente não respondeu.

Ele tinha ligado mais cedo para avisar que iria passar lá. Destiny tinha saído para resolver umas coisas, mas Starr tinha dito que ia ficar em casa a tarde toda. Ele atravessou o corredor e encontrou a porta do quarto dela aberta e o quarto vazio. Talvez ela tivesse saído e deixado um bilhete, pensou ele, refazendo o trajeto que tinha feito e, depois, indo até a cozinha.

Ele deu uma olhada na mesa da cozinha e não viu nada. Antes que pudesse pensar no que fazer em seguida, um movimento capturou sua atenção. Kipling olhou pela grande janela em cima da pia e viu Starr e um menino sentados em um banco no quintal.

O menino não era estranho, pensou Kipling. O filho de Gideon. Carter.

Os dois adolescentes estavam conversando animadamente. Eles formavam um belo casal, pensou Kipling, indulgentemente, enquanto caminhava até a porta dos fundos para avisar que tinha chegado. Ele colocou a mão na maçaneta. Carter e Starr ficaram mais próximos um do outro. Kipling abriu a porta quando eles começaram a se beijar.

Se beijar?

Kipling estava no quintal em um piscar de olhos.

— Que diabos vocês dois estão fazendo? — esbravejou ele.

Os adolescentes se afastaram em um pulo. Carter se levantou e ficou parado entre Kipling e Starr. Uma postura protetora que seria admirável se Kipling não estivesse tão furioso. Eles tinham quinze anos. Eram jovens demais para estarem se beijando, não eram? Tudo bem, os jovens de hoje faziam algumas coisas, mas não na sua frente.

— Starr, a sua irmã sabe que o Carter está aqui?

— Não grite com ela — ralhou Carter.

— Não estou gritando — rosnou Kipling.

Starr olhou para ele por trás de Carter.

— Meio que está, sim. — Ela parecia mais intrigada do que assustada. — Foi só um beijo.

— Vocês têm quinze anos.

— Sabemos disso — retrucou Carter. — Temos o direito de nos beijar.

— Não, não têm. — Kipling caminhou na direção do garoto. — Você tem o direito é de se mandar desta casa.

— Como é? — perguntou Starr, levantando-se. — Você não é chefe dele. Nem meu. Só porque é casado com a minha irmã, isso não significa que está no comando. Destiny não se importaria.

— Quer apostar? — desafiou Kipling. Ele apontou para a porta. — Você, saia já daqui.

Carter não se moveu.

— Não até que você prometa que não vai machucar a Starr.

— O quê? Machucá-la? — Kipling falou um palavrão. — Starr, vá para o seu quarto até a Destiny chegar em casa. Carter, suma daqui. Você me ouviu?

Carter e Starr trocaram olhares e assentiram com a cabeça. Houve uma conversa sussurrada enquanto eles caminhavam até a porta. Kipling os seguiu. Starr atravessou o corredor até o quarto, e Carter foi embora. Kipling olhou para o relógio e se perguntou quanto tempo levaria para a Destiny chegar.

Destiny foi para casa o mais rápido que pôde. Ela tinha abandonado um carrinho quase cheio no supermercado, coisa que nunca tinha feito antes na vida. Mas Kipling parecia mais preocupado ao telefone do que ela jamais tinha ouvido na vida.

Ele estava esperando por ela na frente de casa quando ela estacionou.

— Eles estavam se beijando? — perguntou ela, quando saiu do carro. — Não posso acreditar.

— Nem eu.

— Starr disse que o Carter ia dar uma passada aqui, mas eu não achei nada demais. Eles são amigos.

— Ótimos amigos.

Naquele momento, uma caminhonete virou a esquina cantando pneu e derrapou até parar em frente à casa. Gideon saiu e marchou até eles.

— Que diabos você estava pensando? — esbravejou ele.

Destiny já tinha encontrado aquele homem algumas vezes, em eventos sociais. Ele era mais alto do que ela lembrava e bem mais ameaçador. Kipling se colocou imediatamente entre ela e Gideon.

Felicia saiu aos tropeços do banco do passageiro e correu até o marido.

— Gideon, nós já conversamos sobre isso. A sua raiva pode ser justificada, ou não. Eu também quero dar um soco na cara do Kipling, mas precisamos saber dos fatos. — Ela fez uma pausa e deu um sorriso contido para Destiny. — Oi. Temos um problema.

Aquilo era um eufemismo, pensou Destiny.

— Um problema que precisamos resolver.

— Só sei o que eu vi — vociferou Kipling, olhando para Gideon em seguida. — O seu filho estava em cima dela, sem permissão, beijando Starr. Ela tem quinze anos. Se eu não tivesse chegado, vai saber o que podia ter acontecido.

Destiny queria dizer que confiava na irmã, mas ela também era fruto de sua genética torta. Destiny sabia muito bem como os desejos sexuais podiam ser poderosos.

Felicia suspirou.

— Os hormônios adolescentes são formidáveis. O desejo sexual pode sobressair a qualquer julgamento em qualquer idade, mas quando as partes em questão têm a idade deles, é estupidez esperar por um comportamento racional.

Gideon se virou para ela.

— Eu te amo. Você tem razão, e eu ainda quero quebrar a cara dele.

Kipling deu um passo em sua direção.

— Vá em frente. Experimente.

Destiny segurou o braço dele enquanto Felicia se posicionou na frente do marido.

— Você não está ajudando.

— Não estou preocupado em ajudar.

— Mas você se preocupa com o Carter.

Gideon encarou Kipling.

— Você não tinha o direito de gritar com o meu filho.

— Eu disse para ele ir embora. Se a Starr fosse sua filha, o que você teria feito?

— Parem! Apenas parem!

A voz veio de trás deles. Destiny se virou e encontrou Starr parada na varanda. Lágrimas enchiam seus olhos.

— Vocês não precisam brigar por causa disso! Foi só um beijo!

Destiny correu até a irmã.

— Nós ficamos preocupados com você.

— Foi só um beijo — sussurrou Starr novamente. — Parem de brigar desse jeito! Parem de gritar! O que tem de tão errado no que a gente fez? Vocês nunca se apaixonaram?

— Você não pode estar apaixonada — retrucou Gideon, secamente. — É nova demais.

Felicia tocou no braço dele.

— Na verdade, existem estudos que sugerem que a idade não é... — Ela pressionou os lábios. — Talvez essa não seja a hora para esse tipo de informação.

Apaixonada? Destiny estava com dificuldades para respirar.

Starr se virou para Kipling.

— Você está apaixonado, certo? Então sabe do que estou falando.

Ele a fitou com uma expressão vazia. Starr franziu a testa.

— Você tem que estar apaixonado — reforçou ela. — Pela Destiny. Você casou com ela.

Destiny nunca tinha ouvido um silêncio tão longo, que foi ficando cada vez maior e se expandiu até só existir aquilo. Era como estar no palco e não se lembrar da letra de uma música. Não, era bem pior que isso. A humilhação queimava, se transformando em vergonha. Ela queria fugir correndo, mas não conseguia se mexer. Uma coisa era saber que seu casamento com Kipling tinha sido uma decisão racional. Mas ter esse fato nada romântico compartilhado com o mundo era outra. Apesar de nunca ter dito que eles estavam apaixonados, as pessoas presumiam que estivessem, e ela não desmentia.

Gideon e Felicia olharam para eles dois e, depois, um para o outro. Starr prendeu a respiração.

— Você a engravidou e sequer a ama? — Starr se virou para Destiny. — Você sabia disso?

— Podemos conversar sobre isso depois — murmurou.

Starr deu um passo para trás.

— Claro. Vou estar no meu quarto.

Ela entrou. Felicia pigarreou.

— Vamos conversar com o Carter sobre o beijo com a Starr. Falarei que talvez sejam novos demais.

Kipling acenou compreensivamente com a cabeça.

— Desculpe por ter gritado com ele. Foi uma reação inconsequente.

— Bota inconsequente nisso — disse Gideon. — Que isso não se repita. Estou fora do The Man Cave. Arranje outro sócio.

Eles entraram na caminhonete e foram embora.

Quando ficaram sozinhos de novo, Destiny descobriu que não conseguia olhar para Kipling.

— Preciso ver como a Starr está — disse. — Por que você não nos dá um tempo para resolver tudo isso?

Ela pensou que ele talvez pudesse argumentar, mas, ao invés disso, Kipling concordou com a cabeça e foi embora. Destiny entrou em casa.

Starr estava esperando por ela na sala de estar. Estava com o violão de Destiny nas mãos. Sem dizer uma palavra, o entregou e foi para o quarto, fechando a porta.

Destiny se sentou no sofá, com o violão ao seu lado. Ela ficou olhando para o instrumento, a implicação era clara. Ela precisaria da música porque a única maneira de processar suas emoções era através de uma canção. Só que ela estava bem. Completamente bem.

Kipling não a amava. Isso não era novidade. Eles se davam bem. Eram amigos e, quando ela engravidou, eles tomaram uma decisão sensata com relação ao seu futuro. Tudo estava bem. Tecnicamente, era o que ela sempre quis.

Ele era um homem que gostava de consertar as coisas. Ela era seu projeto atual. Havia destinos piores.

Destiny pegou o violão e dedilhou as cordas. Uma música suave tomou conta da sala. O amor era uma complicação que ela nunca quis e de que nunca precisou. Ser o centro da vida de alguém — quem precisava disso? Obviamente, Kipling não a amava. Se amasse, teria dito alguma coisa. Ou mesmo dado a entender. Mas não tinha. Ele pareceu chocado. Talvez até assustado.

Então ele não a amava. Não havia problema nenhum, certo? Não era como se ela o amasse também. Amar Kipling significaria se preocupar mais com ele do que consigo mesma. Significaria imaginar a vida com ele por anos a fio e ficar feliz por, dentre todos os homens que podiam tê-la engravidado, ter escolhido ele. Amá-lo significaria que ela saberia que, dali a quarenta anos, seu coração ainda bateria mais forte quando ele entrasse na sala.

Destiny percebeu que a sala tinha ficado um pouco embaçada e piscou. Lágrimas rolaram por suas bochechas. Ela as secou, mas outras as substituíram. Sua garganta se fechou, e ela lutou contra um soluço. Porque a verdade esteve ali o tempo todo. Ela só nunca tinha notado. Em algum momento do caminho, ela tinha se apaixonado por Kipling e, até onde sabia, ele não tinha intenção alguma de corresponder a esse amor.

Capítulo 18

KIPLING SABIA QUE A SEMANA ESTAVA prestes a ficar bem pior. Ele se sentou a uma das mesas do bar e observou cada um de seus sócios se acomodar. Estavam todos lá: Josh Golden, Raoul Moreno, Kenny Scott, Jack McGarry, Sam Ridge e os irmãos Stryker — Rafe, Shane e Clay. Só faltava Gideon. Provavelmente porque já tinha saído da sociedade.

Rafe, Josh e Kenny trocaram olhares, como se já tivessem conversado sobre o assunto. Então, Kenny se virou para Kipling.

— Nós entendemos o que aconteceu com o Carter — disse ele. — Se fosse uma das nossas filhas, nós nos sentiríamos assim também. Mas o problema é maior do que você e o Gideon brigarem entre si.

— Foi muito corajoso da sua parte bater de frente com ele — acrescentou Raoul. — Você sabe que o Gideon foi treinado pelas Forças Especiais, não sabe?

Kipling não sabia, mas não via como aquela informação fazia alguma diferença. Ele não pararia de proteger Starr porque seu oponente era perigoso.

Rafe meneou a cabeça.

— Se pudermos nos manter focados no assunto...

— Eu não mudei de assunto — defendeu Raoul. — Eu só estava dizendo que o cara precisa ter colhões.

— Bem grandes — complementou Kipling. — Agora, por que estamos tendo esta reunião?

Os sócios trocaram olhares que confirmavam que eles tinham trocado ideias. Kipling seria o último a saber, o que significava que as notícias não eram boas.

— As mulheres estão chateadas — começou Kenny, dando de ombros. — O The Man Cave está indo bem. Não como na primeira semana, mas bem o suficiente para elas estarem preocupadas com a Jo e com os efeitos de nossos negócios nos dela. Eu, pessoalmente, acho que ela pode cuidar de si mesma e de seu bar, mas a decisão não é minha. É da Bailey.

Kenny Scott era um cara grande. Alto, musculoso e ex-jogador da NFL. Se Kipling tivesse que escolher uma pessoa que não fosse mandada e desmandada pela mulher, teria escolhido o Kenny. E teria errado.

— Deixe-me ver se eu entendi — disse Kipling, calmamente. — Nós abrimos o The Man Cave porque não havia nenhum lugar nesta cidade para os homens irem tomar uma cerveja. A Jo atende as mulheres, e os bares dos restaurantes não são a mesma coisa. Então criamos este lugar juntos para resolver um problema. Agora você está me dizendo que quer sair do negócio porque está dando certo?

Os outros homens se mexeram inquietos em suas cadeiras.

— Não é tão simples assim — alegou Rafe, confirmando com a cabeça logo em seguida. — Mas, sim, é mais ou menos isso mesmo. Olha, o bar é ótimo. Eu gosto daqui. Quando tenho um comprador em potencial na cidade, é aqui que quero trazê-lo. Mas a Heidi não gosta. Ela e a Jo são próximas.

— A Jo conversou com as esposas de todos vocês?

Todo mundo confirmou com a cabeça.

— E vocês estão pulando fora porque ela está chateada?

— Não — corrigiu Sam. — A Jo é ótima, mas eu estou fazendo isso pela Dellina.

A expressão "pau mandado" passou pela cabeça de Kipling, mas ele sabia que não havia sentido em apontar o óbvio.

— Então vá — disse ele. — O negócio vai sobreviver sem o seu apoio. Vou organizar tudo para comprar a sua parte.

— Sem pressa — disse Rafe. — Negócios novos precisam de grana. Pode me pagar por último.

— Eu, também — reiterou Jack. — Só preciso dizer para a Larissa que estou fora.

— Digo o mesmo — acrescentou Raoul. — Só que é a Pia, e não a Larissa.

Em uma questão de minutos, todos tinham ido embora. Kipling ficou parado ao lado do bar se perguntando que diabos tinha acabado de acontecer. Dois dias atrás, ele tinha estragado tudo com a Destiny, e agora isso?

Nick veio caminhando lá dos fundos, uma expressão empática em seu rosto.

— Suponho que você tenha ouvido tudo — murmurou Kipling.

— O suficiente.

— Achei que estivéssemos fazendo algo aqui. Como vai o negócio, por falar nisso?

— O faturamento está baixo. O movimento de turistas é estável, mas não é suficiente. Este não é o lugar ideal para trazer crianças, e a maioria das pessoas que vêm à cidade traz as famílias. Então precisamos dos moradores para sobreviver. Se as mulheres mandarem os maridos boicotarem, estamos ferrados.

— Você morou aqui a vida inteira. Alguma sugestão?

— Converse com a Jo.

Kipling já tinha concluído que precisaria fazer isso.

— E digo o quê?

— Sei lá. Ela é mulher. Peça desculpas.

— Isso não vai acontecer.

Kipling pensou em esmurrar o balcão, mas era de madeira maciça, então pensou melhor.

— Não sou o vilão dessa história — disse ele a Nick, mas se lembrou da expressão nos olhos de Starr quando ele não conseguiu dizer que amava sua irmã. Porque apesar de ser horrível pensar naquilo, era ainda mais fácil do que pensar em como ele tinha magoado a Destiny.

— Não, não é — concordou Nick. — Mas vai ter que resolver isso mesmo assim. Ou vamos ter que fechar.

Kipling foi caminhando na direção do Jo's Bar pela rua da padaria de sua irmã. Ele não sabia ao certo o que pensar do que acabara de acontecer, muito menos o que ele deveria dizer a essa misteriosa e poderosa Jo. Ele supôs que talvez a Shelby pudesse lhe dar algum conselho.

Quando chegou à panificadora, a adolescente no balcão apontou para os fundos. Kipling encontrou a irmã parada ao lado de uma dúzia de cupcakes sem cobertura. Mas ao invés de estar lidando com as coberturas, ela estava com o olhar distante, na parede lá de trás. Seus ombros estavam arqueados e sua expressão, triste.

— O que foi? — perguntou ele, preocupado. — Me conte o que aconteceu.

Ela pulou, como se ele a tivesse assustado, então secou as bochechas e sacudiu a cabeça.

— Desculpe, irmãozão. Existem problemas que você não pode resolver.

— Posso resolver esse.
— Duvido muito.
— Me conte.
Ela revirou os olhos.
— Tem a ver com a minha vida amorosa. Ou com a falta dela. Homens são babacas. Um cara me magoou, e aí foi embora da cidade. Antes que você pergunte, não, você não pode resolver. — Ela deu um sorriso trêmulo. — Eu amo você como irmão, e você precisa deixar isso para lá.
Ele a encarou.
— Me conte.
— Não. Eu estava saindo com um cara que estava saindo com um monte de outras mulheres ao mesmo tempo, e agora ele foi embora. É melhor assim. Vou seguir em frente. Vou encontrar o cara certo.
Kipling estava do lado dela em um piscar de olhos.
— Ele...
A tristeza sumiu quando a afeição encheu os olhos de Shelby. Ela o abraçou.
— Não — sussurrou ela. — Ele nunca me bateu. — Ela se endireitou e tocou no rosto dele. — Kipling, nem todos os homens são como nosso pai. Alguns são babacas com palavras e ações, não com os punhos. Você não pode me proteger de tudo. Eu fico grata por você tentar, mas, por favor, deixe isso para lá. Estou bem. Ou vou ficar. Foi uma boa lição. Preciso parar de me apaixonar por caras sedutores e charmosos. Preciso encontrar alguém íntegro, que vá me amar por quem eu sou.
— Alguém sensato? — perguntou, pensando em Destiny e em seu plano ridículo.
Ela não queria amor. Tinha sido clara quanto a isso. Nada de emoções fortes. Então, devia ficar feliz por ele não estar apaixonado por ela. Só que ela não pareceu feliz e, nos últimos dois dias, não tinha atendido a nenhuma de suas ligações.
— Não exatamente sensato — admitiu Shelby, com um sorriso. — Quero alguém mais romântico que isso. Mas equilibrado. Alguém com quem eu possa contar. — O sorriso dela ficou ainda maior. — E que não seja meu irmão. Não é algo que você possa — ou deva — consertar. Nem todo problema tem solução. Só deixe eu me recuperar e seguir em frente com a minha vida.
— Entendi claramente.
— Ótimo. O que se passa com você?

— Nada demais.

— Como está a Destiny?

— Ótima.

— Fico feliz por vocês estarem juntos. Ela é perfeita para você.

Uma afirmação inesperada.

— Por que você acha isso?

— Porque ela é atenciosa, e você precisa de alguém que cuide de você. A família dela é meio maluca, o que significa que sempre vai haver uma crise, e você gosta de cuidar das pessoas. Vocês têm a mesma visão de mundo. — Ela riu. — Sei lá. Vocês combinam. Gosto de ver vocês dois juntos.

Kipling deu um beijo na testa da irmã.

— Obrigado, maninha. Te vejo em breve. Me avise se precisar de ajuda.

— Sempre.

Ele foi embora. As palavras de Shelby ecoavam em sua cabeça.

Ele pensava que tinha dormido com a Destiny porque ela era gostosa e que tinha se casado com ela porque ela estava grávida. Será que havia mais coisas envolvidas? A descrição de Shelby do relacionamento deles fez Kipling se perguntar se havia mais coisas rolando do que ele tinha percebido. Mas, primeiro, ele precisava conversar com uma mulher sobre o bar dela.

— Me avise quando você quiser fazer a trilha que eu vou com você — sugeriu Cassidy.

— Não é sua responsabilidade — disse Destiny, voltando a olhar para a tela.

— Estamos juntas nessa. Além disso, eu gosto de fazer trilha.

— Obrigada.

A última sessão com os voluntários tinha mostrado que havia áreas não cobertas por eles em várias regiões de busca. Apesar de Destiny e Miles terem mapeado o máximo que podiam pelo ar, ainda havia várias áreas que ela tinha que cobrir a pé. Destiny achava que tinha chegado a todas, mas, aparentemente, não. E esse era o motivo pelo qual ela ficou no local por tanto tempo.

Ela desligou o computador e pegou a mochila.

— Vai trabalhar até tarde? — perguntou ela a Cassidy.

Sua amiga meneou a cabeça.

— Não. Tenho um "encontro" com Jeff por Skype em uma hora. A luz é melhor lá em casa. — Ela sorriu. — Eu sei, eu sei. Depois de quase vinte anos de casamento, por que é que eu ainda me importo com a minha aparência, certo? Mas me importo mesmo assim.

— Ah, o amor jovem... — provocou Destiny.

— Exatamente. — Cassidy suspirou. — Espero que você e o Kipling continuem tão apaixonados quanto eu e o Jeff. É claro que existem altos e baixos em todo casamento, mas eu estaria perdida sem aquele homem. E nem seu programa supersofisticado poderia me encontrar. Tenha uma boa noite.

— Você também.

Destiny saiu do escritório e começou a ir para casa. Enquanto caminhava, ela se perguntou há quanto tempo estaria apaixonada por Kipling. Já tinham se passado dois dias da última conversa deles. Ele tentou ligar algumas vezes, mas ela tinha deixado cair na caixa postal. Quando ele mandou mensagem, ela pediu por um tempo. Até agora, ele estava atendendo o pedido.

A ruiva inspirou o ar quente e se perguntou como tinha provocado uma bagunça tão grande. Tinha se apaixonado por um homem que a via como um projeto. E o que era ainda mais complicado: estava grávida desse homem. Não era como se ela e Kipling pudessem simplesmente terminar. Eles estariam conectados pelo resto da vida.

Aquela ideia era tanto maravilhosa quanto assustadora. Se ela tivesse que manter contato com ele, como poderia um dia deixar de amá-lo? Porque ela precisava. Enxergava isso agora.

A vida toda Destiny tinha fugido exatamente da situação em que se encontrava agora. Um caos emocional. Ela tinha tanta certeza de estar tomando as decisões certas, mas não tinha, afinal, tomado nenhuma decisão. Ela estava se escondendo. Da vida. De si mesma. De seu coração.

Ela chegou em casa bem quando Starr estava subindo até a porta da frente. Elas acenaram uma para a outra.

— Como foi o seu dia? — perguntou Destiny.

— Bom.

— Mais algum beijo?

Starr revirou os olhos.

— Você nunca vai parar de pegar no meu pé, né?

— Provavelmente não.

Elas entraram na sala e se largaram no sofá.

— Você não é do tipo que beijaria qualquer um — comentou Destiny. — Então deve realmente gostar do Carter.

Starr ficou vermelha.

— Eu gosto. Ele é ótimo. Sei que somos jovens e não quero que as coisas fiquem sérias, mas quando ele está por perto...

— É mágico?

— Sim. Exatamente como as pessoas cantam nas músicas. Você sabe, como os seus sentimentos pelo Kipling.

Destiny realmente esperava que Starr não estivesse sentindo *aqueles* sentimentos.

— Mas nós conversamos — continuou Starr. — Não vai rolar mais beijo nenhum. Vamos continuar amigos e tudo mais. Continuar juntos, mas nada sério.

— Essa é uma decisão muito inteligente.

— Você acha? Estou me esforçando. Pensei muito no que você disse. Sobre os meus pais e como eles reagiam ao invés de pensar bem nas coisas.

— Você precisa se divertir mesmo assim — aconselhou Destiny. — Ser jovem.

— Eu sei. E vou me divertir. Só não vou ir tão rápido com os meninos. Viu? Estou aprendendo com você.

— Está mesmo.

Mas Destiny se perguntou quanto da lição que estava passando era uma coisa boa. Porque, para ela, parecia que tinha pendido demais para o lado racional. E isso não deu exatamente certo para sua vida.

O casamento sensato deles não era mais tão sensato assim. Na verdade, se ela parasse para pensar, foi uma atitude ridícula. Ela era inteligente e capaz. Podia criar uma criança sozinha. Não que estivesse tentando afastar o Kipling ou mantê-lo longe do bebê. Mas para que casar?

— Quero conversar com você sobre uma coisa — disse ela.

— O quê?

— O Kipling, basicamente.

Starr apoiou a cabeça no sofá.

— Eu estava mesmo me perguntando sobre isso. Ele não tem aparecido.

— Ele tem ligado, mas eu não queria falar com ele.

— Porque te magoou?

— Sim, e porque eu estava confusa. Quando eu tinha a sua idade...

Destiny não sabia ao certo como explicar uma coisa que não fazia muito sentido para ela mesma.

— Eu estava decidida a não ser como os meus pais. Eu queria um lar estável. Algo certo. Tive isso com a vó Nell, mas quando passei a viver sozinha, eu fiquei com medo. E se eu me apaixonasse perdidamente e rodasse o país, cantando em botecos de esquina e morando em um ônibus?

Starr riu.

— Parece divertido.

— Não para mim. Teria sido um pesadelo. — Destiny fez uma pausa, analisando mentalmente seu caminho enquanto continuava. — Eu tinha tanto medo do que poderia me tornar que comecei a ignorar quem eu realmente era. Era seguro, mas, agora, estou pensando que talvez não tenha sido a decisão certa.

Ela sorriu para a irmã.

— Eu nunca teria me permitido beijar um menino como você fez. Eu ficaria com medo demais do que poderia acontecer. Eu fugia de muitas coisas.

— Como a música? — perguntou Starr, delicadamente.

— Sim. Como a música. — Ela inspirou. — Acho que o que estou dizendo é que sou um caos total e completo.

— Não é, não. Você é maravilhosa. Me acolheu.

— Tenho sorte de você me aguentar. Você é minha irmã, e fico feliz por estarmos construindo uma vida juntas.

— Eu também. — Starr mordeu o lábio inferior. — Você não vai continuar casada com o Kipling, vai?

— Acho que não. Não queremos a mesma coisa. Eu entrei em pânico quando descobri que estava grávida. Não foi muito inteligente da minha parte. Ainda quero ficar em Fool's Gold. Ainda vamos ser uma família. Só eu e você.

— E o bebê. — Starr se inclinou na direção de Destiny. — Posso ajudar. Posso fazer tarefas domésticas.

— Ótimo. Uma de nós precisa saber o que está fazendo.

Starr riu.

— Vamos comprar uma casa — continuou Destiny. — Que vamos escolher juntas.

Não aquela em que ela e Kipling tinham feito amor, pensou ela. Aquelas eram lembranças que Destiny queria evitar.

— Você vai arranjar outro emprego? — perguntou Starr, hesitante. — Vai poder trabalhar mesmo com o bebê?

Uma ótima pergunta. Ela iria precisar ter renda fixa. Não tinha dúvidas de que Kipling se ofereceria para pagar pensão, mas esse era um dinheiro que ela preferia guardar. Nesse intervalo, ela era perfeitamente capacitada e tinha habilidades ímpares.

— O empresário da minha mãe sempre me disse que queria que eu trabalhasse compondo músicas. Vou dar uma ligada para ele e descobrir se ele estava falando a verdade. — Ela tocou no braço de Starr. — Na verdade, eu estava pensando em dar uma olhada no que tenho depois do jantar. Quer me ajudar com isso?

Os olhos de Starr se arregalaram.

— Claro! Eu adoraria!

— Ótimo. Vamos ver o que temos na geladeira.

Elas se levantaram, e Destiny foi até a cozinha com Starr logo atrás. Mas sua cabeça estava nos cadernos que ela tinha guardado em uma caixa em sua cômoda. Cadernos recheados com dezenas de músicas que ela tinha escrito ao longo dos anos. Algumas delas renderiam lindos duetos. Talvez até houvesse algum interesse por alguma coisa interpretada pelas filhas de Jimmy Don Mills.

Ela não estava disposta a sair em turnê nem nada assim, mas, talvez, um álbum de estúdio não estivesse fora de cogitação.

— O que é tão engraçado? — perguntou Starr. — Você está sorrindo.

— Estou? Eu estava só pensando em como a vida é irônica. Passei anos fugindo de quem eu sou só para descobrir que é exatamente essa pessoa que preciso ser.

Para uma mulher que era proprietária de um negócio bem-sucedido no centro da cidade, Jo Trellis era uma pessoa difícil de encontrar. Kipling tinha ido ao bar dela três vezes, deixado recados de voz e mandado mensagens, mas ainda não tinha conseguido falar com ela. Pelo Kipling podia dizer, ela o estava evitando. O que parecia ser uma atitude popular nos dias de hoje, visto que Destiny também o fazia.

Não era assim que ele tinha planejado passar as primeiras duas semanas de casamento. Aquelas noites tinham sido tão promissoras, pensou, taciturno, enquanto caminhava na direção da casa de Destiny. Eles estavam sedentos um pelo outro. Só que mais excitante que a química era o quanto eles tinham curtido a companhia um do outro. Pelo menos ele tinha curtido. Pela maneira como Destiny o estava evitando, a conexão não era recíproca.

O que Kipling não entendia era a rapidez com que tudo deu errado. Em um minuto, eles estavam prometendo ficar juntos até que a morte os separasse. No outro, ele não conseguia nem falar com ela por telefone.

Aquele homem sabia o momento exato em que tudo tinha mudado com Destiny. Foi depois do incidente com Starr e Carter. Mas o problema real com relação a todo o resto tinha começado bem antes disso, ele sabia. Mas o momento exato era mais confuso.

Kipling passou pelo centro da cidade. O festival de Quatro de Julho estava de vento em popa, com barraquinhas, exposições e música ao vivo no parque. Haveria uma parada mais tarde e fogos de artifício. Normalmente, ele achava esse tipo de coisa bem divertida. Mas não hoje. Hoje ele precisava ver Destiny e precisava descobrir por que estava tão inquieto.

O The Man Cave era parte do problema. Se não conseguisse resolver as coisas com a Jo e seus sócios, o bar não iria sobreviver. Nick tinha mostrado o livro de registros. Kipling tinha visto na hora que, apesar do local se manter aberto aos trancos e barrancos por alguns meses, o fim era inevitável. Sem o apoio dos moradores, eles estavam condenados.

Não era o fracasso do negócio que o estava perturbando, pensou. Era o que aquele fracasso significava. Porque o The Man Cave era sua maneira de se enturmar. De retribuir. E Kipling tinha ferrado com tudo.

Ele parou perto do Brew-haha e olhou para o parque. Apesar de ainda ser manhã, havia multidões de pessoas por todos os lados. O sol estava quente; o céu, azul.

Pouco mais de um ano atrás, ele estava esquiando montanha abaixo na Nova Zelândia, preparando-se para começar o treinamento pra valer. Tinha acabado de vencer as Olimpíadas e era totalmente invencível. Ao menos era o que pensava.

Depois do acidente, ele estava mais preocupado com as chances que tinha de andar de novo do que com o fim de sua carreira. Então a prefeita Marsha apareceu, do nada, lhe oferecera um emprego e prometera cuidar da Shelby.

Ele ainda se lembrava de como não tinha acreditado nela. De como tinha prometido lealdade eterna se ela protegesse sua irmã. Ele ainda se lembrava exatamente do que ela tinha dito.

— *Você não precisa passar por isso sozinho, Kipling. Nem precisa ser leal eternamente. É só vir para Fool's Gold quando puder. Vamos estar esperando por você.*

Ela tinha honrado sua palavra. Ele sabia, agora, que Ford Hendrix e Angel Whittaker tinham pegado um avião até o Colorado naquele mesmo dia. Quando a mãe de Shelby morreu, eles a tinham levado para Fool's

Gold. Kipling tinha ido depois de se recuperar. Em janeiro, ele aceitou o emprego como diretor do Salvo.

Quando percebeu que não havia um lugar para os homens se divertirem, pensou no The Man Cave. Ele reuniu vários sócios, e eles contrataram Nick.

Ele tinha plena certeza de que essa era a coisa certa a se fazer. Resolveu um problema. Queria dizer que era da mesma forma com Destiny, só que não era. Pois ela era mais importante do que todo o resto reunido.

Kipling deu as costas para o parque e caminhou as duas últimas quadras até a casa dela. Quando a porta se abriu e a viu, todo o seu corpo relaxou. Estar com ela era a coisa certa.

— Oi — disse ele, com um sorriso. — Eu queria ver como você está.

— Fico feliz que tenha vindo.

Destiny estava usando shorts jeans rasgados e uma camiseta. Seu cabelo estava preso em um rabo de cavalo e estava descalça. Não era propriamente sexy mas, para ele, era certamente atraente.

Ele queria puxá-la para perto e beijá-la. Queria fazer outras coisas, também, mas, em sua maior parte, queria abraçá-la. Eles se sentaram no sofá, de frente um para o outro. Ela parecia bem, pensou. Talvez um pouco cansada, mas totalmente Destiny.

Seus olhos desceram até a aliança em seu dedo. O anel dourado simples parecia solitário. Ele queria acrescentar um belo anel de noivado. Um diamante brilhante. Tudo bem, era clichê, mas ele era assim.

— Senti sua falta — disse. — Está tudo bem com a Starr?

Destiny confirmou com a cabeça.

— Estamos nos entendendo. Estamos selecionando umas músicas que eu compus. O empresário da minha mãe vai vir aqui na semana que vem para falarmos de música.

— Que bom. Você é talentosa demais para ignorar suas habilidades. Como você está se sentindo?

— Bem. Tenho uma consulta com a ginecologista na semana que vem.

— Com a dra. Galloway? — perguntou ele, torcendo para que a resposta fosse "não".

— Como você sabia?

Kipling deu de ombros.

— Eu já a conheci. — Não havia motivo para explicar toda a conversa sobre "defloração". — Posso ir junto?

Ela assentiu com a cabeça.

— Quero que você participe o quanto quiser da gravidez.

Kipling se tocou que tudo aquilo estava errado. Eles eram casados. Deveriam estar abraçados e seguindo para o quarto para fazer amor. A conversa deveria ser fácil e natural — não truncada e meramente informativa. Aquela era a Destiny — eles se conheciam. Só que, neste momento, parecia que eram estranhos.

— O que está acontecendo? — perguntou Kipling. — Você queria um tempo, então eu lhe dei um tempo. Será que devia ter insistido mais para falar com você?

— Não, você fez a coisa certa. Eu andei pensando muito em tudo. — Ela olhou para ele. — Kipling, eu te amo.

A primeira reação dele foi pular e gritar a boa-nova o mais alto que podia. Destiny o amava. Destiny, que era gentil e engraçada e sexy e determinada. Seu segundo pensamento foi que, se ela o amava, precisaria de muito mais do que ele podia oferecer. Ele não tinha conseguido proteger a própria irmã dos punhos do pai. Como poderia proteger qualquer outra pessoa? Especialmente a Destiny?

— Eu também não esperava — continuou ela, secamente. — Não fazia ideia. Tentei ser racional e calma em todas as situações. Mas essa não sou eu. Não tenho uma resposta para a questão da natureza da criação, mas o que eu sei é que não posso mais continuar fingindo. Posso perder um pouco a linha. Talvez não arremesse a louça, mas não sou tão racional quanto você pensa. Eu tenho sentimentos. Profundos. E não vou mais renegá-los.

— Gosto que você tenha sentimentos.

Ela sorriu.

— Ótimo. Porque vamos ter um filho juntos. Temos muita coisa para resolver.

Kipling segurou as mãos dela.

— Eu quero isso. Quero que a gente seja uma família, Destiny. Eu estava falando sério quando disse meus votos. Estou nessa até o fim.

O sorriso dela desapareceu.

— Eu acredito em você porque o fato de eu estar grávida é outro problema para você resolver.

Aquela afirmação injusta o deixou um pouco cabreiro.

— É mais do que isso.

— Não acho que seja. Você não me ama. Tudo bem. Não precisa amar. Você gosta de mim, somos amigos, e eu já vi como você cuida da sua irmã. Você vai ser um bom pai. Como eu disse antes, quero que você participe tanto quanto quiser da gravidez. Não vou afastar você, mas não vou continuar casada com você. Não desse jeito. Não preciso de conserto. Preciso ser amada, e você não quer ou se recusa a me amar.

Ela apertou os dedos de Kipling antes de soltá-los.

— Kipling, quero o divórcio.

Capítulo 19

— Você está bem? — perguntou Cassidy.

Não. Estou grávida, me divorciando, sou responsável pela minha irmã adolescente e vou largar meu emprego em duas semanas. Destiny disse a si mesma para respirar e sorrir. A expressão *uma mentira contada várias vezes se torna verdade* nunca pareceu tão verdadeira.

— Estou bem. Pronta para subir a trilha.

Ela e Cassidy estavam saindo para mapear as últimas poucas áreas da região. As duas já tinham dividido o mapa. Destiny concluiu que cada uma das seções estaria completa em menos de meio dia. Se tudo corresse bem, elas teriam terminado tudo até o fim de semana.

Era sábado, Quatro de Julho, mas nem Destiny nem Cassidy tinham motivos para não trabalhar. Starr estava com amigos, e sua irmã mais velha não tinha vontade alguma de ficar em casa sozinha. O marido de Cassidy estava a meio mundo de distância. Mapear a região era a solução perfeita.

— Mande um recado pelo rádio a cada duas horas — pediu Cassidy, enquanto pegava a mochila. — Vou fazer o mesmo. — Ela sorriu. — Seria humilhante se uma de nós se perdesse.

— Nem me fale.

Destiny pegou seus próprios equipamentos, e elas saíram.

A época era perfeita para aquele trabalho, pensou, enquanto saía da cidade. Com tudo que estava acontecendo, algumas horas em meio à natureza eram tudo de que ela precisava para clarear a mente. Ela podia inserir os dados no programa e chorar bastante ao mesmo tempo. Porque as lágrimas eram inevitáveis.

Ela podia aceitar que amava Kipling. Podia aceitar que ele não a amava. Ela era totalmente racional com relação àquilo tudo. O problema era que a notícia a devastara.

Até dizer que queria o divórcio, Destiny não tinha percebido o quanto estava torcendo para que ele estivesse secretamente apaixonado por ela.

Que confessaria seus sentimentos e viveriam felizes para sempre. Mas nada disso aconteceu. Disse que queria o divórcio; Kipling acenou uma vez com a cabeça, concordando, disse que ia falar com o advogado e foi embora. Não houve conversa, nenhum suspiro de emoção. Nada. Um enorme nada.

Apesar de saber que continuar casada era um erro, ela não podia evitar desejar que as coisas terminassem de outro jeito. Depois de todos aqueles anos evitando sentimentos fortes, tinha finalmente se apaixonado, só para cair de cara no chão. Racionalidade? Nem um pouco.

Destiny saiu da estrada e entrou em uma área de descanso para consultar o mapa. Quando confirmou que estava onde deveria estar, ela saiu do carro, colocou a mochila e ligou o GPS rastreador, bem como o restante do equipamento, e entrou na floresta.

O tempo iria curar tudo, lembrou a si mesma. Ela tinha uma família maravilhosa e um bebê a caminho. Mais além, iria ligar para sua mãe e dizer a Lacey que seu desejo por um neto tinha sido realizado. Neste fim de semana, ela e a Starr iriam continuar analisando as músicas de Destiny e iriam escolher as vinte melhores ou algo assim para tocar para o empresário de sua mãe. Ela compraria uma casa e seguiria com sua vida.

Ela tinha pessoas que se importavam com ela. Tinha bons amigos e muito apoio. O que não tinha era o amor do homem que tinha roubado seu coração. Isso doía, mas ela iria sobreviver.

Durante anos a vó Nell tinha sido o modelo em quem Destiny se inspirava para medir suas atitudes. Será que a vó Nell faria isso? Será que ficaria orgulhosa? Apesar de Destiny amar a avó, sabia que precisava mudar sua maneira de pensar. Deixar a vó Nell orgulhosa não era mais o propósito. Agora, ela precisava aprender a se orgulhar de si mesma.

Atingir uma árvore quando estava esquiando a mais de cem quilômetros por hora tinha quebrado mais ossos de Kipling do que o fato de Destiny tê-lo largado, mas ficar sem ela doía muito mais. Kipling ainda não conseguia descobrir o que fazer com as informações que ela tinha despejado nele antes de ir embora.

Ela o amava e foi embora. Simples assim. *Eu te amo. Quero o divórcio.* Era o final de um filme ruim. Era tão extremo que chegava a ser ridículo. Mas ele não estava rindo. Nem dormindo nem comendo. Na verdade, tudo que Kipling conseguia fazer era continuar respirando.

Doía. Mais do que qualquer outra coisa que ele já vivenciara. Ele, que sempre acreditara que palavras não importavam — apenas ações —, foi estraçalhado pelo que ouviu. Palavras matavam, pensou, sombrio.

E tão ruim quanto isso, ela se foi. Ah, claro, ele iria vê-la. Eles teriam um filho juntos, e ele sabia que não importava o que acontecesse entre ambos, ela nunca tentaria cortá-lo da vida da criança. Mas ele não queria ser um pai em meio período. Queria uma família. Com ela.

Kipling tinha ido até a casa dela para dizer exatamente isso, mas, ao parar na porta, deu meia volta. O que é que ele iria dizer para convencê-la a não se separar dele? Ele queria continuar casado. Queria viver com ela e ter esse filho. Achava que tinha mostrado o quanto se importava através de suas ações. Que esteve lá, cuidou dela.

O ex-esquiador sabia que havia uma solução para o problema. Tinha que haver. Mas qualquer que fosse, ela lhe escapava. Ele imaginou cenários diferentes em sua cabeça. Escreveu cartas. Chegou a considerar alugar um outdoor, mas não fazia ideia do que escrever nele.

Não me deixe era um começo. *Case comigo* estava fora de cogitação. Eles já eram casados. *Não vamos nos divorciar* era perverso demais.

O que não entendia era o que tinha mudado. Se ela o amava agora, provavelmente o amava há um tempo. Então o fato de eles estarem casados não era uma coisa boa?

Alguém bateu em sua porta. Ele a abriu, ávido por encontrar Destiny ali. Mas era sua irmã parada na varanda.

Ela colocou as mãos nos quadris.

— Falando sério, você podia ao menos tentar não ficar tão decepcionado por ser eu.

— Desculpe.

— Estava esperando que fosse a sua esposa?

Ele confirmou com a cabeça e se afastou para deixar a irmã entrar. Ela passou por ele e se virou para encará-lo quando Kipling fechou a porta.

— O que aconteceu?

Ele fez aquela pergunta com sua voz mais casual, tipo "estou bem, ignore os sinais de tensão e angústia na minha voz". Aparentemente, funcionou, porque Shelby não fez nenhuma pergunta. Ao invés disso, disse:

— Estive pensando.

— No quê?

— No que você falou outro dia. Sobre o negócio, e eu, e você. — Ela suspirou. — Você é um bom irmão mais velho, e eu te amo.

Era óbvio que ela tinha mais a dizer, então ele esperou.

— E me desculpe.

Aquilo era inesperado.

— Pelo quê?

— Eu te dei sinais contraditórios. Pedi seu conselho e fiquei brava quando você o deu. Eu quero que me resgate, mas só de vez em quando. Não faz muito sentido para mim, então certamente não pode ser para você também.

Ele relaxou um pouco.

— Certo. Então em que pé ficamos?

Shelby sorriu.

— Eu gostaria de um empréstimo seu, mas é um *empréstimo*. Vou pagar tudo de volta, com juros.

— E se eu não quiser mais te dar o dinheiro?

Ela riu e o abraçou.

— Você é um cara engraçado.

— Nem todo mundo acha.

— Então essas pessoas não te conhecem o suficiente.

Ele não achava que esse era o problema com Destiny.

Shelby o analisou.

— Quer conversar sobre isso?

— Não é nada. Estou bem.

— Então por que ainda está morando aqui, e não com a Destiny?

Ela o pegou na curva.

— É complicado. Ela está... — Não era "brava", pensou ele. Decepcionada? Magoada? — Chateada.

— Você tentou consertar demais as coisas? Você faz isso, Kipling. Suas intenções são boas, mas, às vezes, as pessoas querem ser mais que um mero projeto.

— Não vejo as pessoas como projetos.

Shelby ergueu as sobrancelhas e colocou as mãos de volta nos quadris.

Kipling suspirou.

— Às vezes — admitiu ele.

— Vezes o suficiente para que o restante de nós tenha dificuldades em saber onde nos encaixamos e se somos importantes. Você é meu irmão, e eu nem sempre sei se você está animado por me ajudar ou se só está resolvendo um problema.

Será que era isso que tinha dado errado com a Destiny? Será que ele não deixou claro que se importava com ela e com o bebê?

— O que eu faço não importa mais do que o que eu digo?

— Nem sempre. — Shelby o abraçou. — Você é um cara ótimo. Se a Destiny não está enxergando isso agora, dê um tempo a ela. Você não está errado em se preocupar.

— Obrigado. — Apesar de Kipling saber que devia estar errado em alguma coisa, já que a Destiny não queria continuar casada com ele. — Você está bem?

— Estou. Tive um relacionamento curto, mas horroroso com o Miles e agora o superei oficialmente.

— O quê? Miles, o piloto? Ele é um conquistador barato!

E logo, logo estaria morto, pensou Kipling, irado.

— Sim, agora eu sei. — Shelby sacudiu a cabeça. — Não comece. Não assuma o meu problema. Eu caí no charme dele e aprendi uma bela lição. Vou me recuperar.

— Você é minha irmã.

— Obrigada pelo esclarecimento. — Ela franziu a testa. — Estou falando sério, Kipling. Preciso resolver isso sozinha. Não se meta na minha vida pessoal, está bem?

Ele concordou lentamente com a cabeça.

— Claro. Vem me pedir dinheiro, mas não conselhos.

Shelby deu um sorriso.

— Exatamente.

Sem saber ao certo o que fazer consigo mesmo, Kipling vagueou pela cidade. Para sua sorte, ninguém tinha se perdido naquele feriado supermovimentado.

Turistas se misturavam com moradores locais. O cheiro de churrasco se misturava com o cheiro de limões e churros frescos. Ele acenou com a cabeça para as pessoas que conhecia, saiu do caminho de bebês aprendendo a andar e resgatou um balão que quase voou para a liberdade.

Tudo isso deveria fazer Kipling se sentir melhor. Conectado com a comunidade, talvez. Mas não fazia. E ele não estava conectado.

Sentia saudades de Destiny. Sem ela, não conseguia pensar direito. Nem dormir. Nem saber o que estava acontecendo. Ele podia ter ido vê-la. Sabia que ela e Cassidy estavam mapeando as últimas partes da montanha. Podia ter se juntado a elas. Mas e então?

Ele atravessou a rua e foi até o parque. Havia música ao vivo. Música que fazia Kipling pensar na apresentação maravilhosa de Destiny no The Man Cave e em como ela se entregava à música.

Ela era incrível, pensou ele. Poderosa e talentosa. Linda. Tinha dito que o amava e, depois, que queria o divórcio. O que ele devia fazer com isso?

A verdade era que ele a queria de volta. Ele sentia falta dela e...

Ele se virou ao ouvir alguns adolescentes rindo e avistou Carter parado com seus amigos. No segundo em que Kipling o viu, soube o que precisava fazer.

Ele foi até o garoto. Carter o viu se aproximando e se endireitou. Apesar de o festival estar rolando ao redor deles, Kipling sentiu que a tarde tinha ficado silenciosa — ao menos em sua cabeça.

— Oi — cumprimentou, quando estava na frente de Carter. — Eu queria me desculpar. Não aprovo o fato de você ter beijado a Starr, mas eu entendo por que aconteceu. Aquelas Mills são difíceis de resistir. — Ergueu um ombro. — Gritar com você não foi meu melhor momento.

Carter sorriu.

— Está tudo bem. Felicia explicou sobre os instintos protetores do macho alfa no clã. — O adolescente riu. — O que talvez não faça sentido para você, mas é assim que ela fala. Ela é superinteligente. Enfim, ela tem razão. Starr é quase como sua filha. Você precisa ser protetor. Fico feliz que tenha alguém cuidando dela, sabe? Porque nem sempre foi assim.

Kipling ficou olhando para o garoto.

— Você não é um babaca.

— Valeu, cara. Nem você.

Kipling meneou a cabeça.

— Não. Quero dizer que você é um bom garoto.

— Sempre fui. Isso significa que posso...

— Não — respondeu Kipling, com firmeza. — Meus instintos protetores permanecem. Mas agora eu tenho mais respeito pelo processo seletivo da Starr.

— Acho que isso é um elogio, então obrigado.

— De nada.

Carter voltou para os amigos. Kipling deu uma olhada em volta para decidir o que fazer em seguida. De repente, uma mulher alta de cabelos castanhos parou na frente dele.

— Ouvi dizer que você anda me procurando.

Ela tinha perto de quarenta anos, era esguia, com atitude suficiente para fazer um homem pensar que ela sabia cuidar de si mesma.

Kipling não fazia ideia de quem ela era.

— Como?

A mulher ergueu as sobrancelhas.

— Não foi uma boa maneira de começar, Kipling. Ouvi dizer que você é encantador. Não me decepcione.

Seria impressão ou começou a fazer calor ali?

— Sou Jo Trellis — disse a mulher. — Do Jo's Bar.

— Você! — exclamou ele bem alto. — Finalmente! Tenho tentado falar com você há dias. Você não atende minhas ligações e não retorna. Nunca está no bar quando eu apareço.

Ela parecia mais entretida do que irritada.

— O que posso dizer? Sou uma mulher evasiva.

— Você vai me fazer fechar o bar.

— Você também.

Eles ficaram olhando um para o outro.

Kipling concluiu que ela tinha chegado na cidade primeiro.

— Tenho certeza de que podemos encontrar uma solução para esse problema.

— Ouvi dizer que você gosta de resolver as coisas. Então vamos lá. Resolva essa. Todos nós nos importamos uns com os outros. Se você queria abrir um bar que seria uma concorrência direta ao meu, devia ter falado comigo antes. Ou com alguém. Mas não falou. Você simplesmente apareceu e montou seu negócio sem pensar em mais ninguém.

— Ei, espere aí. Não foi bem assim. Os homens da cidade não têm um lugar para ir. O seu bar é voltado para as mulheres.

Jo ergueu o queixo.

— E em que isso é ruim?

Ops.

— Ah, bom, não é. As mulheres devem ter um bar onde possam se sentir à vontade. Mas os homens também. Era só isso que eu estava fazendo. — Ele pensou na cidade e em como todos eram envolvidos uns com os outros. — Nem pensei em falar com você. Não sou daqui.

— Essa não é uma desculpa muito boa. Você devia aprender a conversar. Palavras fazem a diferença.

Ele estava começando a perceber isso. Fizeram a diferença para Carter, fizeram a diferença para Jo. Não fazia sentido que fizessem para Destiny também? Ela tinha dito a ele que o amava, e o que ele tinha respondido? Nadinha.

Ele pensou em tudo que estava errado no momento.

— Me desculpe por não ter falado com você antes. Eu devia ter feito isso. Se serve de consolo, você venceu. Meus sócios abandonaram o navio, e Nick disse que não conseguimos nos manter só com a grana dos turistas.

Jo trocou o peso do corpo de uma perna para outra.

— Sim, bem, quanto a isso... Talvez eu tenha feito algumas ligações. Eu queria causar um pouquinho de confusão, mas não previ como as minhas amigas iriam levar as minhas preocupações a sério.

— Você não tinha a intenção de me fazer fechar?

— Claro que não! Eu ia falar com você. O Jo's Bar tem um bom lucro, mas estou cansada de trabalhar dezesseis horas por dia. Tenho um marido lindo em casa com quem eu gostaria de passar mais tempo. Vou conversar com as meninas. Os seus sócios vão voltar rapidinho. O Jo's Bar vai abrir cinco vezes por semana e fechar às sete da noite. Você pode ficar com as noites.

Ela estendeu a mão. Kipling apertou.

— Me lembre de nunca bater de frente com você de novo — disse ele.

— Nisso você tem razão. Diga ao Nick para esperar um bom movimento esta noite. Vou fazer umas ligações.

Destiny atravessou o riacho raso. Do outro lado, ela confirmou que o sinal do GPS ainda estava forte. Apesar de gostar muito de trilhas, ela não queria ter que refazer seus passos.

Ela fez uma pausa para tomar água. Árvores altas proviam sombra e mantinham a temperatura agradável, mas Destiny estava em sua terceira hora de caminhada e estava ficando um pouco cansada.

Estou fora de forma, pensou. Não estava fazendo exercícios regularmente. Isso teria que mudar. Ela tinha que ser saudável por dois. Algo que não podia dizer para Kipling, pensou, com um sorriso. Antes que ela terminasse de falar, ele já teria traçado um programa e lhe contratado um treinador.

Não, ele não faria isso, pensou, apagando o sorriso. Porque eles não estavam mais juntos. Ela tinha terminado tudo de repente e não teve mais notícias dele desde então.

Destiny admitia que sentia falta dele. Muita. Havia um buraco em sua vida e, quem sabe, em seu coração. Do tamanho de um Kipling. Ela sentia falta da maneira como ele ficava visivelmente alegre quando ela chegava. De como ele ouvia e oferecia conselhos, quisesse ela ou não. Gostava da maneira fácil com que ele se adaptou à vida de mero mortal depois de anos como um deus do esqui.

Ele era um homem bom, pensou, com tristeza. Engraçado, charmoso, atencioso. Ao invés de ficar bravo quando descobriu que ela era virgem, quis ajudá-la a aprender a gostar de sexo. Ele era confiável e solícito. Quem dera ele a amasse. Porque sem amá-la, sem conseguir...

Destiny parou no meio de um passo. Ela colocou o pé lentamente no chão e deixou que seus pensamentos rodopiantes se acalmassem. Quando eles se acalmaram, quase caiu com o choque.

Ela ainda estava fazendo aquilo. Ainda estava fugindo de alguma coisa — assim como sempre tinha feito. Fugira dos pais quando era mais nova. Fugira de suas emoções, de suas paixões, de seus talentos.

Erguera muralhas, se escondera atrás delas e ainda estava fazendo isso. Neste exato segundo.

Como sabia que Kipling não a amava? Ela não perguntou. Não deu a ele uma chance de se explicar ou mesmo de pensar. Nunca conversaram sobre o casamento nem exploraram o que cada um deles esperava ou precisava para fazer o relacionamento funcionar. Simplesmente tinha dito que queria o divórcio.

Correr de alguma coisa não era a mesma coisa que correr atrás de alguma coisa. Destiny tinha passado tanto tempo de sua vida pensando no que não queria que tinha se esquecido de descobrir o que mais importava. Ela estava tão preocupada em ser infeliz que nunca tinha se dado ao trabalho de descobrir o que a fazia feliz. Ou quem.

Ela amava Kipling. Tinha certeza disso. Mas será que ele a amava? Talvez agora fosse uma boa hora para fazer essa pergunta. E não apenas para si mesma.

— O que foi que eu fiz? — perguntou ela, em voz alta.

Não houve resposta. Apenas o zunido dos insetos e o grito de um falcão.

Destiny olhou para a tela. Sua localização exata era um pontinho nela. Ela podia ver o trajeto mais curto até o carro e seguiu imediatamente naquela direção.

Os homens faziam papel de bobo por causa das mulheres há séculos, pensou Kipling, alegremente. Ele era apenas mais um em uma longa lista. Se fosse para perder Destiny, que fosse com estilo. Com todas as cartas na mesa.

Na última hora, ele tinha recebido cinco ligações de seus sócios pedindo para voltarem a fazer parte do The Man Cave e uma mensagem do Nick avisando que eles esperavam um bom movimento. Felicia Boylan, mãe de Carter, tinha encontrado Kipling e o abraçado, ao mesmo tempo em que dizia a ele como estava feliz por ele ter mostrado ao Carter o ciclo completo das divergências masculinas, do mal-entendido à ameaça de violência, ao pedido de desculpas e à resolução. Quando Kipling tentou explicar que essa não era sua intenção, ela tinha ignorado seus comentários.

Kipling ficou parado ali, no meio do festival, rodeado de pessoas, e tudo em que conseguia pensar era que queria contar tudo à Destiny. Não apenas contar, mas compartilhar com ela. Ele queria rir com ela, tocar nela e cuidar dela.

Mas contar também era importante. Conversar com ela. Palavras. Tudo se resumia às malditas palavras.

Ele entendia que ações eram importantes. Prometer ser fiel era inútil se você traísse. O fato de o pai dele bater na Shelby continha muito mais significado do que as vezes em que tinha jurado que a amava. Talvez ele tenha ignorado as palavras cedo demais. E se esse fosse o caso, talvez tivesse uma chance de reconquistar aquela mulher.

No tempo em que Kipling levou para correr até em casa e pegar a chave do Jeep, chegou a várias outras conclusões. Percebeu que não era só porque ele nunca tinha se apaixonado antes que significava necessariamente que havia algo errado com ele. O ex-esquiador não estava se contendo porque não acreditava que dizer que amava alguém fazia a diferença. Ele estava esperando. Pela mulher certa. Pela única mulher.

Destiny se declarara, e agora tudo que ele queria era dizer que também a amava. Depois, ele a convenceria disso, porque as ações sempre seriam seu método. Mas ele também iria dizer.

Ela o amava, ele a amava e não ia, de jeito nenhum, deixá-la partir. Não sem lutar. E se fizesse papel de bobo, não tinha problema.

Saiu da cidade. Uma ligação rápida para Cassidy lhe deu o ponto de partida. Ele tinha seu equipamento de rastreamento e sabia como funcionava o Soger. Ele devia ser uma espécie de especialista em busca e salvamento. Estava na hora de pôr esse título à prova.

Kipling entrou no estacionamento da área de descanso e estacionou ao lado do carro de Destiny. Depois de sair do carro, ele checou o equipamento e começou a inserir os dados. Ela era experiente em trilhas, em caminhadas diurnas. Ele sabia qual era a região que a ruiva cobriria, só não sabia em qual parte ela estaria agora.

— Procurando por alguém?

Ele ergueu os olhos e viu Destiny caminhando em sua direção. Ele abriu a porta do carro, jogou o tablet lá dentro e foi até ela.

Havia tantas coisas a se dizer, pensou, mas nenhuma delas importava neste momento. Ele segurou o rosto dela com as mãos e deu um beijo em sua boca. Ela enrolou os braços em torno dele e o abraçou como se nunca fosse soltá-lo.

— Eu te amo — disse ele, quando se afastou para recuperar o fôlego.

— Eu não tinha o direito de dizer que queria o divórcio... Como é? — Os olhos verdes dela se arregalaram. — O que foi que você disse?

— Eu te amo. Muito. E amo há algum tempo. Não vamos nos divorciar sem conversar primeiro. Depois que você concordar com isso, vou convencer você a ficar comigo para sempre.

— Adoro um homem com um plano. — Os lábios dela tremeram. — Amor de verdade?

— Daqueles "para sempre". — Ele a beijou de novo. — Do tipo que significa que não vou embora, então é melhor você pensar em ficar por aqui também.

— Eu vou ficar. Já estou aqui. Corri por tanto tempo do que me assustava que esqueci como era correr atrás de algo. De você.

Ele a abraçou forte e inspirou o cheiro de seu cabelo.

— Case comigo — sussurrou ele. — Não porque está grávida nem porque é a coisa certa a fazer. Case comigo porque não consegue imaginar passar mais um dia sem mim. Case comigo porque somos uma família. Eu, você, a Starr, o bebê. Case comigo para que a gente possa ficar junto para sempre.

Ela olhou nos olhos dele.

— Eu já me casei, Kipling. — Se aconchegou nele. — Eu já me casei.

Kipling a levou até o Jeep. Destiny entrou. Eles lidariam com o carro dela depois. Lidariam com várias coisas depois. Mas as decisões seriam fáceis, porque eles estavam juntos.

Não era como descer uma montanha a mais de cem quilômetros por hora, pensou ele, enquanto olhava para a estrada. Era melhor.

Destiny pegou sua mão.

— Vou escrever uma música sobre isso. — Ela sorriu. — Depois que fizermos sexo.

Ele ainda estava rindo quando eles entraram na cidade.

Publisher
Omar de Souza

Gerente Editorial
Livia Rosa

Coordenação de produção
Thalita Aragão Ramalho

Produção editorial
Jaciara Lima

Copidesque
Rafael Surgek

Revisão
Maria Julia Calsavara
Thamiris Leiroza

Diagramação
Abreu's System

Capa
Mayu Tanaka

Este livro foi impresso no Rio de Janeiro, em 2016,
pela Edigráfica, para a HarperCollins Brasil.
A fonte usada no miolo é Stempel Garamond LT Std, corpo 11/14,6.
O papel do miolo é Chambril Avena 80g/m², e o da capa é cartão 250g/m².